Le Club des Baby-Sitters

Ce volume regroupe trois titres de la série
Le Club des Baby-Sitters d'Ann M. Martin

Félicitations, Mary Anne (Titre original : *Mary Anne and the Great Romance*)
Traduit de l'anglais par Sophie Merlin
Édition originale publiée par Scholastic Inc., New York, 1990
© Ann M. Martin, 1990, pour le texte
© Éditions Gallimard Jeunesse, 2000, pour la traduction française

Pauvre Mallory (Titre original : *Poor Mallory !*)
Traduit de l'anglais par Nouannipha Simon
Édition originale publiée par Scholastic Inc., New York, 1990
© Ann M. Martin, 1990, pour le texte
© Éditions Gallimard Jeunesse, 2001, pour la traduction française

Lucy aux urgences (Titre original : *Stacey's Emergency*)
Traduit de l'anglais par Stéphanie Alglave et Cécile Giroldi
Édition originale publiée par Scholastic Inc., New York, 1991
© Ann M. Martin, 1991, pour le texte
© Éditions Gallimard Jeunesse, 2001, pour la traduction française

© Éditions Gallimard Jeunesse, 2005, pour les illustrations

Le Club des Baby-Sitters

Nos joies et nos peines

Ann M. Martin

Traduit de l'anglais
par Sophie Merlin, Nouannipha Simon,
Stéphanie Alglave et Cécile Giroldi

Illustrations d'Émile Bravo

GALLIMARD JEUNESSE

La lettre
de KRISTY

Présidente du Club des Baby-Sitters

❦

Le Club des baby-sitters, c'est une histoire
de famille. On se sent tellement proches les
unes des autres... comme si on était sœurs.
Dans ce livre, nous allons vous faire partager
nos joies et nos peines, mais avant de
commencer, nous allons tout d'abord nous
présenter. Même si nous sommes tout le
temps ensemble et que nous nous ressemblons
beaucoup, nous avons chacune notre personnalité et nos goûts, dans lesquels vous allez
peut-être d'ailleurs vous retrouver.
Alors pour mieux faire connaissance,
lisez attentivement les petits portraits
que nous vous avons préparés.
Je vous souhaite de vous amuser
autant que nous...

Bonne lecture à toutes !

Kristy

Comme promis, voici le portrait
des sept membres du

Club
des Baby-Sitters...

NOM : Kristy Parker, présidente du club
AGE : 13 ans – en 4ᵉ
SA TENUE PRÉFÉRÉE : jean, baskets et casquette.
ELLE EST... fonceuse, énergique, déterminée.
ELLE DIT TOUJOURS : « J'ai une idée géniale... »
ELLE ADORE... le sport, surtout le base-ball.

NOM : Mary Anne Cook,
secrétaire du club
AGE : 13 ans – en 4ᵉ
SA TENUE PRÉFÉRÉE :
toujours très classique,
mais elle fait des efforts !
ELLE EST... timide,
très attentive aux autres
et un peu trop sensible.
ELLE DIT TOUJOURS :
« Je crois que je vais pleurer. »
ELLE ADORE... son chat,
Tigrou, et son petit ami, Logan.

NOM : Lucy MacDouglas,
trésorière du club
AGE : 13 ans – en 4ᵉ
SA TENUE PRÉFÉRÉE : tout,
du moment que c'est à la mode...
ELLE EST... new-yorkaise
jusqu'au bout des ongles,
parfois même un peu snob !
ELLE DIT TOUJOURS :
« J'❤ New York. »
ELLE ADORE... la mode,
la mode, la mode !

NOM : Carla Schafer, suppléante
AGE : 13 ans – en 4^e
SA TENUE PRÉFÉRÉE :
un maillot de bain pour bronzer
sur les plages de Californie.
ELLE EST... végétarienne,
cool et vraiment très jolie.
ELLE DIT TOUJOURS :
« Chacun fait ce qu'il lui plaît. »
ELLE ADORE... le soleil,
le sable et la mer.

NOM : Claudia Koshi,
vice-présidente du club
AGE : 13 ans – en 4^e
SA TENUE PRÉFÉRÉE :
artiste, elle crée ses propres
vêtements et bijoux.
ELLE EST... créative,
inventive, pleine de bonnes idées.
ELLE DIT TOUJOURS :
« Où sont cachés mes bonbons ? »
ELLE ADORE... le dessin,
la peinture, la sculpture
(et elle déteste l'école).

NOM : Jessica Ramsey,
membre junior du club
AGE : 11 ans – en 6^e
SA TENUE PRÉFÉRÉE :
collants, justaucorps
et chaussons de danse.
ELLE EST... sérieuse,
persévérante et fidèle en amitié.
ELLE DIT TOUJOURS :
« J'irai jusqu'au bout de mon
rêve. »
ELLE ADORE... la danse
classique et son petit frère,
P'tit Bout.

NOM : Mallory Pike,
membre junior du club
AGE : 11 ans – en 6^e
SA TENUE PRÉFÉRÉE : aucune
pour l'instant, elle rêve juste
de se débarrasser de ses lunettes
et de son appareil dentaire.
ELLE EST... dynamique et très
organisée. Normal quand on a sept
frères et sœurs !
ELLE DIT TOUJOURS : « Vous
allez ranger votre chambre ! »
ELLE ADORE... lire, écrire. Elle
voudrait même devenir écrivain.

SOMMAIRE

Félicitations, MARY ANNE !

Pour IRS

– *Franchement, de temps en temps, j'ai plus l'impression de vivre avec une grande enfant qu'avec ma mère, a soupiré Carla.*

Je me suis mise à pouffer.

Carla Schafer est une de mes deux meilleures amies, nous passions la soirée ensemble car nos parents étaient sortis. Il faut reconnaître que la mère de Carla est terriblement distraite. Je peux me permettre de le dire car elle le répète tout le temps.

Et c'est exactement ce qu'elle s'exclamait à ce moment-là :

– Maman est vraiment tête en l'air !

Elle venait de trouver un escarpin dans le compartiment à légumes du réfrigérateur. Elle a posé délicatement la chaussure par terre et lui a dit :

– J'espère que tu n'es pas trop gelée, ma pauvre !

Puis elle s'est tournée vers moi.

– Bon. Qu'est-ce que tu veux pour le dîner ? Je veux dire, à part des chaussures. Maman a laissé du tofu dans le frigo. Je suis étonnée qu'elle ne l'ait pas rangé dans sa penderie. Mais à mon avis, ça ne te dit rien.

En effet. En croisant les doigts, j'ai demandé :

– Tu as du beurre de cacahuètes ?

– Oui, mais il est complètement nature, sans sucre ni sel.

– Ça me va.

C'était toujours mieux que du tofu. Je me suis fait un sandwich au beurre de cacahuètes et au miel pendant que Carla se préparait une salade.

Nous avons l'habitude d'être seules toutes les deux. Nos parents n'étaient pas simplement sortis, ils étaient sortis ensemble. Et cela arrivait de plus en plus souvent, ces derniers temps.

Je pense que je devrais peut-être m'arrêter pour vous expliquer qui nous sommes, avant de continuer à raconter cette soirée. Alors voilà : Carla et moi, nous habitons à Stonebrook, dans le Connecticut, nous avons toutes les deux treize ans et nous sommes en quatrième. Mon nom est Mary Anne Cook. J'ai toujours vécu à Stonebrook, dans la même maison, mais Carla, elle, est arrivée ici au milieu de l'année de cinquième . Elle a emménagé ici parce que ses parents venaient de divorcer. Avec sa mère et son petit frère, David, ils sont venus de Californie pour s'installer à Stonebrook, parce que Mme Schafer y a grandi.

Malheureusement, David ne s'est pas plu ici. Il n'arrivait pas à se faire au Connecticut. La Californie et son père lui manquaient trop. Donc, après quelque temps, il est reparti vivre avec son père.

Carla regrette un peu d'avoir quitté la Californie et d'être séparée de l'autre moitié de sa famille, mais elle téléphone régulièrement à son père et à son frère. Maintenant, elle semble heureuse à Stonebrook.

Donc, Carla est venue vivre ici avec sa mère et sans son père, tandis que moi, j'y vivais depuis toujours avec mon père et sans ma mère (elle est morte quand j'étais toute petite)... Et, un jour, il est arrivé quelque chose d'incroyable. Alors que Carla déballait les cartons du déménagement (et, comme vous pouvez l'imaginer, cela a pris une éternité puisque sa mère n'était pas d'une grande aide), elle est tombée sur l'album de lycée de sa mère. C'était celui de sa classe de terminale, justement l'année où nos parents étaient ensemble en cours. Et, en le feuilletant, devinez ce que nous avons découvert ? Nos parents avaient été amoureux l'un de l'autre des années auparavant !

Cependant les grands-parents de Carla n'approuvaient pas leur relation. Vous voyez, les Porter (le nom de jeune fille de la mère de Carla est Sharon Porter) étaient très riches, mais pas les Cook – même si, depuis, papa a travaillé très dur pendant ses études de droit et a réussi brillamment.

Quoi qu'il en soit, les parents de Sharon l'ont encouragée à s'inscrire à l'université en Californie (le plus loin possible de mon père), et du coup, leurs chemins se sont séparés. Ils se sont tous les deux mariés, et je pense qu'ils se sont même oubliés.

Mais Carla et moi, nous avons fait en sorte qu'ils se retrouvent et ils ont commencé à se revoir. Au début, ils ont pris leur temps. Papa est très réservé, timide et il n'était pas sorti avec une femme depuis des années (pas depuis ma mère, en fait), alors il ne fallait pas le bousculer. La mère de Carla ne voulait pas non plus précipiter les choses. Mais elle appréciait de recommencer à sortir avec des hommes. Elle est très ouverte. Pendant longtemps, elle est sortie avec un type horrible, bon chic bon genre, qui s'appelait Théodore, et que Carla et David détestaient. Elle est aussi sortie avec d'autres hommes, car les gens de son bureau n'arrêtaient pas de lui faire rencontrer leurs amis célibataires.

Pendant tout ce temps-là, elle et papa continuaient de se voir régulièrement, mais depuis quelque temps quand ils sortent, c'est toujours ensemble. Et ils sortent beaucoup. C'est pour ça que Carla et moi, nous sommes tellement habituées à passer nos soirées toutes les deux. En fait, nous adorons ça !

– Viens, on va dîner devant la télé, m'a suggéré Carla. Tu sais ce qu'il y a ce soir sur le câble ?

– Non, quoi ?

Je n'en avais aucune idée, vu que nous n'avons pas le câble.

– Un festival Marilyn Monroe.

Carla adore Marilyn Monroe. Et moi aussi. Mon film préféré avec Marilyn, c'est *La Rivière sans retour*. Celui de Carla, *Les hommes préfèrent les blondes*.

– Un festival Marilyn Monroe ? ai-je répété.

– Ouais, a-t-elle répondu en jubilant. Ils vont passer *Sept ans de réflexion*, *Certains l'aiment chaud* et *Les hommes préfèrent les blondes*.

– Ça va durer des heures ! ai-je hurlé.

– Je sais. Au moins dix heures si tu comptes les pubs.

18

– Quand est-ce que ça commence ?

– Tout de suite ! Allez, on emporte nos plateaux.

Ce qui est vraiment bien chez Carla, c'est qu'on peut manger autre part que dans la cuisine ou la salle à manger. Chez moi, il y a des tas de règles. Et avant, papa m'en imposait encore plus. Il était très strict, mais au fur et à mesure que j'ai grandi, il s'est un peu adouci. Pourtant je suis sûre que je n'aurai jamais le droit de dîner devant la télé !

Donc, j'ai emporté mon sandwich et une banane devant la télé tandis que Carla prenait sa salade. Nous nous sommes assises par terre pour manger et nous régaler de Marilyn Monroe. Pourtant, au bout d'une heure à peine, nous étions déjà rassasiées. Le premier film était *Les hommes préfèrent les blondes*, et même si on l'adore toutes les deux, nous l'avions vu récemment.

– Je suppose qu'on se lasse même des bonnes choses, a déclaré Carla.

J'ai hoché la tête.

– Hum. Si on bougeait ? Viens !

Mais d'abord, nous avons débarrassé nos assiettes. (Ce n'était pas essentiel puisque Mme Schafer ne remarque jamais le désordre, mais on se sent quand même toujours un peu obligées de le faire.) Puis nous sommes montées dans la chambre de Carla.

Sa chambre est vraiment spéciale : dans un de ses murs, il y a un passage secret.

Et pour tout vous avouer, ça me donne la chair de poule.

On pousse à un certain endroit sur l'une des moulures, et le mur pivote. Quand on entre dans le passage, on se retrouve dans un tunnel sombre et humide qui mène à un escalier, puis passe sous le jardin des Schafer, et on peut en sortir par une trappe qui est dans leur grange.

Il faut préciser que la maison de Carla est très ancienne. C'est une vieille ferme qui a été construite en 1795. Beaucoup de gens ont vécu dans cette maison (et y sont probablement morts). En particulier un certain Jared Mullray. Nous avons appris qu'on avait entendu sa voix pour la dernière fois provenant de ce passage secret, mais que personne ne l'avait jamais revu depuis. C'était il y a des années, et Carla et moi avons de bonnes raisons de croire que le fantôme de Jared hante toujours le passage. Donc, naturellement, ça me terrifie. Eh oui, je suis une poule mouillée.

Carla adore ce passage. (Elle le considère comme le sien, car une des entrées est dans sa chambre.) Entre autres parce qu'avant, c'était un arrêt du *Underground Railroad*, un train souterrain qui permettait aux esclaves du Sud de s'échapper vers le Nord, et donc vers la liberté, mais aussi parce qu'elle raffole d'histoires mystérieuses, surtout les histoires de fantômes, et on dirait bien que sa maison abrite des secrets de fantômes.

Bon, revenons-en à cette soirée dans sa chambre. J'étais assise le plus loin possible du passage secret, par terre, à côté de la porte, pour pouvoir m'échapper très vite au cas où j'entendrais un grognement ou quelque chose de ce genre-là provenant du passage.

Carla essayait de me faire rire en me racontant qu'en Californie, elle gardait un petit garçon qui croyait que les chiens pouvaient le comprendre aussi bien que les êtres humains. Il parlait comme ça à son labrador : « Buster, tiens, voilà un autre biscuit. C'est bon pour tes dents. Ça empêche le tartre de se déposer et comme ça, tu n'auras pas de gingivite. C'est très important d'aller chez le vétérinaire régulièrement pour un détartrage, tu sais. Et tu devrais faire de l'exercice, si tu ne veux pas devenir trop gros. Allez, fais quelques pompes. »

J'écoutais Carla d'une oreille seulement. Je ne pouvais pas m'empêcher de penser à ma propre maison et à ma propre chambre. Comme j'avais toujours vécu dans cette maison, je m'y sentais en sécurité... et plus encore, dans ma chambre... et plus que n'importe où au monde, dans mon lit. J'étais vraiment heureuse de ne pas avoir un passage secret qui débouche dans ma chambre.

Tigrou, mon petit chat, commençait aussi à me manquer. Il me manque toujours quand je ne suis pas avec lui. Il me manque quand je suis à l'école, il me manque quand je fais du baby-sitting, il me...

Dring, dring.

– Oh, génial ! Le téléphone ! s'est exclamée Carla.

Carla adore recevoir des coups de téléphone. Elle s'est précipitée sur l'appareil et je l'ai suivie.

– Allô ? David ! Salut. Ça va ?... Ouais ! Vraiment ? C'est super.

Carla a posé la main sur le combiné pour me dire : « David fait partie d'une équipe de basket-ball et c'est quasiment devenu la star de l'équipe. » Puis elle a continué sa conversation :

– Quoi ?... Oh, Mary Anne est là... Ouais, maman et son père sont encore sortis... Quoi ?... Oh, dîner et après voir une pièce de théâtre à Stamford... Oui.

Carla a discuté pendant un bon moment, et je suis repartie dans mes pensées. Je me disais que ma vie avait drôlement changé depuis l'année dernière. Déjà, papa sortait avec Mme Schafer – c'était, bien sûr, un changement capital. Il était devenu moins strict avec moi. Et puis, il y avait eu autre chose : le Club des baby-sitters. Il me semblait que c'était ce qui avait le plus changé ma vie.

Le club est constitué de sept membres : Carla, Lucy MacDouglas, Claudia Koshi, Mallory Pike, Jessica Ramsey, Kristy Parker et moi. Kristy est la présidente et c'est aussi mon autre meilleure amie.

Et, devinez quoi ? Juste au moment où Carla raccrochait et que j'étais justement en train de penser à Kristy, le téléphone a sonné à nouveau. Devinez qui c'était ?

Kristy !

Elle appelait pour savoir si Carla et moi, nous étions ensemble. Elle faisait un baby-sitting, les enfants étaient couchés et elle avait l'air de se sentir un peu seule.

Je me suis rappelé le temps où Kristy était ma seule meilleure amie et pareil pour elle...

Jusqu'à l'été dernier, et aussi loin que je m'en souvienne, Kristy et moi, nous avons toujours habité l'une à côté de l'autre dans Bradford Alley. (Claudia Koshi habite juste en face.)

Nous étions inséparables. Malgré nos personnalités complètement opposées, nous étions quand même les meilleures amies du monde. Nous le sommes toujours, sauf qu'il y a eu quelques petits changements. D'abord, Carla a emménagé à Stonebrook et c'est devenu ma deuxième meilleure amie, surtout depuis que nos parents sortent ensemble. Et puis, la mère de Kristy s'est remariée et, du coup, les Parker sont partis s'installer à l'autre bout de la ville.

J'ai l'impression que ça commence à devenir légèrement compliqué, alors je vais ralentir et vous en dire un peu plus sur les membres du Club des baby-sitters. Je vous l'ai déjà dit : la présidente du club, c'est Kristy. Comme Carla et moi, elle a treize ans et elle est en quatrième. Mais contrairement à nous, elle a une famille très originale. Kristy a trois frères : Samuel et Charlie, qui sont au lycée, et David Michael, qui a seulement sept ans. Quand David Michael était tout petit, M. Parker est parti et il n'est jamais revenu. Mme Parker a donc dû prendre les choses en main et élever ses enfants toute seule. Pour cela, elle a trouvé un très bon travail dans une entreprise de Stamford, la grande ville la plus proche de Stonebrook. Puis, quand Kristy était en cinquième, Mme Parker a commencé à sortir avec un homme qui s'appelle Jim Lelland (un millionnaire, un vrai). Ils se sont finalement mariés, même si Kristy n'était pas d'accord. Elle ne supportait pas d'avoir un nouveau père – surtout un père presque chauve. Mais Jim a deux enfants adorables : Karen (six ans) et Andrew (quatre ans) et, petit à petit, elle s'est habituée à l'idée du mariage et du déménagement dans l'immense demeure de Jim. Moi, j'aurais adoré vivre dans cette splendide maison, mais je comprends aussi qu'on n'ait pas envie de quitter la maison dans laquelle on a grandi. De toute façon, il fallait que Kristy déménage parce que sa famille s'était beaucoup agrandie. Maintenant chez les Parker-Lelland, il y a Kristy, ses frères, son beau-père Jim, sa mère et, un week-end sur deux, Andrew et Karen. Et, en plus, ils ont adopté il y a peu de temps une petite Vietnamienne, Emily Michelle. Du coup, Mamie, sa grand-mère, est venue s'installer chez eux pour s'occuper d'Emily, puisque Jim et la mère de Kristy travaillent tous les deux.

Sinon, voici ce qu'il faut savoir à propos de Kristy : c'est un véritable garçon manqué et elle entraîne une équipe de base-ball, les Imbattables, avec des enfants de quatre à huit ans. C'est la plus petite de notre classe, elle a les cheveux châtains et les yeux marron. Et elle se fiche complètement de la façon dont elle s'habille. Elle porte tout le temps la même chose : jean, T-shirt, col roulé (sauf en été bien sûr) et baskets. De temps en temps, elle met une casquette de base-ball avec un colley dessus. C'est parce qu'avant, les Parker avaient un vieux colley adorable, Foxy, mais il est tombé malade et ils ont dû le faire piquer. Maintenant ils ont un berger bernois qui s'appelle Louisa, et Jim a un énorme matou qui s'appelle Boo-Boo.

Encore deux ou trois détails : Kristy n'a pas sa langue dans sa poche (elle ne peut pas s'empêcher de dire ce qu'elle pense), elle a plein de bonnes idées (l'idée du Club des baby-sitters, c'est elle qui l'a eue) et, le plus important, c'est qu'elle est géniale avec les enfants.

Claudia Koshi est la vice-présidente du club. Je me dis souvent que c'est bizarre que Claudia, Kristy et moi, nous ayons grandi ensemble (depuis notre naissance) et que nous soyons devenues tellement différentes les unes des autres. Claudia est toujours à la pointe de la mode. A sa façon de s'habiller, sa coiffure, bref, son look en général, on sent que c'est une artiste. Elle peint, dessine, sculpte, fait des collages, enfin tout ce que vous pouvez imaginer, et tous ses talents se retrouvent dans son apparence. Par exemple, à notre dernière réunion, elle avait un débardeur rose à fines bretelles et un petit gilet court noir sur un corsaire gris perle, avec des baskets grises à bandes roses ! Terrible, non ?

Et puis, il y a aussi ses cheveux. Les cheveux de Claudia sont sensationnels. Comme sa famille est d'origine japonaise, elle a des cheveux noirs, brillants... magnifiques ! Et en plus, ils sont longs, longs, longs ! Et elle les coiffe tout le temps de manière différente. A cette dernière réunion, elle les avait divisés en cinq tresses et elle avait entrelacé des rubans gris et roses dedans. Claudia a aussi des yeux noirs en amande et une peau parfaite.

Elle est vraiment géniale.

Elle habite avec ses parents et sa grande sœur, Jane, qui est un véritable génie. Elle est tellement intelligente qu'elle suit déjà des cours à l'université. La grand-mère de Claudia, Mimi, qui était quelqu'un de merveilleux, habitait avec eux, mais elle est morte récemment. Ça a été très triste.

Voilà ce qu'aime Claudia : l'art, les cochonneries à grignoter et les romans d'Agatha Christie. Sa chambre est un véritable capharnaüm : il y a son matériel de peinture et de dessin éparpillé partout et, comme ses parents n'approuvent ni son penchant pour les cochonneries ni celui pour Agatha Christie, elle doit cacher ses livres et ses réserves de grignotage là où ils ne les trouveront pas. Elle a des livres sous son matelas et du chocolat dans les tiroirs de son bureau.

Et voilà ce que Claudia n'aime pas : l'école. Elle est très intelligente, mais ses professeurs lui répètent qu'elle ne s'applique pas assez. M. et Mme Koshi ont fini par lui dire que si elle n'avait pas au moins C de moyenne, elle ne pourrait plus faire partie du club. Et depuis, elle a toujours C de moyenne.

Moi, je suis la secrétaire du club, et je suppose que vous en savez déjà pas mal sur moi. Je suis plutôt timide, mon père sort avec la mère de Carla, je vis avec lui et Tigrou, et enfin, Carla et Kristy sont mes meilleures amies. J'ai perdu ma mère quand j'étais toute petite, et j'ai grandi dans la maison dans laquelle je suis née.

Voici cependant quelques détails que vous ignorez : je ressemble un peu à Kristy, j'ai les cheveux bruns, les yeux marron, et je suis plutôt petite – mais je suis en train de grandir. Je mesure deux centimètres de plus que Kristy. Et puis, jusqu'à il n'y a pas longtemps, je ne faisais pas attention à mon apparence. Non, ce n'est pas ça. La vérité, c'est que papa choisissait mes vêtements et que, du coup, j'avais toujours l'air d'un bébé, avec mes kilts écossais et mes pulls idiots. Depuis, il est devenu moins strict et je peux maintenant mettre ce que je veux. Je ne suis pas aussi à la mode que Claudia, mais je m'achètes de belles affaires. Si on donnait dix à Claudia pour ses vêtements et deux à Kristy, je suppose que je devrais avoir six. Peut-être même sept.

Sinon, j'avoue que je suis très sensible. C'est à la fois bien et pas bien. C'est bien parce que je pense que ça me rend plus compréhensive avec les autres. Mes amies du club viennent souvent me voir quand elles ont des problèmes car elles savent que je vais les écouter, les réconforter, leur donner des conseils, mais sans jamais les juger, enfin bref, que je les comprendrai. Mais c'est un inconvénient parce que je pleure pour un rien. Je suis incroyablement sentimentale. C'est sans doute pour ça que je suis la seule du club à avoir... un petit ami ! Vous avez du mal à le croire ? Eh bien, moi aussi. Il s'appelle Logan Rinaldi et il vient du Sud, de Louisville, dans le Kentucky. Il fait même partie du club, mais je vous expliquerai ça plus tard.

En voilà assez en ce qui me concerne.

Passons à Lucy MacDouglas, la trésorière du club. Lucy est originaire de New York, et elle est presque aussi soucieuse de son look et de la mode que Claudia. Peut-être est-ce pour cela que Lucy et Claudia sont meilleures amies. Si Claudia a dix sur dix en mode, Lucy doit avoir neuf et demi. Ses vêtements sont extra mais elle n'a pas le sens artistique de Claudia. (Est-ce que je vous ai dit que Claudia fabrique ses propres bijoux ? Elle fait des boucles d'oreilles ou des bracelets en perles, enfin des tas de bijoux originaux.) Lucy, elle, ne s'intéresse pas spécialement à l'art. Elle a une coupe très mode et les oreilles percées. (Au cas où vous vous poseriez la question, Claudia a un trou dans une oreille et deux dans l'autre ; Lucy, Mallory et Jessica ont les oreilles percées normalement ; Carla a deux trous dans chaque oreille ; et Kristy et moi, nous ne laisserons jamais quelqu'un faire des trous dans nos lobes d'oreilles – rien que d'y penser, j'en ai la chair de poule !)

Bon, Lucy a une vie intéressante mais aussi assez dure Tout d'abord, elle a du diabète – c'est une maladie qui fait que son corps ne produit pas le bon taux d'insuline pour contrôler le niveau de sucre contenu dans son sang. Ça ne vous paraît peut-être pas trop grave comme ça, mais c'est très sérieux. Lucy doit se faire des injections d'insuline tous les jours et suivre un régime strict. Ça veut dire qu'elle ne peut manger que certains aliments (et PAS de sucreries) à certaines heures et qu'elle doit compter les calories qu'elle absorbe chaque jour. Elle doit aussi aller chez le médecin régulièrement. C'est affreux, mais ça doit être fait. Si Lucy ne suit pas toutes ces règles, elle peut tomber dans le coma.

Autre chose, Lucy est née à New York. Elle a vécu là-bas jusqu'à la rentrée de cinquième. Puis l'entreprise dans laquelle travaille son père l'a muté dans leur bureau du Connecticut et, du coup, les MacDouglas ont emménagé à Stonebrook. C'est à ce moment-là que nous avons connu Lucy. Mais elle n'est restée ici qu'un peu plus d'un an car l'entreprise de son père l'a fait repartir à New York. Quelle barbe ! Lucy nous a beaucoup manqué – surtout à Claudia. Puis, peu de temps après leur retour à New York, les parents de Lucy ont décidé de divorcer. Et, alors, la pire chose qui pouvait arriver (pour Lucy) est arrivée. Son père est resté à New York (à cause de son travail), et sa mère a décidé de revenir vivre à Stonebrook. Lucy a donc dû choisir où elle voulait habiter. Ses parents lui ont laissé prendre sa décision et ça a été très pénible pour elle. Elle ne voulait blesser ni sa mère ni son père. En plus, elle aime autant New York que Stonebrook. Finalement, elle est revenue dans le Connecticut avec sa mère, mais elle rend visite à son père très souvent.

Lucy n'a pas de frère, ni de sœur, ni d'animal. Mais elle est très proche de sa mère.

Bon, maintenant, au tour de Carla. C'est notre suppléante. (Je vous en dirai plus après.) Vous connaissez déjà un peu Carla. Ses parents sont divorcés, eux aussi, son père et son frère vivent en Californie, les parents de sa mère habitent ici, à Stonebrook, Mme Schafer (ou devrais-je dire cette tête en l'air de Mme Schafer) sort avec mon père, Carla est une de mes meilleures amies et elle habite dans une vieille maison avec un passage secret.

Je vais essayer de vous la décrire : Carla a de très longs

cheveux blonds – presque blancs –, aussi doux que de la soie. Elle a les yeux bleus, elle n'est ni grande ni petite et elle est plutôt mince. Ce que j'aime beaucoup chez Carla, c'est qu'elle est très cool. Elle s'habille comme ça lui plaît (mes amies et moi, on dit qu'elle a un style californien), elle ne mange que des choses saines et pas de viande, alors que nous toutes (excepté Lucy), nous nous bourrons de cochonneries. Enfin, elle reste fidèle à ses principes. Elle ne laisse personne lui dicter sa conduite.

Carla va voir son père et son frère David dès qu'elle le peut, mais je sais qu'ils lui manquent. Personnellement, je pense qu'elle devrait avoir un animal de compagnie.

Les deux derniers membres du Club des baby-sitters, les membres juniors, sont Jessica Ramsey (Jessi) et Mallory Pike (Mal). Alors que Carla, Kristy, Lucy, Claudia et moi, nous sommes en quatrième, Mal et Jessi sont en sixième. Elles ont onze ans et elles sont meilleures amies. Et comme la plupart des meilleurs amis, elles ont certains points communs. Déjà, leurs parents ne sont pas divorcés et elles sont toutes les deux les aînées de leur famille. Je pense que c'est difficile d'être l'aîné. Par exemple, Mal et Jessi voudraient grandir plus vite mais leurs parents les voient encore comme des bébés. Elles ont cependant obtenu la permission de se faire percer les oreilles, c'est donc bon signe. Elles aiment toutes les deux lire – surtout des histoires de chevaux. Je pense que leur auteur préféré est Mary O'Hara qui a écrit *Mon amie Flicka* et *L'Herbe verte du Wyoming*, mais elles aiment aussi Anna Sewell, l'auteur de *Black Beauty*, et aussi John Steinbeck pour *Le Poney rouge*.

Leurs deux familles ont un hamster comme animal familier.

Mais Mallory et Jessica sont aussi différentes par certains côtés. Tout d'abord, Mal est blanche et Jessi est noire. Et puis, Mallory a un appareil dentaire (et pas Jessi !).

Ensuite, il y a leurs familles. Celle de Mallory est immense : elle a sept petits frères et sœurs, dont des triplés (des garçons), alors que la famille de Jessi est de taille moyenne. Elle a une sœur de huit ans qui s'appelle Rebecca (Becca), et un petit frère qui est encore bébé et qui a un drôle de surnom. Son vrai nom est John Philip Ramsey Junior, mais quand il est né, c'était le plus petit nourrisson de l'hôpital et, du coup, les infirmières l'ont baptisé P'tit Bout. Même s'il a rattrapé les bébés de son âge maintenant (il marche presque), les Ramsey continuent à l'appeler P'tit Bout.

Et puis, Jessi veut un jour devenir danseuse professionnelle, tandis que Mallory voudrait écrire et illustrer des livres pour enfants. Elles ont toutes les deux du talent. Vous devriez voir Jessi danser ! Elle prend des cours dans une très bonne école et elle a déjà fait des spectacles devant des centaines de personnes.

Une dernière différence entre elles deux : Mal a grandi à Stonebrook alors que la famille de Jessi est arrivée du New Jersey il n'y a pas longtemps. Il y a très peu de familles noires à Stonebrook et certaines personnes ont été dures avec eux. Cela a été très difficile pour Jessi, mais elle a réussi à surmonter ce problème.

Donc, voilà, vous connaissez tout le monde. Maintenant vous savez tout sur Kristy, Carla, moi et les autres.

J'ai dû sortir de mes pensées parce que Carla me tendait le téléphone. J'ai parlé à Kristy pendant un quart d'heure et je crois qu'elle se sentait mieux quand nous avons raccroché.

Bien. Je suis une de ses meilleures amies, c'est à ça que servent les meilleures amies, non ?

– Ça y est! Je suis là! La réunion peut commencer!
Kristy Parker n'arrive jamais discrètement, elle faut toujours qu'elle fasse une entrée remarquée.

C'était un jour de réunion du Club des baby-sitters. Vous vous imaginiez peut-être que Kristy était toujours la première arrivée, et je suis sûre qu'elle aimerait bien, mais depuis qu'elle a déménagé à l'autre bout de la ville, elle dépend de Samuel, son frère aîné, qui la dépose à nos réunions et vient ensuite la rechercher. (Nous le payons pour ce service.)

Nos réunions se tiennent dans la chambre de Claudia car c'est la seule d'entre nous à avoir un téléphone dans sa chambre, avec sa propre ligne. C'est important pour nous parce qu'autrement nous devrions utiliser le téléphone de nos parents. Et ce serait embêtant pour plusieurs raisons : nous serions toujours gênées d'occuper la ligne, nous devrions attendre quand les adultes téléphoneraient et, en plus, la ligne serait occupée quand nos clients essaieraient de nous joindre.

C'est confus ? Je crois que je ferais mieux de vous expliquer comment fonctionne le club. Eh bien, trois après-midi par semaine (les lundi, mercredi et vendredi), nous nous réunissons de dix-sept heures trente à dix-huit heures. Nos clients le savent et ils nous appellent quand ils ont besoin d'une baby-sitter. Ensuite, je vérifie sur notre agenda pour voir laquelle d'entre nous est libre, et nous rappelons le client pour lui dire qui viendra. C'est ça qui est formidable avec le club. Avec sept baby-sitters, il y en a forcément une de disponible et nos clients ne sont donc jamais déçus.

Comment nos clients connaissent-ils nos horaires de réunions ? Tout simplement parce que nous avons fait de la publicité quand nous avons fondé le club. Nous avons distribué des prospectus et nous avons même mis une annonce dans le journal local. Et puis, comme nous avions une réputation de baby-sitters responsables, sérieuses et drôles, la nouvelle s'est répandue très vite par le bouche à oreille.

Comme vous le savez déjà, chacune de nous a un poste particulier dans le club. Kristy en est la présidente parce que c'est elle qui en a eu l'idée. Au début de la cinquième, elle et ses frères aînés devaient garder David Michael après l'école et les soirs où leur mère était occupée. Mais un jour, elle (je ne sais jamais si je dois l'appeler Mme Parker ou Mme Lelland maintenant) a eu besoin de quelqu'un pour garder David Michael et ni Kristy ni ses frères n'étaient libres. Du coup, Mme Parker (c'était son nom à l'époque) a eu du mal à trouver quelqu'un. Kristy l'a regardée passer coup de fil sur coup de fil sans aucun succès, et c'est à ce moment-là que son idée géniale lui est venue. « Ce serait super, a-t-elle pensé, si ma mère pouvait appeler un numéro et joindre d'un coup plusieurs baby-sitters ! » Elle nous a donc réunies, Claudia, Lucy et moi, et nous avons fondé le Club des baby-sitters. Ça a tout de suite marché et, quand Carla a emménagé ici, nous lui avons demandé de se joindre à nous parce que nous avions beaucoup de clients. Lorsque Lucy est repartie, nous l'avons remplacée par Jessi et Mal. Mais, bien sûr, dès qu'elle est revenue, nous l'avons laissée immédiatement réintégrer le club.

En tant que présidente, Kristy doit diriger les réunions et avoir sans cesse de nouvelles bonnes idées – comme les coffres à jouets. Ce sont des boîtes que nous avons décorées et remplies avec quelques-uns de nos vieux jouets, jeux et livres, et aussi en achetant des albums de coloriage, des gommettes ou des crayons. Nous les emportons souvent avec nous pour nos baby-sittings, car les enfants les adorent. Les petits sont ravis de découvrir d'autres jouets que les leurs. Et Kristy l'avait deviné. C'est pour ça – entre autres – que c'est une bonne présidente, même si elle est parfois un peu trop autoritaire. Elle nous fait aussi tenir un journal de bord dans lequel nous devons raconter tous nos baby-sittings. Nous n'aimons pas vraiment ça, mais nous sommes bien obligées d'admettre que ça nous est très utile pour voir comment les autres ont résolu certains problèmes et pour savoir ce qui se passe dans les familles des enfants que nous gardons.

Si Claudia est notre vice-présidente, c'est surtout parce que nous utilisons sa chambre comme quartier général et que nous nous servons de son téléphone trois fois par semaine.

En tant que secrétaire, mon travail consiste à tenir l'agenda (à ne pas confondre avec le journal de bord). Dans cet agenda, nous consignons toutes les informations importantes comme le nom de nos clients, leur adresse, leur numéro de téléphone et des renseignements sur les enfants. Les pages les plus importantes sont sans doute celles des rendez-vous. C'est là que je note l'emploi du temps de chacune de nous : les cours de danse de Jessi, les rendez-vous de Mal chez l'orthodontiste, les cours d'arts plastiques de Claudia... et aussi nos baby-sittings. Quand il y a un coup de téléphone, c'est à moi de consulter les emplois du temps, de voir qui est libre pour la garde, et d'aider à décider qui va s'en charger si plusieurs personnes sont disponibles. C'est un travail très important et je suis fière de pouvoir dire que je n'ai jamais fait une erreur d'emploi du temps.

Lucy, la trésorière, doit collecter nos cotisations chaque semaine. Personne n'aime se séparer de son argent, même s'il sert pour de bonnes choses : renouveler les coffres à jouets, payer la facture de téléphone de Claudia et dédommager Samuel qui emmène Kristy aux réunions. Mais cet argent sert aussi pour des choses plus drôles comme les soirées pyjamas. Lucy inscrit aussi les sommes que nous gagnons dans l'agenda, mais c'est juste pour notre propre information puisque nous ne nous partageons pas cet argent. Chacune de nous garde ce qu'elle gagne.

Lucy est un génie en maths.

Comme je l'ai dit, Carla est notre suppléante. Ça veut dire qu'elle peut prendre le poste de n'importe quel membre qui ne peut pas assister à une réunion. (Elle meurt d'envie d'être présidente juste un jour, mais Kristy n'a jamais manqué une réunion.) Quand Lucy est repartie à New York, Carla est devenue trésorière, mais elle lui a laissé reprendre son poste avec joie dès que Lucy est revenue. Carla n'aime pas spécialement les maths et les chiffres, même si les chiffres représentent de l'argent. C'est une très bonne suppléante et, comme nous toutes, c'est aussi une très bonne baby-sitter.

Jessi et Mal, nos membres juniors, n'ont pas de véritables postes. Elles sont membres juniors, parce que, pour l'instant, elles n'ont pas le droit de garder des enfants le soir, sauf si ce sont leurs propres frères et sœurs. Mais elles nous sont d'une grande aide car elles prennent la plupart des baby-sittings qui se passent l'après-midi et le week-end, ce qui fait que les baby-sitters plus âgées sont libres pour ceux qui ont lieu le soir.

Pourtant, il arrive qu'il y ait des appels et que, pour une raison ou pour une autre, aucune de nous ne soit disponible. Dans ces cas-là, nous téléphonons à nos membres intérimaires. Ils sont deux. Ils ne participent pas aux réunions, mais ce sont des baby-sitters sérieux qui nous viennent en aide et, comme ça, nous ne décevons jamais nos clients en leur disant que nous ne pouvons pas les satisfaire. L'une des intérimaires est une amie de Kristy qui habite dans son nouveau quartier, elle s'appelle Louisa Kilbourne. Et devinez qui est l'autre ?... Logan Rinaldi !

Je crois que c'est tout ce que vous avez besoin de savoir sur notre club. Comme vous pouvez le voir, Kristy l'a très bien organisé et elle le dirige très bien.

Sitôt après avoir déboulé dans le quartier général du club, Kristy s'est laissée tomber dans le fauteuil de Claudia (c'est là qu'elle s'assied toujours), elle a échangé sa casquette avec le colley contre sa visière de présidente et a coincé un crayon derrière une de ses oreilles.

– Est-ce que nous sommes toutes là ? a-t-elle demandé. Oh, non. Il manque Carla.

Il était seulement dix-sept heures vingt-cinq. Kristy tient à commencer les réunions à l'heure. C'est à la fois bien et pas bien. C'est bien parce que c'est sérieux et que vous savez que vous devez être chez Claudia au plus tard à dix-sept heures trente exactement puisque Kristy ne commencera jamais une réunion en avance. D'un autre côté, elle ne commencera jamais une réunion avec une seconde de retard, ce qui est la mauvaise contrepartie. Dès que le réveil de Claudia indique dix-sept heures trente... la réunion démarre, que vous soyez là ou non. Et si vous arrivez en retard, Kristy n'est pas contente, mais elle ne vous dit rien même si c'est la cinquième fois de suite que ça vous arrive.

Nous avons donc attendu Carla. Kristy était assise dans son fauteuil et parcourait le journal de bord.

Lucy était à califourchon sur la chaise de bureau de Claudia, face à nous, les bras croisés sur le haut du dossier. Elle examinait son vernis à ongles, qui était rose pâle avec des paillettes.

– Il faut que je refasse mon vernis, a-t-elle annoncé. J'ai trois ongles écaillés.

– Je ne sais pas pourquoi tu t'embêtes avec le vernis, ai-je remarqué. C'est vraiment trop enquiquinant. Il faut passer son temps à s'en occuper.

– Je sais, mais c'est tellement joli !

Claudia et moi étions installées sur son lit, adossées au mur. (Quand Carla arriverait, nous nous pousserions pour lui faire une place.) Les jambes de Claudia étaient posées sur un oreiller. Elle s'est cassé la jambe il n'y a pas long-temps et quand il fait humide, sa jambe lui fait très mal.

Claudia prend ça plutôt bien. Dans ces cas-là, elle dit toujours : « Il va pleuvoir, vous pouvez me croire, je suis certainement plus fiable que le présentateur de la météo de la télé. »

Claudia a changé de position en demandant :

– Est-ce que quelqu'un a faim ?

Comme c'était presque l'heure du dîner, nous avions toutes faim.

– Il y a des M&M's dans une boîte sous mon lit et des crackers sous le bureau.

– On s'en charge ! se sont exclamées Jessi et Mal en même temps.

Comme elles étaient assises par terre, c'était facile pour elles d'atteindre la nourriture et, en plus, elles ne voulaient pas que Claudia se lève.

Jessi a attrapé le paquet de crackers et Mal s'est penchée sous le lit.

– Dans quelle boîte ? A-aaa-atchoum ! C'est plein de poussière là-dessous !

– Désolée, a répondu Claudia. Hum, les M&M's sont dans la boîte de fournitures de gravure sur bois... je crois.

Mal a trouvé la boîte étiquetée « FOURNITTURRE DE GRAVURRE SUR BOIS ». (Claudia a quelques petits problèmes avec l'orthographe. Même si quelqu'un lui offrait un million de dollars, elle ferait quand même des fautes.) Elle a ouvert la boîte, en a sorti un sachet de M&M's tout neuf et l'a fait passer.

Tout le monde en a pris sauf Lucy.

– Les crackers sont pour toi, l'a informée Claudia.

– Merci, mais je ne peux pas en prendre. Le médecin veut que je sois plus stricte que d'habitude. Je n'ai pas le droit de manger avant le dîner. Mais je suis sûre que Carla en prendra.

Lucy avait raison. Quand Carla est arrivée en trombe à dix-sept heures vingt-neuf, elle s'est emparée des crackers en expliquant :

– Je meurs de faim !

Ensuite, Kristy a ouvert la réunion. Nous avons réglé les affaires habituelles du club et nous avons attendu les appels pour véritablement commencer. Le téléphone a sonné pour la première fois à exactement dix-sept heures trente-cinq. Puis ensuite à dix-sept heures trente-huit. Je me suis affairée à programmer les baby-sittings pendant que les autres répondaient aux parents.

A dix-sept heures cinquante et une, il y a eu un autre appel et c'est Mallory qui a décroché.

– Bonjour, le Club des baby-sitters.

Après un silence, elle a continué :

– Bonjour, madame Arnold ! Comment allez-vous ?

Mme Arnold est la mère de jumelles complètement identiques, Marilyn et Carolyn. Mallory avait gardé les jumelles de façon régulière pendant un moment parce que leur mère était occupée à organiser une collecte de fonds pour l'école élémentaire de Stonebrook. Au début, les jumelles étaient de vraies terreurs, mais elles sont devenues plus douces et plus gentilles une fois que les gens ont bien voulu se rendre compte qu'elles étaient deux personnes différentes et non une seule et même personne. Enfin bon, Mme Arnold travaillait sur un autre projet pour l'école et elle avait besoin d'une baby-sitter régulière pendant quelques semaines. Nous ne pouvions pas lui proposer une baby-sitter régulière, mais nous nous sommes arrangées pour lui donner une baby-sitter pour tous les après-midi où elle en aurait besoin. Et devinez qui a obtenu la plupart des gardes ? Moi !

Mallory avait l'air pensif en raccrochant le combiné.

– Nous n'avons pas gardé les jumelles depuis longtemps... Je me demande comment elles vont maintenant.

Moi aussi, j'aurais aimé le savoir... J'aurais peut-être été un peu mieux préparée à ce qui allait arriver.

④

Ding, dong.
J'ai sonné chez les Arnold et j'ai entendu des
pas précipités se diriger vers la porte.
Avant, Marilyn et Carolyn détestaient les baby-
sitters parce que personne, y compris les filles
qui les gardaient, n'arrivait à les reconnaître.

Mais depuis qu'on peut les différencier, ça va mieux.

Pourtant, il n'y en a qu'une qui est venue m'accueillir. C'était Marilyn. Je l'ai reconnue dès qu'elle a ouvert la porte. Je vais vous expliquer pourquoi : jusqu'à leur huitième anniversaire, leurs parents étaient tellement contents d'avoir des jumelles qu'ils insistaient pour qu'elles soient toujours habillées exactement de la même façon. Elles avaient la même coupe de cheveux, et elles étaient toujours coiffées de la même manière. En plus, ils leur offraient les mêmes jouets. Et ils avaient même aménagé une chambre avec des meubles identiques de chaque côté de la pièce. Le coin de Carolyn reflétait comme un miroir celui de sa sœur. La seule différence entre les filles, c'était que Marilyn prenait des leçons de piano alors que sa sœur n'était pas douée pour la musique et que Carolyn adorait les sciences, alors que sa sœur n'y comprenait rien.

Quand Mallory les avait gardées, elle avait remarqué qu'elles étaient affreusement malheureuses. Les enfants à l'école n'arrivaient pas à les reconnaître et, du coup, ils les appelaient toutes les deux « Marilyn-ou-Carolyn ». Même Mallory ne les différenciait pas si elles ne portaient pas leur bracelet d'identité. Ce que personne ne savait (parce que les filles n'étaient pas encore assez grandes pour arriver à en parler à leurs parents), c'était qu'elles mouraient d'envie d'avoir leur propre identité, d'exprimer chacune leur personnalité. Marilyn voulait se laisser pousser les cheveux et Carolyn voulait avoir les cheveux courts. Aucune d'elles n'aimait les vêtements que leurs parents leur achetaient. Marilyn voulait des habits plus simples, tandis que Carolyn voulait être plus à la mode.

Marilyn était la jumelle dominante. Elle est un peu comme Kristy. Mais Carolyn est plus ouverte, comme Claudia ou Lucy.

C'étaient deux fillettes de sept ans très différentes quand Mallory les a vues pour la première fois, seulement personne ne s'en doutait. Heureusement, depuis que Mallory a commencé à leur parler et qu'elle les a finalement comprises, tout a changé. Elle a trouvé le courage de les aider à avoir une discussion avec leur mère et elle a même réussi à convaincre Mme Arnold de les laisser dépenser l'argent qu'elles avaient eu pour leur anniversaire (elles venaient d'avoir huit ans) pour s'acheter de nouveaux vêtements. Des tenues différentes. Plus tard, Carolyn s'est fait couper les cheveux très courts, avec des mèches plus longues dans le cou, et maintenant les cheveux de Marilyn ont poussé d'un ou deux centimètres.

Donc, quand une fille avec de longs cheveux, habillée avec une jupe grise toute simple, un chemisier blanc, des chaussettes blanches et des chaussures rouges a ouvert la porte, j'ai immédiatement su que c'était Marilyn.

– Bonjour, Marilyn !

– Bonjour !

Elle m'a souri, mais j'ai tout de suite senti que quelque chose la tracassait.

– Où est Carolyn ? ai-je demandé en entrant.

– Elle est sortie.

– Sortie ? ! Où ça ?

– Avec ses amies.

Apparemment, c'était un sujet épineux. J'ai donc décide d'en rester là. De toute manière, Mme Arnold arrivait, l'air affairé. Je ne sais pas pourquoi, mais à chaque fois qu'elle entre quelque part, c'est comme une véritable tornade.

– Bonjour, Mary Anne. Oh, vous avez apporté votre coffre à jouets. Super ! Bon, Marilyn est toute seule. Carolyn est chez Helen Braddock. Elles vont peut-être rendre visite à Vanessa Pike. Alors si vous avez besoin d'elle, vous la trouverez soit chez les Braddock, soit chez les Pike. D'accord ?

(J'ai remarqué que Marilyn faisait la grimace, mais sa mère ne l'a pas vue.)

– Moi, je serai à l'école élémentaire, a-t-elle continué.
J'ai noté le numéro du bureau de l'école à côté du téléphone. Et aussi le numéro du bureau de mon mari, avec les
numéros d'urgence. Je serai de retour dans deux heures
environ. Marilyn, amuse-toi bien avec Mary Anne. Et
quand Carolyn rentrera à la maison, sois gentille avec elle,
a-t-elle ajouté d'un ton menaçant.

– D'accord, a répondu Marilyn en boudant.

Puis, Mme Arnold s'en est allée en coup de vent et je me
suis adressée à Marilyn :

– Tu sais, tu peux aller jouer avec Carolyn, si tu veux. Cela
m'est égal.

Marilyn a pris un air encore plus triste.

– Tu ne veux pas jouer avec moi, toi non plus ?

Oups. Que voulait-elle dire ?

– Bien sûr que si, l'ai-je rassurée. J'ai apporté le coffre à
jouets avec moi, non ?

Marilyn a hoché la tête.

– Je pensais simplement que tu avais envie de jouer avec ta
sœur et tes amies. Je viendrai avec toi, de toute façon.

– Non ! Ce ne sont pas mes amies, d'abord. Je n'ai pas
d'amie, moi. Je veux dire, j'ai une… une amie différente.

- Oh, d'accord, c'est très bien. Comment elle s'appelle ?

– Son nom, c'est… Gozzie Kunka.

– Gozzie Kunka ! me suis-je exclamée. D'où vient ce nom ?

– De l'étranger. Elle vient d'un endroit très lointain. Elle
est nouvelle à l'école. Elle n'est pas dans ma classe, mais je
l'ai rencontrée dans la cour de récréation. Elle n'avait
personne à qui parler ou avec qui jouer, alors je me suis
assise à côté d'elle sur les balançoires.

– Elle parle notre langue ?

Marilyn et moi étions entrées dans le salon et nous étions en train d'ouvrir le coffre à jouets.

– Oh, oui. Très bien. Elle a juste une sorte de... comment on appelle ça ?

– Un accent ? lui ai-je suggéré.

– Ouais, un accent. Mais je la comprends parfaitement.

Marilyn a sorti un puzzle du coffre à jouets, mais elle n'a pas commencé à jouer tout de suite. Au lieu de ça, elle m'a demandé :

– Tu sais ce que Gozzie m'a dit ? Elle m'a raconté qu'elle savait monter un cheval à cru. Et qu'une fois, quand elle était à Paris avec sa famille, ils ont mangé des escargots et des cuisses de grenouille.

– Beurk !

– Tu imagines ! Moi aussi, j'étais dégoûtée. Mais d'après Gozzie, c'est délicieux, les cuisses de grenouille. Ça a le goût de poulet, en un peu plus caoutchouteux et plein d'ail... Tu sais ce que Gozzie a mangé d'autre ?

– Quoi ?

– Des sushis, de la viande d'élan et de la crème de riz. Elle a voyagé partout.

– Elle a l'air très intéressante.

– Oh, ça oui !

Je pensais que Marilyn allait commencer le puzzle mais elle a poursuivi :

– Une fois, Gozzie et sa famille étaient dans un avion, et un homme a dit qu'il allait le détourner. L'avion a dû faire un atterrissage d'urgence au Brésil et tout un tas de policiers ont envahi l'avion et ils ont arrêté l'homme. Ils ont dû le porter pour le faire sortir parce qu'il criait et qu'il ne voulait pas marcher.

– Ouh là ! Ça a dû être vraiment terrifiant.

– Tu penses ! La famille de Gozzie a été trop secouée pour pouvoir avaler le plateau-repas servi pendant le voyage.

Enfin, Marilyn a étalé les pièces du puzzle par terre et s'est mise à les assembler mais, en même temps, elle continuait à parler.

– Carolyn est devenue une vraie peste. Elle passe tout son temps avec Helen, Vanessa et d'autres filles du quartier. Helen et Vanessa ne sont même pas dans notre classe. Elles sont dans la section au-dessus.

– Ce n'est pas forcément gênant. Je suis amie avec Mallory Pike et Jessica Ramsey et j'ai deux ans de plus qu'elles.

Marilyn a haussé les épaules. Elle s'est concentrée pendant un moment sur le puzzle. Puis elle m'a lu *Sacrées sorcières*. Nous étions en plein milieu d'un chapitre très amusant lorsque Carolyn est arrivée.

– Bonjour, Mary Anne !

– Bonjour ! Waouh, tu es super comme ça !

Carolyn, avec ses cheveux courts et ses vêtements drôlement chouettes, m'a adressé un grand sourire.

Marilyn s'est renfrognée.

Puis Carolyn nous a annoncé :

– Helen, Vanessa et moi, et peut-être Charlotte Johanssen, nous avons pensé à former un club. Un club pour les filles. Nous ne laisserons que certaines personnes en faire partie.

– Un truc de snobs, ai-je entendu Marilyn murmurer.

Carolyn, elle aussi, l'avait entendue.

– Retire ça tout de suite ! a-t-elle hurlé. Mes amies ne sont pas snobs. Elles sont très gentilles. Elles sont simplement... cools.

– Elles sont idiotes, a répliqué Marilyn, et elle est partie dans sa chambre en tapant des pieds.

Je l'ai laissée seule pendant dix minutes. Puis je suis montée pour être sûre qu'elle allait bien. Je l'ai trouvée allongée sur son lit dans sa moitié de chambre. Elle fixait le plafond.

– Pourquoi tu ne redescends pas ? J'ai des nouveaux crayons dans le coffre à jouets. Et un bloc de papier neuf. Toi et Carolyn, vous pourriez faire des dessins pour votre maman et votre papa.

Marilyn m'a suivie à contrecœur. Puis elle s'est installée avec Carolyn sur la table de la cuisine et elles ont dessiné. Mais on ne peut pas dire que l'ambiance était vraiment détendue. Elles ne disaient pas un mot, sauf pour se lancer des piques du genre :

– Papa dit que je suis la meilleure en dessin.

– Ah oui, et qu'est-ce que ça peut bien me faire que papa préfère tes gribouillages ?

Hum. Je me demandais ce qui n'allait pas. Je pensais que les jumelles étaient plus heureuses depuis qu'elles avaient le droit d'être différentes. Mais j'avais en face de moi deux petites filles très en colère.

Quand je suis partie de chez les Arnold ce soir-là, j'avais le cafard. J'étais désolée d'avoir vu les jumelles si malheureuses.

Mais sur le chemin du retour, j'ai eu une révélation et, du coup, en arrivant chez moi, je me sentais mieux.

La première chose que j'ai faite en entrant dans la maison, c'est de caresser Tigrou.

– Salut, petit monstre, ai-je murmuré.

(Tigrou a environ une centaine de surnoms.)

Il s'est mis à ronronner. J'adore quand il fait ça. Il plisse les yeux et il a l'air d'être le chat le plus heureux de tout l'univers.

– Je parie que tu as faim, non ? Eh bien, moi aussi. Je ferais bien de nous préparer à dîner.

Préparer le dîner est une de mes responsabilités. Papa rentre généralement entre dix-huit heures et dix-huit heures trente, et moi vers dix-huit heures. C'est donc moi qui m'occupe du repas. Ce jour-là, nous avions décidé de réchauffer des lasagnes que nous avions congelées quelques semaines auparavant, et de faire une salade pour aller avec. Donc, aussitôt après avoir nourri Tigrou, j'ai allumé le four et j'ai sorti les ingrédients pour faire une super salade : de la laitue, des carottes, des champignons, des poivrons rouges et des poivrons verts, des concombres, des olives, du céleri, des œufs durs, et ces trucs salés que mon père adore... des tomates séchées.

Les lasagnes commençaient tout juste à répandre leur bonne odeur dans la cuisine, et j'avais coupé une bonne partie des ingrédients pour la salade, quand papa est arrivé. Il nous a embrassés, Tigrou et moi, tous les deux sur le front.

– Hum, j'ai une faim de loup !

– Moi aussi.

J'allais lui parler des jumelles, mais il s'est assis à la table de la cuisine avec une attitude particulière qui signifiait qu'il avait quelque chose à dire. Alors, je me suis tue.

– Devine quoi ? m'a-t-il demandé.

– Quoi ?

– Mme Schafer doit travailler tard ce soir.

C'était ça, sa grande nouvelle ? C'était comme s'il m'avait dit : « Devine quoi ? Ce soir il fait nuit. » Mme Schafer reste souvent tard le soir au bureau. Elle sait qu'elle doit travailler dur si elle veut arriver à quelque chose dans son entreprise.

– Hum... oh, ai-je bafouillé.

– Eh bien, je me demandais..., a continué papa, si tu aimerais inviter Carla à dîner. Nous avons plein de lasagnes, il n'y a pas de viande dedans et je t'aiderai à faire une énorme salade.

– Bien sûr !

J'adore quand Carla vient dîner chez nous.

– Super. Allez, va lui téléphoner.

C'est donc ce que j'ai fait. Et, bien entendu, Carla était emballée par la proposition. Qui aime manger tout seul ? Papa avait même dit que nous pourrions faire nos devoirs ensemble.

Il est allé la chercher (elle aurait pu venir en vélo, mais ensuite elle aurait dû rouler dans le noir pour rentrer chez elle), et, vers sept heures, nous étions tous les trois installés pour le repas.

Pour je ne sais quelle raison, papa avait insisté pour que nous dînions dans la salle à manger plutôt que dans la cuisine, alors que c'est là que nous prenons toujours nos repas, même si Carla ou mes autres amies sont avec nous. Papa avait même allumé des bougies et sorti notre plus belle vaisselle.

Je commençais à me dire que mon père avait une idée derrière la tête.

Et c'était exactement ça.

Après nous avoir demandé poliment comment s'était passée notre journée d'école, il a posé sa fourchette et s'est éclairci la gorge :

– Hum, hem.

Carla et moi, nous avons échangé un regard perplexe et Carla a haussé les sourcils.

– Comme vous le savez, a-t-il poursuivi, c'est bientôt l'anniversaire de la maman de Carla.

(Moi, je ne le savais pas mais Carla si, bien sûr.)

– Et j'ai pensé que ça pourrait être bien de lui faire une surprise.

Mon père suggérait une fête surprise ? Pourtant, je suis sûre qu'il aurait détesté qu'on lui en organise une. Que se passait-il ?

Carla a souri, cependant elle a répondu avec tact :

– C'est vraiment une très bonne idée, monsieur Cook, mais je ne sais pas si maman aime beaucoup les surprises.

– Oh, je ne pensais pas à quelque chose de grand, nous a rassurées papa. Je ne parle pas d'une soirée pleine de monde avec des gens qui s'agitent dans tous les sens. Je pensais simplement que nous pourrions l'emmener dîner au restaurant.

– Je pense qu'elle adorerait ça. Vraiment. Mais comment va-t-on s'y prendre pour lui faire une surprise ?

– Je ne sais pas encore très bien, a répondu papa. Peut-être que je pourrais demander à un de ses collègues de l'inviter à dîner…

– La veille de son anniversaire, l'ai-je coupé.

Il a froncé les sourcils. Il déteste qu'on l'interrompe.

Je me suis excusée tout bas :

– Pardon.

– Je pourrais demander à un collègue, a répété papa, de l'inviter pour un dîner d'affaires. Si elle est d'accord, je téléphonerai pour réserver une table. Nous irons un peu en avance, comme ça, quand ta mère arrivera, Carla, nous serons déjà là-bas.

– C'est un bon plan, a confirmé Carla. Elle ne se doutera de rien.

– Nous pourrions aussi faire un dîner vraiment spécial, ai-je proposé. Nous pourrions emporter ses cadeaux avec nous et commander un gâteau.

– Mais pas de serveurs ou de serveuses qui chantent *Happy Birthday*, nous a prévenus Carla.

– Papa ? Pourrais-tu commander une bouteille de champagne ? Je veux dire, juste pour toi et Mme Schafer... Carla et moi nous n'en prendrons pas. Et le serveur pourra la laisser dans un de ces seaux en argent à côté de la table.

– Et nous pourrions lui apporter une rose rouge, a ajouté Carla. Plutôt, vous, vous pourriez, monsieur Cook. Elle adorerait ça.

Papa a souri.

– Je suis heureux de vous avoir demandé votre avis..

(Il avait dû oublier que je l'avais interrompu.)

– ... Vous pourriez vous faire embaucher comme organisatrices de soirées.

– Hé, bonne idée ! ai-je dit avant de me rappeler que papa n'aime pas que je dise « hé ».

Mais il a juste répondu :

– Non, je plaisantais. Tu as assez à faire entre tes devoirs et tes baby-sittings.

Je savais qu'il avait raison.

Nous avons parlé de la surprise pour Mme Schafer pendant quasiment tout le repas. Une chose me paraissait étrange : cet anniversaire n'était pas un anniversaire important pour la mère de Carla. Je le savais parce que j'avais demandé :

– Quel âge va avoir ta mère ?

(Je n'avais même pas regardé papa. J'étais certaine qu'il désapprouvait cette question. Il est tellement vieux jeu... Il estime que c'est impoli de demander son âge à une femme.)

– Quarante-trois ans, m'a répondu Carla sans sourciller.

Hum. Pourquoi papa faisait-il une si grande affaire pour un anniversaire de quarante-trois ans ? Oh, bon. Peut-être qu'il voulait juste lui faire plaisir. Après tout, ça allait être le premier anniversaire de Mme Schafer depuis qu'ils ressortaient ensemble.

Une fois le dîner terminé, papa s'est porté volontaire pour faire la vaisselle, comme ça, Carla et moi pouvions commencer nos devoirs. Nous ne lui avons pas dit que nous n'avions pratiquement rien à faire, car nous voulions avoir un peu de temps pour discuter. Nous avons donc expédié nos exercices de maths et de sciences en un éclair, en croisant les doigts pour avoir trouvé les bonnes réponses.

Aussitôt après avoir terminé, j'ai demandé à Carla :

– Qu'est-ce que tu vas offrir à ta mère pour son anniversaire ?

Sans aucune hésitation, elle m'a répondu :

– Un agenda. Tu sais, un petit classeur qui t'aide à organiser toute ta vie. Elle en a vraiment besoin et d'ailleurs, elle a dit qu'elle en voulait un.

– Oh. Moi, je ne sais pas trop quoi lui offrir. Peut-être que je pourrais lui acheter un stylo pour aller avec son agenda. Je veux dire, un joli stylo. Pas un Bic.

– Non. Elle le perdrait.

– Oh. Et un livre ?

– Je ne sais pas. Elle est assez difficile dans le choix de ses livres.

Je me sentais un peu blessée. Pourquoi Carla ne m'aidait-elle pas ? Puis j'ai eu une idée géniale. Mme Schafer adore les bijoux.

– Je sais ! Un joli bijou ! ai-je hurlé.

– Super !

– Peut-être une broche en forme de chat. J'en ai vu une vraiment jolie dans...

– Pas moyen. Maman déteste les chats.

J'ai fini par perdre patience.

– Bon, tu pourrais m'aider, quand même ? Tu ne fais que rejeter mes idées.

– Je suis désolée. C'est juste que je connais mieux ma mère que toi, et tes idées ne sont pas... ne sont pas...

– Ne sont pas quoi ?

Carla a haussé les épaules.

– Maman et moi, nous sommes tellement proches, c'est tout. Je suppose que j'ai du mal à comprendre que tu ne réalises pas que ce ne sont pas de bonnes idées pour elle.

J'ai sauté de mon lit pour me retrouver face à Carla, les poings serrés.

– Ça, c'est toi qui le dis que ce ne sont pas de bonnes idées. Je pense qu'elle est... je ne sais pas...

– Désolée, a fait Carla, mais elle n'avait pas vraiment l'air si désolée que ça.

Je me suis rassise sur le lit, et Tigrou s'est glissé sur mes genoux. Il déteste quand on crie. En général, dans ces cas-là, il sort de la pièce.

Carla et moi, nous sommes restées silencieuses pendant un bon moment. Puis elle m'a demandé comment s'était passé mon baby-sitting de l'après-midi. Je lui ai parlé des jumelles et de leurs nouvelles amies.

– Gozzie Kunka ? a-t-elle répété, stupéfaite, quand j'ai mentionné l'amie de Marilyn.

– Si, si, je t'assure, il paraît qu'elle s'appelle comme ça.

– Je n'ai jamais entendu un nom pareil.

– Moi non plus. Mais il faut croire que ça existe.

Carla a souri.

– Pendant longtemps, j'ai pensé que Logan Rinaldi était un nom vraiment bizarre, m'a-t-elle taquinée.

Je lui ai jeté un oreiller dans la figure et elle me l'a renvoyé. Nous avons piqué un fou rire et nous avons mis du temps à nous calmer.

Nous étions réconciliées.

6

MARDI

J'ai gardé Mathew et Helen aujourd'hui. J'adore vraiment ces enfants. Mathew est génial. Même quand il signe, il n'a pas l'air d'un handicapé ou d'un enfant différent. Mais simplement d'un enfant de sept ans. Eh bien, aujourd'hui, Mathew m'a appris un nouveau signe. C'est le signe pour dire "chouette" : vous posez vos mains autour de vos yeux pour les rendre aussi ronds que ceux d'une chouette. C'est pas génial ?

Bon, et puis Carolyn Arnold est venue pour jouer avec Helen pendant que j'étais là, et puisque je savais que Mal gardait ses frères et sœurs, j'ai emmené les enfants chez elle. Et ils ont joué au jeu des sardines. C'est là que ça a commencé à être vraiment amusant...

Au cas où vous l'ignoreriez, Mathew et Helen Braddock sont deux enfants que nous gardons régulièrement. Mathew a sept ans et Helen neuf.

Ce sont des enfants super. Il y a cependant quelque chose d'inhabituel dans leur famille, c'est que Mathew est sourd profond et qu'il ne parle pas. Helen, ses parents et lui communiquent en langue des signes. Toutes nos baby-sitters, surtout Jessi, et même quelques enfants du quartier, ont appris quelques signes. Si nous ne signons pas, nous ne pouvons pas « parler » avec Mathew. (Il ne lit pas sur les lèvres. Lire sur les lèvres est très difficile. Essayez de regarder la télévision en vous bouchant les oreilles. Et vous verrez ce que vous aurez compris. A mon avis, sûrement pas grand-chose. Le « p » et le « b » se font exactement de la même façon. Et le « d » et le « t » aussi. Et essayez de lire sur les lèvres de quelqu'un qui a une moustache. C'est peine perdue. Vous ne pourrez rien voir du tout.)

Bon, Mathew parle avec ses mains comme la plupart des gens parlent avec leur bouche. Il y a des signes pour tous les mots (comme « chouette » que Jessi avait appris ce jour-là). Si vous ne connaissez pas le signe pour un mot, vous pouvez l'épeler puisqu'il y a aussi des signes pour chaque lettre de l'alphabet. Mathew est le meilleur signeur d'entre nous, puisqu'il signe toute la journée dans son école spéciale, mais Helen et ses parents sont quasiment aussi bons que lui. Quand nous avons des problèmes de communication avec lui, Helen est notre interprète.

Jessi est allée chez les Braddock directement après la sortie de l'école. Très peu de temps après le départ de Mme

Braddock, la sonnette a retenti. (Une lumière clignote dans chaque pièce de la maison en même temps pour que Mathew sache aussi que quelqu'un a sonné.) Mathew et Helen se sont précipités à la porte.

– C'est Carolyn ! a crié Helen en signant en même temps. J'en suis sûre.

– Vérifie avant d'ouvrir la porte, l'a mise en garde Jessi.

Elle s'en est assurée. C'était bien Carolyn.

Elle portait un blouson à capuche, un pantalon style treillis bien large et des baskets bleues.

– Salut ! a-t-elle crié en sautant au cou d'Helen.

On n'aurait jamais pensé que les deux filles venaient de se voir à l'école. (Bon, c'est vrai, elles ne sont pas dans la même classe.) Jessi a donné à goûter aux enfants. Puis elle a signé et dit :

– Que voulez-vous faire aujourd'hui ? Il fait vraiment beau dehors.

Mais Helen et Carolyn se sont regardées et elles ont haussé les épaules.

– Hé ! Nous pourrions démarrer notre club, a proposé Carolyn.

Comme elle ne connaissait que deux signes, celui pour « fleur » et celui pour « je suis désolée », Helen a signé sa suggestion à Mathew afin qu'il puisse comprendre ce qui se passait.

Quand il a compris qu'il s'agissait d'un club de filles. il a fait la grimace.

– Et si on allait chez les Pike ? a signé Jessi.

Bien sûr, elle a parlé en même temps pour que Carolyn ne se sente pas mise à l'écart de la conversation.

– Mal garde Nicky, Vanessa et Claire.

Helen et Carolyn ont échangé un sourire. Jessi savait qu'elles avaient envie de parler de leur club à Vanessa.

Mathew a fait, lui aussi, un grand sourire. Il s'entend très bien avec les garçons Pike et il était content d'aller voir Nicky.

Donc, Jessi a téléphoné à Mallory et elles ont convenu que les enfants pourraient jouer ensemble.

Quand Jessi et les enfants sont arrivés chez les Pike, ils ont été accueillis à la porte par une Claire surexcitée.

– On va jouer aux sardines ! On va jouer aux sardines ! criait-elle en bondissant dans tous les sens.

Helen ne connaissait pas le signe pour « sardine », alors elle l'a épelé à son frère. Puis Claire et Vanessa ont expliqué ce qu'était ce jeu et Helen a traduit. A la fin, les filles semblaient avoir complètement oublié cette histoire à propos de leur club. Les sardines paraissaient beaucoup plus intéressantes. Avez-vous déjà joué à ce jeu ? Voilà comment il se déroule : c'est une version de cache-cache, seulement il n'y a qu'une personne qui se cache et tous les autres cherchent. Quand un des « chercheurs » trouve celui qui se cache, il se cache avec lui. La personne suivante qui trouve ceux qui sont cachés se cache aussi avec eux et ça continue jusqu'à ce qu'il ne reste plus qu'un chercheur. Ce chercheur est le perdant et il commence la partie suivante en se cachant. Le truc c'est que, quand vous êtes celui qui se cache, il faut que vous trouviez une cachette dans laquelle beaucoup de personnes puissent se glisser... ou vous finissez serrés comme des sardines ! Jessi et Mal ont emmené les enfants dans le jardin. On peut jouer aux sardines à l'intérieur mais depuis que les triplés ont cassé une chaise en y jouant un jour de pluie, Mme Pike a interdit de jouer dans la maison. Les enfants n'y voient pas d'inconvénients car c'est plus facile de trouver une grande cachette dans le jardin.

– D'accord, a fait Helen en signant en même temps. Bon, on va ploufer pour voir qui va se cacher.

– On va faire plouf dans l'eau ? a répété Claire, étonnée.

Tout le monde a éclaté de rire.

– Non, dit Helen. On va ploufer en chantant *Eeny-meeny-miny-moe*. Tout le monde se met en cercle en tendant une main. Mal ou Jessi, est-ce qu'une de vous pourrait nous aider ?

Jessi s'est placée au milieu du cercle.

– Tu sais ce qu'il faut faire ? lui a demandé Helen.

– Bien sûr.

Et Jessi a récité *Eeny-meeny-miny-moe. Attrapez un tigre par la patte. Mais s'il grogne, lâchez-le. Eeny-meeny-miny-moe !* Pendant qu'elle chantait, elle désignait un enfant après l'autre en tournant dans le cercle. Quand elle a prononcé le dernier *moe*, elle était en train de montrer Vanessa du doigt. C'était donc à elle d'aller se cacher.

– D'accord, a fait Vanessa. Vous tous, vous devez vous tourner vers le mur de la maison et fermer les yeux. Jessi va compter jusqu'à cent. Ensuite, vous pourrez commencer à me chercher.

Donc, Mathew, Helen, Carolyn, Nicky et Claire ont fermé les yeux pendant que Jessi comptait. Vanessa savait exactement où elle voulait se cacher, et c'était un bon choix : en dessous des branches d'un pin. Elle s'est précipitée vers l'arbre, s'est collée contre le tronc, et elle était bien cachée avant même que Jessi soit arrivée à vingt. Enfin Jessi a annoncé « cent » puis elle a ajouté :

– Bon, tout le monde ouvre les yeux.

Elle a tapé sur l'épaule de Mathew pour qu'il sache que le jeu avait commencé.

Vanessa devait aimer se cacher sous le pin car Nicky et Claire y ont foncé tout droit. Mais ils ont fait en sorte d'être discrets pour que les autres ne les voient pas.

Helen, Mathew et Carolyn cherchaient de long en large dans le jardin.

Aucun bruit ne parvenait du pin. Mathew a jeté un œil en dessous d'une brouette qui était retournée.

Helen est grimpée dans la cabane dans les arbres et a cherché à l'intérieur.

Carolyn est allée regarder dans la cabane à outils.

– Où sont-ils ? s'est exclamée Helen.

Jessi et Mal ont entendu un rire provenant de sous l'arbre. C'était Claire. Elle n'avait pas pu se retenir. Malheureusement, Helen l'avait entendue elle aussi et elle s'est précipitée vers le pin. Mathew l'a suivie.

Carolyn s'est donc retrouvée toute seule. Cela voulait dire que c'était elle qui allait se cacher pour la prochaine partie. Elle a choisi la cabane dans les arbres. Encore une fois, ce sont les rires de Claire qui les ont fait repérer quand elle a rejoint les autres dans la cabane.

– Je pense que Claire devrait être la prochaine à se cacher, a annoncé Nicky à la fin de la partie.

– Non ! s'est exclamée Claire.

– Si !

– Non !

– Si... espèce de ouistiti.

Pendant un moment, Claire a semblé sur le point de se mettre à pleurer. Mais finalement elle a éclaté de rire. Nicky, lui aussi, s'est mis à rire et du coup, les autres aussi, même Mathew une fois qu'Helen lui a eu épelé « espèce de ouistiti ».

Mathew a été le suivant à se cacher et il a trouvé une merveilleuse cachette sous la brouette. On ne pouvait apercevoir la moindre petite partie de son corps mais personne ne pouvait non plus se cacher avec lui. Il l'a réalisé trop tard quand Claire l'a découvert. Elle a fait un énorme vacarme et tout le monde est arrivé en courant.

Aucun enfant ne voulait admettre être le dernier à l'avoir remarquée.

– Ce n'est pas moi ! Ce n'est pas moi ! disaient tous les enfants en même temps.

Puis Nicky a dit qu'il avait soif, et Mallory a apporté une carafe d'eau et des gobelets en plastique dans le jardin. Le jeu des sardines était terminé. Claire a bu son eau puis est allée sur les balançoires. Nicky et Mathew ont décidé de s'entraîner au base-ball. (Ils font partie de l'équipe des Imbattables de Kristy.) Carolyn, Helen, et Vanessa se sont assises dans le patio avec Mal et Jessi.

– Où est Marilyn ? a demandé Mal.

Carolyn a haussé les épaules.

– A la maison, je pense. Elle ne joue plus jamais avec moi.

– Je suppose que tu as tes propres amies maintenant et que Marilyn a les siennes, a dit Jessi.

Carolyn a fait une grimace.

– Marilyn n'a pas d'amies. Elle est trop autoritaire.

– Et Gozzie Kunka ? l'a interrogée Mal qui en avait entendu parler par Carla et moi.

– Qui ? s'est exclamée Helen.

– Gozzie Kunka. La fille étrangère. Celle qui est nouvelle dans votre école.

– Je n'ai jamais entendu parler d'une Gozzie Kunka, a répliqué Helen en fronçant les sourcils.

– Moi non plus, a renchéri Vanessa.

– Moi si, est intervenue Carolyn. Je ne suis pas sûre que ce soit vraiment une amie de Marilyn, mais elle m'en a beaucoup parlé. Elle dit qu'elle est allée partout dans le monde. Le père de Gozzie travaille pour le gouvernement, seulement maintenant, ils se sont installés ici.

– Tu ne crois pas qu'une famille comme ça devrait vivre à Washington ou à New York ou dans une autre grande ville ? lui a fait remarquer Jessi. Mais pas à Stonebrook !

Les filles se sont regardées et ont haussé les épaules. Puis Carolyn, Vanessa et Helen ont décidé de discuter de leur club. Une demi-heure plus tard, Jessi est repartie avec Helen, Mathew et Carolyn chez les Braddock. Les enfants ont tous agité la main pour se dire au revoir, un signe que tout le monde comprend.

Dès qu'ils ont été sortis du jardin des Pike, Carolyn a annoncé à Jessi :

– Papa va être très fier de moi quand il va savoir que j'apprends la langue des signes. Marilyn ne connaît pas un seul signe, mais je vais en apprendre plein avec Helen et Mathew. Je parie que Marilyn va être jalouse…, très jalouse.

7

– *Pluie, pluie, va-t'en et ne reviens jamais,* chantait Marilyn Arnold.

– *Ce n'est pas ça, la chanson, l'a reprise Carolyn. C'est : Pluie, pluie, va-t'en. Reviens un autre jour.*

– Je sais. C'est simplement que je me disais que ce serait génial s'il faisait tout le temps beau. Et que les jardins soient toujours en fleurs...

– Ce n'est pas possible, a répliqué Carolyn, l'experte en sciences. Les fleurs ne peuvent pas éclore tout le temps, surtout s'il ne pleut jamais. Et d'ailleurs, s'il ne pleuvait jamais, nous manquerions d'eau. Nous n'en aurions plus ni pour boire ni pour nous laver, et tout serait desséché et nous mourrions tous.

– C'est pas vrai !

– Si !

– Non !

– SI !

– NON !

– Les filles, ça suffit ! ai-je ordonné.

Je gardais les jumelles et il pleuvait. Je n'étais pas encore intervenue dans leur dispute parce que j'espérais qu'elles allaient y mettre fin elles-mêmes. Mais apparemment ce n'était pas le cas.

– Marilyn est devenue une vraie peste ! a gémi Carolyn.

Elle était assise par terre devant la télévision, et elle était en train de sortir des jouets de mon coffre.

– Ce n'est pas vrai.

Marilyn s'est détournée de la fenêtre par laquelle elle regardait la pluie qui tombait inlassablement depuis le matin.

– Je veux simplement aller dehors. Nous avons été coincés à l'intérieur toute la journée à l'école, et même pendant les récréations.

– Ouais, mais on a joué à colin-maillard dans notre classe, a dit Carolyn.

– C'est un jeu stupide.

– C'est toi qui es stupide.

– Ça suffit ! ai-je crié. Qu'est-ce que vous avez ?

– Rien, ont-elles répondu en même temps.

– Bon, venez ici. Jetez un œil dans le coffre à jouets. Il y avait des soldes chez Bellair et tout le Club des baby-sitters y est allé pour acheter de nouveaux jeux. Voilà un kaléidoscope. On voit de jolis motifs dedans. Regardez !

J'ai plaqué le kaléidoscope contre mon œil et dit :

– Là, maintenant, je vois une centaine de Carolyn tourner.

– Super, a murmuré Marilyn.

– Et j'ai de la pâte à modeler. Oh, et bien ça, ça ne vient pas de la boutique, mais c'est un jeu de société. C'est « le jeu de l'école de Mary Anne ». On fait rouler les dés et on doit faire des choses comme de la gym ou aller chez le directeur ou... ici, si vous atterrissez sur cette case, vous obtenez directement un A et vous pouvez avancer de dix cases. Le but du jeu est d'aller de septembre à juin le plus vite possible. Le premier qui y arrive a gagné.

J'étais très fière de mon jeu, comme vous pouvez vous en douter. C'était le premier jeu que j'avais inventé, et je pensais que n'importe quel enfant assez âgé pour aller à l'école élémentaire l'aimerait. J'avais même trouvé de gros boutons pour faire les pions et je m'étais appliquée à écrire sur des cartes des petites phrases comme : « Vous avez oublié vos affaires de gymnastique. Reculez d'une case », ou « Le professeur a fait une erreur et vous le corrigez. Avancez de trois cases. »

Comme je l'avais espéré, les jumelles étaient intriguées. Elles ont même paru oublier leur dispute et nous avons installé le jeu par terre. Les jumelles étaient cependant assises l'une en face de l'autre, et pas l'une à côté de l'autre.

– Carolyn va tricher si elle peut voir mes cartes, a grogné Marilyn.

– Marilyn aussi va tricher, a répliqué Carolyn.

(Et moi qui pensais qu'elles avaient arrêté de se chamailler !)

– Bon, on commence ? s'est impatientée Marilyn.

– On lance le dé pour savoir qui va commencer, les ai-je informées.

Les jumelles se sont toutes les deux jetées sur le dé. Puis elles m'ont regardée avec circonspection.

– Qui lance le dé la première ? a demandé Carolyn.

– Est-ce que c'est vraiment important ?

– Oui, parce que j'ai envie de lancer la première, m'a-t-elle répondu.

– Et moi aussi, a renchéri sa sœur.

J'ai résolu ce problème.

– Je vais lancer la première. La personne à ma gauche – c'est toi, Carolyn – lancera en deuxième.

– C'est pas juste ! a hurlé Marilyn.

– Si, dans la plupart des jeux, les joueurs prennent leur tour dans le sens des aiguilles d'une montre. Donc vers la gauche.

Marilyn a fait la moue et a boudé jusqu'à ce qu'elle réalise qu'elle avait obtenu le plus grand nombre en jetant les dés et donc que c'était elle qui allait commencer. Nous avons joué calmement pendant à peu près dix minutes. Carolyn gagnait mais Marilyn le prenait bien. Tout se passait à merveille jusqu'à ce que Marilyn atterrisse sur une case déjà occupée par Carolyn. Quand cela arrive, il faut tirer une carte. Sur celle de Marilyn, il y avait écrit : « Vous avez été prise en train de parler en classe. La première personne qui était sur la case doit reculer de dix cases. »

– Dix cases ! a hurlé Carolyn. Marilyn, tu… tu es un sale petit ouistiti !

Marilyn est devenue toute rouge mais elle s'est contentée de dire :

– J'en ai assez de ce jeu. Je vais dans ma chambre.

– Ce n'est pas ta chambre. C'est notre chambre et je veux y aller !

– Eh bien, tu ne peux pas, parce que j'y vais. Je l'ai dit la première.

Carolyn s'est tue. Puis elle a murmuré :

– C'est horrible de devoir partager une chambre avec toi.

– Je ne vois pas pourquoi, a répliqué sa sœur. Tu n'y es jamais. Tu n'es jamais à la maison. Ça devrait être ma chambre.

– Eh bien, ce n'est pas le cas.

Vous vous demandez probablement pourquoi je n'intervenais pas. C'est parce que j'étais trop choquée. Je n'avais jamais entendu les jumelles se disputer aussi violemment. Elles avaient déjà été des pestes avec les baby-sitters. Elles avaient joué des mauvais tours en se faisant passer l'une pour l'autre, mais elles le faisaient toujours ensemble, même quand elles voulaient désespérément être considérées comme des personnes différentes. Là, qu'elles se disputent ainsi, c'était vraiment nouveau.

Puis, avant même que je puisse dire quoi que ce soit, Marilyn et Carolyn (en même temps) ont hurlé :

– Je vais dans ma chambre !

Elles se sont ruées vers l'escalier, et comme elles l'ont atteint en même temps, elles l'ont grimpé côte à côte en se donnant des coups de coude.

J'ai enfin repris mes esprits.

– Attention, vous deux. Quelqu'un va se faire mal.

– Je m'en fiche ! ont-elles répondu en chœur.

J'ai grimpé les escaliers quatre à quatre. J'étais juste

derrière elles... et heureusement, car Carolyn est arrivée dans la chambre juste avant Marilyn et elle a essayé de lui claquer la porte au nez. Comme je suis plus grande qu'elles, en passant le bras au-dessus de la tête de Marilyn, j'ai réussi à retenir la porte ouverte.

Carolyn s'est dirigée vers son lit en traînant les pieds et s'est affalée dessus.

Marilyn s'est dirigée vers son lit en traînant les pieds et s'est affalée dessus.

Et elles se sont toutes les deux tournées vers le mur.

– Maintenant écoutez-moi, toutes les deux. J'ai besoin de savoir ce qui se passe.

– Rien, ont-elles à nouveau répondu.

– Visiblement, ce n'est pas « rien ». Je veux la vérité.

Il y a eu un moment de silence. Puis Marilyn a dit :

– Carolyn est sans arrêt dehors et elle me laisse toute seule. Elle ne joue plus jamais avec moi.

– Marilyn passe son temps à m'embêter. Elle ne me laisse jamais tranquille. Et elle commande mes amies. C'est pour ça que je ne veux plus qu'elle vienne avec moi.

(Elles parlaient toutes les deux en regardant le mur.)

– En plus, a continué Marilyn, maman préfère Carolyn parce qu'elle a plein d'amies et qu'elle est très intelligente.

– Et papa préfère Marilyn parce qu'elle sait jouer du piano et qu'elle va à des récitals et que la semaine dernière elle a gagné un prix.

J'ai soupiré.

– Vous savez quoi ? Vous êtes deux personnes différentes maintenant. Vous avez des amies différentes. Vous ne pouvez pas demander aux gens de continuer à vous traiter comme une seule et même personne. En plus, vos parents vous aiment toujours autant toutes les deux.

Lentement, Marilyn et Carolyn se sont retournées. Elles se sont regardées, mais la scène que j'espérais n'est pas arrivée. J'aurais voulu qu'elles sautent de leurs lits, qu'elles se retrouvent au milieu de la pièce, qu'elles s'embrassent, pleurent et s'excusent.

Au lieu de cela, Marilyn a dit :

– Bon, si je suis si différente de Carolyn, eh bien, je ne veux plus qu'elle partage ma chambre.

Avant même que Carolyn ait pu répliquer « Ce n'est pas ta chambre, c'est la nôtre » (comme je m'y attendais), Marilyn avait atteint son bureau. Elle a ouvert un tiroir et en a sorti un rouleau de ruban adhésif. Puis elle s'est dirigée vers la fenêtre, qui est au milieu de la pièce. Elle a placé le bout du rouleau exactement au milieu de la fenêtre et elle l'a déroulé par terre jusqu'au mur opposé.

– Voilà. Cette moitié est à moi. Cette moitié est à toi. On ne dépasse pas la ligne, compris ?

Je me tenais sur le pas de la porte et j'attendais de voir la suite.

Carolyn a pris un air rusé.

– Compris. Mais comment tu vas faire pour sortir ? La porte est de mon côté. Tu es coincée là.

Marilyn a rougi. Elle avait l'air embarrassée. Mais tout à coup, son visage s'est éclairé.

– Je crois que tu as un plus gros problème. L'armoire est de mon côté. Tu vas devoir mettre les vêtements que tu as sur toi pendant tout le reste de ta vie.

J'ai souri. C'était une tragédie pour Carolyn, surtout

71

depuis qu'elle se préoccupait tellement de son look. Cela la tuerait de porter les mêmes vêtements deux jours de suite, alors imaginez s'il fallait qu'elle soit habillée de la même façon pendant toute sa vie !

– D'accord, maintenant on va discuter, ai-je dit aux filles en croisant les bras. Vous êtes assez grandes pour trouver un arrangement.

– Non, a affirmé Marilyn.

– Non, a confirmé sa sœur.

– Non ?

– Je ne lui parle pas, ont-elles déclaré en même temps en se montrant du doigt.

Puis elles se sont tourné le dos pour fixer le mur à nouveau.

J'étais atterrée. J'avais toujours voulu avoir un frère ou une sœur, surtout une sœur. Et je pensais que c'aurait été vraiment super d'avoir une sœur jumelle. Je nous imaginais échangeant nos vêtements et bavardant tard le soir (puisque, bien sûr, nous aurions été heureuses de partager la même chambre). Petites, nous aurions inventé des histoires qui nous auraient fait nous cacher sous nos lits. Plus grandes, nous aurions discuté de films et de nos amis. Et encore plus grandes, nous aurions parlé des garçons et de nos parents.

Pourquoi Marilyn et Carolyn ne s'entendaient-elle pas ?

J'ai très vite arrêté de me poser des questions. Mme Arnold allait bientôt rentrer et je ne voulais pas qu'elle voie le ruban adhésif divisant la pièce en deux. J'ai demandé à Marilyn de bien vouloir le retirer.

Elle m'a obéi en ronchonnant.

Encore une fois, je suis partie en laissant deux filles en colère derrière moi.

8

J'étais surexcitée ! C'était le jour du dîner d'anniversaire de la mère de Carla. Tout était organisé, et papa, Carla et moi espérions que la surprise ou plutôt les surprises allaient être réussies.

L'anniversaire de Mme Schafer tombait le lendemain, et elle ne s'était doutée de rien quand un de ses collègues (qui est, bien entendu, un ami de papa) l'avait invitée à dîner pour discuter de travail. Il lui avait dit qu'il réserverait une table pour deux à son nom Chez Maurice. En fait, il a téléphoné et réservé une table, mais une table pour quatre. Papa avait prévu de nous emmener, Carla et moi (Carla devait dire à sa mère qu'elle allait encore dîner avec nous, ce qui n'était finalement pas un mensonge), pour que nous arrivions au restaurant vers sept heures moins le quart.

Puis papa dirait au maître d'hôtel : « Bonjour, nous venons dîner avec les Humboldt. Nous sommes un peu en avance. Pouvons-nous quand même nous installer ? »

Quand Mme Schafer arriverait, elle dirait : « Bonjour, je dîne avec M. Humboldt », et le maître d'hôtel la conduirait à notre table ! Et M. Humboldt, bien sûr, ne viendrait jamais.

Voilà comment la soirée devait commencer, enfin, en espérant que tout se déroule comme prévu...

Le dîner surprise avait lieu un vendredi, et Carla et moi étions tellement excitées ce jour-là que nous n'arrivions pas à penser à autre chose.

A l'heure du déjeuner, Carla m'a demandé :

– Est-ce que tu as un baby-sitting cet après-midi ?

– Non. Pourquoi ?

– Oh, très bien. Moi non plus. J'avais pensé que, après l'école, nous pourrions nous changer et mettre nos vêtements habillés pour ce soir. Nous les porterions pendant la réunion du club et, une fois la réunion terminée, nous pourrions traverser la rue en courant et nous serions prêtes pour sortir dîner. Ton père n'aurait pas besoin de venir me chercher.

Kristy a levé les yeux au ciel. Je ne pouvais pas trop lui en vouloir. Carla et moi parlions de ce dîner à longueur de temps. Mais, bon, c'était tellement excitant.

Et j'avais finalement trouvé un cadeau pour Mme Schafer. Je l'avais payé avec l'argent de mes baby-sittings. C'était un bijou, mais ce n'était pas un chat. C'était une réplique de l'anneau du lycée de Stonebrook.

C'était Samuel, le frère de Kristy, qui l'avait acheté dans une boutique du lycée où ils vendent des T-shirts de l'école et plein d'autres choses de ce genre-là. Je pensais que Mme Schafer pourrait le mettre sur une chaîne autour de son cou. J'avais eu cette idée parce que je savais que, des années auparavant, quand elle et mon père étaient au lycée de Stonebrook, papa n'avait pas les moyens d'acheter l'anneau de l'école ni pour lui ni pour elle. La mère de Carla ne l'avait donc jamais eu. Je me disais que ce cadeau serait une sorte de clin d'œil.

Le soir, Carla et moi, nous ne tenions plus en place en attendant la fin de la réunion du club. Quand elle s'est enfin terminée, nous avions l'impression d'avoir passé une autre journée à l'école. Dès que le réveil de Claudia a indiqué dix-huit heures, nous sommes parties en courant :

– Salut tout le monde !

Nous avons dégringolé les escaliers à toute vitesse, ouvert précipitamment la porte de la maison et couru jusque chez moi.

Papa était déjà là. Il était rentré plus tôt que d'habitude et il nous a accueillies à la porte.

– Vous êtes vraiment très jolies !

Nous avons souri.

– Merci, ai-je répondu.

Carla portait une robe longue à bretelles, imprimée de petites fleurs bleues, qu'elle avait achetée toute seule au centre commercial Washington. Ça lui donnait l'air d'une vraie jeune fille. Et ça lui allait à merveille, avec ses longs cheveux. Moi, j'avais mis une jupe toute simple et un haut brodé avec des perles de toutes les couleurs. Nous nous étions toutes les deux assises avec beaucoup de précaution pendant la réunion du club pour ne pas froisser nos vêtements.

Nous avions une demi-heure à tuer avant de partir, mais nous avons tous les trois bien utilisé ce temps. Carla et moi, nous nous sommes coiffées et nous avons mis nos cadeaux dans un petit sac. (Je n'avais pas dit à Carla ce que j'avais acheté à sa mère.) Puis nous nous sommes verni les ongles. J'ai d'abord demandé la permission à papa qui m'a répondu que je pouvais à condition que ce soit avec du vernis discret. Bon, c'était mieux que rien, même si Carla avait le droit d'en mettre du violet.

Pendant ce temps-là, papa a téléphoné au restaurant puis à une boutique qui livre des bouquets de ballons, pour leur confirmer un certain nombre de choses. Il a entouré le bout de la tige d'une rose rouge dans un essuie-tout humide puis l'a couvert de papier aluminium. Ensuite, il a ajouté la rose dans notre petit sac.

– Où est ton cadeau ? lui ai-je demandé.

– C'est un secret, a-t-il répondu d'un air mystérieux. Venez. Il est six heures et demie. C'est l'heure de partir.

Nous sommes arrivés Chez Maurice à sept heures moins le quart pile. Jusque-là, tout se passait comme prévu. Puis papa a dit au maître d'hôtel que nous venions dîner avec M. Humboldt, et on nous a conduits à une table.

Elle était splendide ! Exactement comme nous la voulions : il y avait une bouteille de champagne dans un seau juste à côté et les bougies étaient allumées. La nappe était d'un blanc éclatant, les assiettes bleues et les couverts en argent. Alors que Carla et moi restions bouche bée devant un si beau décor, papa a discuté avec le maître d'hôtel. Puis le maître d'hôtel nous a laissés et nous nous sommes installés. Carla et moi avons posé les cadeaux sur la chaise de Mme Schafer, et papa a sorti la rose du sac et l'a posée sur son assiette. C'était tellement chic !

– La seule chose qui manque, c'est le bouquet de ballons, a remarqué papa.

– Et ma mère, a ajouté Carla.

Nous avons tous ri.

Heureusement, les ballons sont arrivés cinq minutes avant Mme Schafer. Un serveur les a attachés au lustre au-dessus de notre table. J'espérais que le lustre n'était pas trop chaud car cela aurait été vraiment gênant que les ballons explosent dans le restaurant.

Le serveur venait de nous quitter lorsque Mme Schafer est arrivée à notre table. Quand elle nous a vus tous les trois, les ballons, les cadeaux, la rose et le champagne, j'ai cru qu'elle allait s'évanouir.

– Surprise ! Bon anniversaire ! avons-nous dit en chœur, mais pas trop fort.

– Oh, mon Dieu ! s'est-elle exclamée.

Elle s'est assise en tremblant un peu.

– Mais qu'est-ce qui est arrivé à Stuart Humboldt ?

Papa a souri.

– Oublie-le. Il n'y a pas de dîner d'affaires. Carla, Mary Anne et moi avons organisé ça depuis des semaines.

Puis il a piqué la rose dans le chemisier de Mme Schafer, et ils se sont souri comme s'ils étaient seuls dans le restaurant.

Un petit peu après, le serveur a apporté les cartes et le dîner a commencé. Je ne vais pas rentrer dans tous les détails car, même si c'était délicieux et que nous nous sommes bien amusés, le meilleur vient ensuite.

Au dessert.

Comme papa en était convenu avec le maître d'hôtel, notre serveur nous a annoncé qu'il allait apporter la carte des desserts mais, au lieu de ça, il est arrivé avec... un gâteau! Personne n'a chanté *Happy Birthday* cependant – sinon, je pense que Mme Schafer aurait été gênée.

Le gâteau était génial. Le glaçage était blanc avec des fleurs bleues et roses partout. Nous nous sommes tous penchés dessus pour mieux le regarder mais, après avoir soufflé ses bougies, Mme Schafer a continué à scruter le gâteau.

– Qu'est-ce qu'il y a? s'est inquiétée Carla.

Très doucement, sa mère a retiré une des bougies et a saisi quelque chose qui avait été glissé sur la bougie puis posé sur le gâteau.

– Est-ce que c'est ce que je crois? a-t-elle demandé à mon père.

Il a hoché nerveusement la tête.

Mme Schafer a tenu la chose levée pour que Carla et moi puissions la voir.

C'était une bague en diamants.

– C'est... une bague de fiançailles, nous a-t-elle expliqué.

Puis elle s'est tournée vers mon père :

– Je croyais que nous étions d'accord... pas de bague. Je n'ai pas besoin d'une bague.

Papa a haussé les épaules.

– Je n'ai pas pu m'en empêcher. Surtout que je n'avais pas pu t'offrir l'anneau du lycée.

La mère de Carla s'est penchée et a embrassé mon père. Comme vous pouvez l'imaginer, Carla et moi les regardions, le souffle coupé. Finalement, j'ai réussi à murmurer :

– Ça veut dire que vous allez vous marier ?

Mon père et la mère de Carla ont acquiescé.

– Nous avons essayé de trouver un moyen original de vous le dire, mais nous n'en avons pas trouvé, a avoué papa. J'ai pensé que ce serait une bonne idée de le faire à l'occasion d'un événement à fêter.

Il s'est tourné vers Mme Schafer :

– Je suis désolé, je ne t'ai pas consultée. Ça t'embête ?

– Un petit peu, a-t-elle répondu avec franchise. Mais comment pourrais-je t'en vouloir avec tous ces ballons, et un gâteau et... et une bague ?...

Remarquant qu'elle était sur le point de pleurer, je lui ai dit :

– Et si vous ouvriez vos cadeaux ?

Et, à ce moment-là, Carla m'a chuchoté :

– Nous allons être demi-sœurs ! C'est dingue !

Tout à coup, j'ai fondu en larmes. Et Carla aussi. Nous sommes tombées dans les bras l'une de l'autre. Puis nous avons posé à nos parents un million de questions : quand allait avoir lieu le mariage, qui serait invité, est-ce que nous pourrions inviter nos amis ?

Papa et Mme Schafer n'avaient pas beaucoup de réponses, sauf que le mariage serait probablement un petit mariage, qu'il aurait lieu très bientôt et que David viendrait de Californie pour y assister.

Après tout ça, Mme Schafer a enfin ouvert ses cadeaux. Elle était très contente de l'agenda de Carla, même si ce n'était pas une surprise et, comme vous pouvez l'imaginer, elle a adoré l'anneau du lycée. Elle était encore une fois au bord des larmes, mais finalement elle m'a dit :

– Quel merveilleux cadeau, ma chérie. Je suis tellement heureuse que tu deviennes ma belle-fille.

Papa m'a souri.

Et moi, j'ai adressé un grand sourire à Carla.

Mais elle a mis un moment avant de sourire elle aussi.

Du coup, ma soirée en a été un peu assombrie. Cette nouvelle ne me réjouissait plus autant.

Mais c'est quand je me suis retrouvée allongée dans mon lit, Tigrou pelotonné à côté de moi, que je me suis mise à penser à certaines choses qui m'embêtaient. Par exemple, Carla m'avait dit que sa mère détestait les chats. Eh bien, pas question que je me sépare de Tigrou. Mme Schafer devrait apprendre à vivre avec lui après le mariage ! Puis je me suis rappelée comme mon père était soigneux et organisé. Il aime que les choses soient à leur place. Comment pourrait-il vivre avec la mère de Carla qui est tellement désordonnée et tête en l'air ?

Oh, bon, ce ne sont que des petites choses, me suis-je dit, comparé au fait que j'allais gagner une belle-mère, un demi-frère la moitié du temps, et... et une demi-sœur. Et ce serait Carla, une de mes meilleures amies au monde. Je n'arrivais pas à y croire !

Carla et moi, nous avons appris cette nouvelle sensationnelle le vendredi soir et nous avons eu beaucoup de mal à attendre la réunion du lundi pour le dire à nos amis.

Honnêtement, je ne sais pas comment nous y sommes arrivées. C'est une question de volonté, je suppose. En plus, nous voulions vraiment faire sensation et c'est la meilleure façon que nous avons trouvée.

J'avais même demandé à Kristy si Logan pouvait venir à la réunion.

– Pourquoi ? avait-elle répliqué.

Bonne question.

– Parce que j'ai une nouvelle à annoncer, avais-je expliqué prudemment, et je veux que tous mes amis proches l'apprennent en même temps.

(J'avais fait exprès de ne pas dire que Carla et moi étions concernées pour ne pas vendre la mèche.)

– Bon, ce n'est pas notre politique habituelle, avait répondu Kristy. Mais, d'accord... si Logan peut venir, il est le bienvenu.

– Merci.

Je savais déjà que Logan pourrait être là. Je lui avais demandé d'être libre entre dix-sept heures trente et dix-huit heures au cas où on lui demanderait d'assister à la réunion.

A dix-sept heures trente, ce lundi-là, Carla et moi étions aussi surexcitées que pour la réunion du vendredi.

Ça avait l'air d'agacer Kristy.

– Qu'est-ce que vous avez toutes les deux ? Vous devez vous concentrer sur la réunion. Ce club est une organisation sérieuse, vous savez.

– On sait, on sait, a répondu Carla. On sait aussi qu'il va y avoir une accalmie entre le moment où l'on aura fini de discuter des problèmes du club et le premier coup de téléphone. Et Mary Anne et moi, nous avons quelque chose de très important à vous dire.

– Alors toi aussi, tu fais partie du complot ? s'est étonnée Kristy.

Et j'ai vu dans ses yeux qu'elle était blessée. Je suis la meilleure amie de Kristy mais, depuis quelque temps, Carla et moi, nous avons des secrets qu'elle ne peut pas partager.

– Eh bien, oui, a annoncé Carla comme si elle faisait une importante confession.

Kristy a soupiré.

– Très bien. Bon, on commence. Je déclare la réunion ouverte.

J'ai jeté un œil à la chambre de Claudia. Nous étions tous là : Kristy dans son fauteuil de présidente ; Lucy sur la chaise de bureau ; Claudia, Carla et moi côte à côte sur le lit ; et Jessi et Mal par terre.

Les rares fois où Logan assiste aux réunions, il s'installe là où il peut, en général à côté de moi. Mais cet après-midi-là, il était assis, lui aussi, par terre, adossé contre l'armoire de Claudia.

Comme nous étions lundi, Lucy a collecté les cotisations. (Logan n'a pas à en payer.) Quand elle a eu terminé, nous sommes restés sans rien dire. Le téléphone ne sonnait pas. Carla et moi nous sommes regardées. Nous avions notre chance.

Carla a ouvert la bouche et...

Dring, dring !

– Je prends ! a hurlé Kristy en se ruant sur l'appareil.

C'était Mme Perkins (elle habite juste en face). Kristy et moi avons décidé que ce serait Mallory qui irait garder les filles le mercredi suivant.

Puis comme le téléphone restait silencieux, Carla et moi nous sommes à nouveau regardées.

Carla a ouvert la bouche.

Dring, dring !

Cette fois-ci, Lucy a répondu. C'était Mme Rodowsky qui voulait faire garder ses fils.

Le téléphone s'est tu. Carla et moi nous sommes consultées du regard. Nous ne disions pas un mot.

– Qu'est-ce que vous attendez ? a demandé Kristy.

– Le téléphone, a répondu Carla. Si je commence à dire quoi que ce soit, il va se remettre à sonner.

Mais il n'a pas sonné pendant une bonne minute, donc Carla s'est enfin lancée :

– Mary Anne ? Je peux essayer ?

J'ai hoché la tête.

Elle a regardé Logan, puis moi.

– Non, toi, annonce la nouvelle, a-t-elle dit subitement.

Je savais pourquoi elle avait décidé de me laisser la parole. Elle avait l'impression que Logan devait entendre cette nouvelle si importante de ma bouche. En plus, je connais la plupart des membres du club depuis plus longtemps qu'elle. J'ai souri avec reconnaissance à ma future demi-sœur.

– D'accord, voilà, ai-je commencé en espérant un peu que le téléphone allait se mettre à sonner, mais ce ne fut pas le cas. Vendredi soir, alors que nous faisions une surprise à la mère de Carla, il s'est avéré que nos parents en avaient une aussi pour Carla et moi. Et une énorme surprise.

– Une surprise pour vous ? s'est étonnée Claudia.

J'ai hoché la tête.

– Oui, le cadeau de papa pour Mme Schafer était une superbe bague de fiançailles. Ils vont se marier. Carla et moi allons devenir demi-sœurs !

Eh bien, je suis certaine que vous n'avez jamais entendu un silence aussi parfait que celui qui a suivi. Tout le monde était stupéfait, mais cela n'a pas duré longtemps.

Enfin les cris de joie ont explosé. Logan s'est levé, il a traversé la pièce en deux enjambées (et a failli marcher sur Mallory), il m'a soulevée du lit et m'a fait tournoyer dans les airs. Dès qu'il m'a eu reposée, Claudia m'a serrée très fort dans ses bras. Carla et Lucy se sont embrassées. Tout le monde s'est pris dans les bras... sauf Kristy.

Je veux dire, elle s'y est mise aussi, mais ça lui a pris un petit moment. Je savais qu'elle se sentait blessée et je m'y attendais. C'était un peu normal.

Il venait de se passer quelque chose sur quoi elle n'avait aucun contrôle et qui allait instaurer un lien unique entre Carla et moi, pour toujours. Je m'étais donc préparée à sa réaction.

Quand elle m'a enfin prise dans ses bras, je me suis débrouillée pour lui glisser un mot dans la poche arrière de son jean.

Chère Kristy,

Même si nous avons grandi ensemble, nous allons avoir plein d'amis... et beaucoup de choses vont changer. Mais une chose ne changera jamais : tu as été ma première meilleure amie.

Je tiens à toi.

Mary Anne

J'espérais que Kristy trouverait ce mot avant de mettre son jean à laver. (Et c'est ce qui s'est passé. Elle ne m'en a jamais parlé, mais je sais qu'elle a lu le mot parce que le lendemain, à l'école, elle m'a souri. Ça m'a fait très plaisir.)

En tout cas, ce soir-là, à la réunion, nous faisions un tel raffut que Jane, la sœur de Claudia, s'est décollée de son ordinateur pour venir voir ce qui se passait.

– Ça ne va pas ? a-t-elle crié du pas de la porte. Que se passe-t-il ? Vous faites un de ces tapages. En plus, votre téléphone sonne.

– Quoi ? a hurlé Kristy. Le téléphone ?

Jane a acquiescé.

– Hé ! Tout le monde se tait ! a ordonné notre présidente.

Elle a décroché et Jane a redisparu dans sa chambre, qui est un peu comme le Triangle des Bermudes puisqu'elle n'en sort que très rarement.

Nous nous sommes calmés et nous avons organisé le baby-sitting. Puis les questions ont commencé à fuser :

– Quand va avoir lieu le mariage ?

– Ta mère a été surprise, Carla ?

– Et David, il est déjà au courant ?

Et puis il y a eu aussi des exclamations :

– Je n'arrive pas à croire que tu ne vas plus être fille unique, Mary Anne !

– Vous deux, vous allez devenir demi-sœurs. C'est dingue !

Carla et moi, petit à petit, nous avons raconté à tout le monde l'histoire du dîner d'anniversaire. Nous avons répondu à leurs questions aussi bien que nous le pouvions, même si nous n'en savions pas tellement plus qu'eux. Quelques-unes des pensées qui me tracassaient (comme le fait que Mme Schafer n'aime pas les chats) me sont revenues à l'esprit alors que nous étions en train de discuter, mais je les ai gardées pour moi.

Le coup de téléphone suivant était de Mme Arnold et c'est Jessi qui a répondu. La mère des jumelles voulait savoir comment j'avais trouvé ses filles.

– Vous savez, je pense qu'elles ne vont pas bien et que c'est de pire en pire, ai-je annoncé à mes amis.

Je leur ai rappelé l'incident du rouleau de Scotch, que j'avais noté dans le journal de bord.

– Les filles sont tellement différentes maintenant, c'est incroyable. Elles se disputent l'attention de leurs parents, elles sont horribles l'une avec l'autre. Et le fait que Carolyn ait autant d'amis les sépare vraiment.

– Dans les fami..., a commencé Mal au moment même où Kristy prononçait :

– Les jumelles...

Nous avons ri.

– Vas-y d'abord, Mallory, a dit Kristy.

– Eh bien, j'allais juste dire que dans les familles, les frères et les sœurs ne s'entendent pas toujours.

– C'est vrai, a renchéri Jessi. Becca et moi, nous nous disputons de temps en temps. Et puis, quelquefois, nous en avons même assez de P'tit Bout.

Tout le monde a acquiescé sauf Lucy et moi puisque nous n'avons ni frère ni sœur.

– Et dans une famille, les enfants se taquinent toujours, a continué Mal. Ça ne veut pas dire qu'ils ne s'aiment pas. Souvent le bouc émissaire change. Dans ma famille c'était Vanessa. Je suppose que c'est parce qu'elle est parfois insupportable à force de toujours parler en rimes. En ce moment, la plupart des piques visent Nicky. Et quand j'ai eu mon appareil, les triplés m'ont appelée « dents d'acier » pendant deux semaines. Mais attendez qu'ils aient un appareil !

– Ce qui m'inquiète, c'est qu'elles sont toutes les deux

jalouses de l'attention de leurs parents, ai-je précisé. C'est nouveau et je n'aime pas ça.

– Eh bien, ce que j'allais dire, est intervenue Kristy, c'est que les jumelles ont changé. Nous le savons. Et leur mère et leur père sont deux personnes différentes, donc maintenant je parie que les filles essaient de faire des choses qui plaisent à l'un ou l'autre de leurs parents. Peut-être que Mme Arnold apprécie vraiment les enfants qui sont sociables et qui ont plein d'amis. Et peut-être que M. Arnold s'intéresse plus au côté artistique comme la musique.

– Ça paraît juste, ai-je approuvé.

– Et ça peut marcher inversement, a remarqué Kristy. Quelquefois, les parents se mettent en quatre pour faire plaisir à leurs enfants. Je n'oublierai jamais quand maman et Jim se sont mariés. A chaque fois qu'il y avait une dispute ou un problème, maman se mettait du côté de Karen et d'Andrew, et Jim du côté de mes frères et de moi. Ils voulaient simplement que leurs beaux-enfants les aiment.

J'ai hoché la tête.

– Et puis, a-t-elle continué, tu sais que des amis peuvent prendre des directions différentes...

– Oui, ai-je acquiescé en me sentant un peu coupable.

– Eh bien, si ça arrive à des amis, je suppose que ça peut arriver à des jumelles. Mais je parie que les choses vont s'arranger dans quelque temps.

– Je pense que ça s'arrange toujours, a ajouté Mal. Entre les frères et les sœurs, les parents et les enfants, ou avec les amis.

Pendant un moment, nous étions tous tellement absorbés

dans nos pensées que nous entendions le clavier d'ordinateur de Jane cliqueter.

Puis tout à coup, Claudia s'est exclamée :

– Oh, mon Dieu ! Je n'arrive pas à croire que vous allez devenir demi-sœurs !

– Et amies, et membres du club, ai-je fait remarquer.

Alors les cris et les embrassades ont recommencé.

C'était plus que Logan ne pouvait en supporter.

– A demain, a-t-il annoncé hâtivement.

Et il s'est éclipsé.

Ce n'était pas grave. De toute manière, il était presque dix-huit heures.

Comme vous vous en doutez, la réunion a fini dans les fous rires et les bavardages. Et même Kristy n'a pas semblé trop s'en offusquer.

Samedi

Ces histoires de rivalités entre les enfants deviennent difficiles à gérer. D'abord, les jumelles Arnold et maintenant mes propres frères et sœurs... les petits. Je gardais Karen, Andrew, David Michael et Emily aujourd'hui pendant que Mamie était au bowling, maman et Jim chez des amis (des amis qui n'avaient pas envie de voir débarquer toute une bande d'enfants), Samuel dans un garage de voitures d'occasion pour acheter sa première voiture (maman lui avait donné la permission), et Charlie avec lui pour l'aider à choisir. (Un de leurs amis, Patrick, les avait accompagnés pour conduire la voiture de maman au retour.)

Je ne peux pas dire que l'après-midi avait bien commencé parce que ce n'est pas le cas. Karen était déjà de mauvaise humeur et voilà pourquoi ce qui est arrivé est arrivé !

Pourquoi Karen était-elle de mauvaise humeur ? D'après Kristy, c'était parce qu'Emily avait eu l'audace, ce matin-là, de tirer le bras de Kristy et de lui tendre le vieux livre d'Andrew, *Jeannot lapin,* en disant : « Lis ? »

Et ensuite Kristy avait eu l'audace de répondre « Bien sûr, Emily », de l'emmener dans la salle de jeux, de s'asseoir, de la mettre sur ses genoux et de lui lire l'histoire.

C'est tout. Apparemment, Karen était déjà d'humeur maussade, mais en plus, elle adore lire un livre avec Kristy, et elle n'était donc pas contente de voir Emily et sa grande sœur partager ce moment-là.

La mère de Kristy l'avait remarqué et elle avait proposé à Karen de lui lire *Amandine Malabul, sorcière maladroite,* qui est un de ses livres préférés, mais Karen n'avait pas voulu en entendre parler.

– Non, merci, avait-elle répondu, d'un air hautain.

Puis elle était partie d'un pas digne dans sa chambre.

Et, l'après-midi, sa mauvaise humeur avait empiré : elle avait passé la matinée à marmonner que les petites sœurs étaient des plaies et des morveuses.

– Les petites sœurs, c'est toujours dans vos pattes, a-t-elle grogné alors qu'elle essayait de dépasser Emily dans les escaliers.

Emily montait les marches lentement, une par une,

tenant la rampe d'une main et, de l'autre, traînant son doudou derrière elle.

– On ne s'occupe que d'elle, avait-elle râlé pendant le déjeuner alors que Jim coupait le sandwich d'Emily en petits morceaux, et que Mamie l'installait dans sa chaise haute.

Au moment où Jim, la mère de Kristy et les autres étaient sur le point de partir, en laissant Kristy s'occuper des enfants, Karen était montée dans sa chambre, l'air furieux. Elle était redescendue avec son T-shirt sur lequel était inscrit : « Je suis la sœur du milieu... et j'en suis fière », et elle avait déclaré :

– Vous voyez ça ? Je n'en veux plus. Vous pouvez le mettre dans le panier de Louisa.

Puis elle avait jeté le T-shirt par terre et elle était repartie en tapant des pieds dans sa chambre pour être seule un moment. Bref, la journée avait mal commencé.

– Je suis désolé de te laisser avec cette furie, Kristy, s'est excusé Jim alors qu'il se dirigeait avec sa femme vers sa voiture.

– Ça va aller. Je vais me débrouiller, l'a rassuré Kristy.

Elle a fait demi-tour pour retourner dans la maison. Elle est passée dans le salon où Andrew et David Michael avaient fermé les rideaux pour jouer. Elle les regardait en souriant quand elle a entendu un bruit bizarre provenant de la cuisine : plusieurs petits chocs, comme quelque chose qu'on aurait laissé tomber.

Puis la voix de Karen :

– Tu es une vilaine, Emily. Vilaine !

Kristy a couru dans la cuisine. Karen agitait le doigt d'un

air réprobateur devant Emily. Sur la table, il y avait un paquet de gâteaux et, par terre, plein de miettes.

– Regarde ce qu'Emily a fait, s'est écriée Karen d'un air dégoûté. Quel gâchis ! Papa déteste qu'on salisse par terre. Emily a essayé de grimper sur la table pour prendre les gâteaux alors qu'elle sait qu'elle n'a pas le droit de monter sur les chaises.

Kristy a regardé Emily en fronçant les sourcils. Jim, sa mère, et Mamie disaient tous qu'il était important de ne pas trop la gâter, même si elle n'avait pas eu un début de vie facile. Et là… Kristy ne savait pas quoi penser. Sa plus petite sœur ne parlait pas encore assez bien pour pouvoir se défendre.

– Tu as essayé d'attraper les biscuits, Emily ? lui a-t-elle demandé.

Emily est restée immobile, à pleurer.

– Est-ce que tu as cassé les biscuits ?

Cette fois-ci, Kristy a pointé le doigt vers les miettes.

Les pleurs d'Emily ont redoublé. Karen observait la scène, les mains sur les hanches. Elle est intervenue :

– Kristy, quand je fais quelque chose de mal, papa ou Edith m'envoient dans ma chambre. C'est toujours ce qu'ils font.

C'était vrai. Mais Kristy n'était toujours pas certaine de ce qui s'était passé. Finalement, elle lui a simplement demandé :

– Emily, est-ce que tu as fait quelque chose de mal ?

Et Emily s'est mise à pleurer encore plus fort. Kristy en a déduit qu'elle était coupable.

– D'accord, a-t-elle continué. Monte dans ta chambre.

Elle a conduit Emily dans sa chambre, lui a retiré ses chaussures et l'a déposée dans son petit lit.

Tu vas rester ici pendant dix minutes.

Puis, comme elle culpabilisait en voyant Emily debout dans son lit, qui pleurait et qui la regardait avec ses grands yeux pleins d'espoir, elle a quitté la pièce. Le temps qu'elle retourne dans la cuisine, Karen avait tout nettoyé, mais c'était elle désormais qui était en larmes.

– Qu'est-ce qui se passe ? l'a interrogée Kristy, vraiment perplexe. Tu ne vas pas me dire que tu es triste parce que j'ai puni Emily.

– Si, justement.

Kristy s'est assise.

– Mais pourquoi ? Ça n'a pas de sens.

– Parce que tu aurais dû me punir moi. C'est moi qui ai fait ce gâchis. Puis j'ai grondé Emily. Je voulais juste voir si tu la punirais vraiment. Je sais que ce que c'est mal. Emily avait l'air tellement triste... et étonnée. Elle paraissait même un peu en colère. Tu crois qu'elle a compris ce que je lui ai fait ?

– Bien sûr qu'elle a compris. Emily n'est pas stupide. Elle ne parle pas beaucoup encore, c'est tout. Alors, Karen Lelland... (elle s'est arrêtée juste à temps avant de dire « jeune fille », une expression que sa mère emploie et qu'elle déteste), alors, tu vas filer dix minutes dans ta chambre pendant que je vais essayer d'expliquer les choses à Emily. Et ensuite, je veux que tu ailles t'excuser.

Karen a hoché la tête. Elle savait qu'elle méritait ce qui lui arrivait. Kristy l'a donc fait monter. Alors qu'elles grimpaient les escaliers, David Michael a crié :

– Kristy, je vais chez Lenny !

– D'accord.

Elle a remarqué que les rideaux du salon étaient de nouveau ouverts et qu'Andrew était par terre, en train de jouer avec Louisa. Leur partie devait être terminée.

Kristy a laissé Karen dans sa chambre, puis elle est allée sortir Emily de son lit en disant :

– Je suis désolée, ma puce, je suis désolée.

Elle l'a installée dans son fauteuil à bascule et a essayé de lui expliquer ce qui s'était passé. Avant que la punition de Karen ne soit finie, Emily avait retrouvé le sourire. Du coup, Kristy l'a emmenée dans la chambre de Karen en annonçant :

– C'est fini.

Karen a haussé les épaules.

– Maintenant, tu n'as pas quelque chose à dire à ta sœur ?

– Si, a répondu Karen. Je veux lui dire… Hé, touche pas à mon coffre à jouets, Emily !

– Karen ! a grondé Kristy.

– Mais elle passe son temps à fouiller dans mes affaires. Et c'est justement ce qu'elle est en train de faire.

– Elle veut simplement regarder ce qu'il y a dans le coffre. Elle ne va rien casser.

– Comment tu le sais ?

Kristy n'en savait rien. Mais, heureusement pour tout le monde, juste à ce moment-là, Emily a émergé du coffre avec un vieux jouet de Karen.

– D'où il sort, ce truc ? s'est étonnée Karen. C'est un jouet de bébé. Je ne savais même pas qu'il était là-dedans.

Emily s'est assise par terre pour enfiler joyeusement les anneaux colorés sur le mât. Karen s'est levée pour aller fouiller dans son coffre. Tout au fond, elle a déniché un chien à tirer, une girafe en plastique, et un livre en tissu racontant l'histoire d'une petite fille qui prend son bain.

Karen les a posés devant sa petite sœur.

– Voilà. Tu peux prendre ceux-là. Je n'en ai plus besoin.

Puis elle a ajouté :

– Je suis désolée de t'avoir grondée, ma puce.

Un immense sourire a fendu le visage d'Emily.

Kristy a soupiré, soulagée que la crise soit passée pour pouvoir se détendre et apprécier son baby-sitting.

C'était ce qu'elle pensait. Elle ne se doutait pas qu'elle n'était pas au bout de ses peines.

La deuxième crise est arrivée plus tard quand elle, Andrew, Emily, et Karen ont entendu : « Honk, honk ! »

– Ça doit être Samuel ! s'est écrié Andrew. Je parie qu'il a sa voiture neuve.

– Tu parles, c'est une vieille voiture, oui ! l'a corrigé Karen.

– Sa nouvelle vieille voiture, les a repris Kristy.

Kristy et les enfants se sont précipités dehors. Dans l'allée, il y avait une espèce de voiture. En fait, elle ressemblait au Tacot rose de Mamie, sauf qu'elle n'était pas rose. Elle était d'un drôle de vert. Kristy a remarqué une éraflure et deux bosses sur la tôle du côté passager. En plus, le pare-chocs était rouillé.

Mais Samuel était manifestement très fier de sa voiture. Tandis que son copain Patrick garait celle de Mme Lelland, Charlie et lui sont descendus du « tacot vert ».

Samuel a adressé un grand sourire à tous les enfants attroupés devant la maison.

– Eh bien, voilà mon somptueux carrosse.

« Un somptueux tas de ferraille », s'est dit Kristy, en imaginant la tête que feraient sa mère et Jim quand ils la découvriraient.

– C'est vrai qu'elle n'est pas encore vraiment somptueuse, a poursuivi Samuel, mais elle roule très bien, et avec un peu de peinture, elle sera comme neuve. Vous allez tous pouvoir m'aider.

– Oh, merci beaucoup, a répondu Kristy sur un ton sarcastique.

Son frère était trop excité pour le remarquer.

– Allez, venez. Je vous emmène faire un tour, a-t-il annoncé. Il faut raccompagner Patrick chez lui.

Il a retiré le siège auto d'Emily de la voiture de sa mère, l'a attaché sur la banquette arrière de la sienne, et il a fait monter Emily, Andrew et Karen à l'intérieur. Puis Charlie et Patrick se sont entassés comme ils pouvaient.

– Tu viens, Kristy ? a insisté Samuel.

– Je ne peux pas, David Michael est chez Lenny. Je dois l'attendre ici.

– Ah, d'accord, dommage.

Et il a démarré.

Cinq minutes plus tard, David Michael est rentré. Quand il a appris où les autres étaient passés, il a piqué une crise au milieu du jardin.

– Tu veux dire que mon propre frère a une nouvelle voiture et qu'il a emmené tout le monde faire un tour sauf moi, son propre frère ?

– David Michael..., a commencé Kristy.

Elle allait lui expliquer qu'il fallait que Samuel ramène Patrick chez lui, et que, comme les autres étaient là, juste à côté, il les avait emmenés. Mais David Michael était déjà parti en trombe dans la maison. Quand il en est ressorti quelques minutes plus tard, il avait dans les mains un grand bout de papier et un marqueur noir. Il a écrit en lettres énormes :

PARKING INTERDIT

Il a collé son affiche sur un arbre devant la maison, à un endroit où Samuel ne pouvait pas le manquer.

Samuel l'a vu et il a compris sans qu'on ait besoin de lui expliquer ce qui s'était passé. Il a laissé les enfants descendre de sa voiture, puis il a fait monter David Michael et l'a emmené faire un tour tout seul.

Ce soir-là, Kristy espérait que les problèmes de rivalités étaient terminés pour un moment.

*Un samedi soir, papa a invité Carla et sa
mère à dîner. C'était assez fréquent, sauf que
cette fois-ci, il a dit :
– Nous allons pouvoir discuter du mariage et
choisir une date. Nous voulons que vous
participiez à tous les préparatifs.*

« Oh, chouette ! » ai-je pensé.

Je me suis immédiatement demandé combien de temps il
allait nous falloir, à Carla et à moi, pour nous mettre d'accord sur les robes des demoiselles d'honneur. Je savais que
j'aurais probablement envie de quelque chose de moins
fantaisiste que Carla. Je m'imaginais dans une longue robe
rose pâle avec un col en dentelle. Peut-être avec un
chapeau de paille aussi. J'avais déjà vu la photo d'une
demoiselle d'honneur habillée comme ça. Elle avait un

ruban rose autour de son chapeau, qui pendait dans son dos. C'était vraiment joli... Mais est-ce que ça plairait à Carla ? Sûrement pas. D'un autre côté, elle avait acheté une robe longue, l'autre jour, il y avait donc un espoir.

Soudain, je me suis rendu compte que papa m'appelait :

– Mary Anne ?

– Quoi ?... Je veux dire : oui ?

Je me demandais combien de fois il m'avait appelée.

– Tu as une idée pour le dîner ? Nous n'avons pas besoin de faire quelque chose de spécial. On pourrait manger du poisson ou faire un gratin avec nos restes de légumes.

J'ai fait la grimace.

– Et si on commandait un repas chinois ? Carla et sa mère trouveront bien un plat végétarien sur la carte.

– Bon... d'accord.

– Oh, génial ! Merci ! me suis-je exclamée en me jetant à son cou

– Tu peux téléphoner chez elles pour vérifier que ça leur convient ?

– Pas de problème.

J'ai appelé les Schafer qui m'ont confirmé que c'était une bonne idée.

Carla et sa mère sont arrivées vers six heures et demie. Comme nous avions tous faim, nous avons tout de suite regardé la carte du traiteur chinois, mais nous n'arrivions pas à nous décider. Nous n'arrêtions pas de passer de suggestions en suggestions. Enfin, nous avons choisi des nouilles froides au sésame (hum), des aubergines à l'ail (beurk... les Schafer ont parfois des goûts étranges), du porc à l'aigre douce (pour papa et moi) et quelque chose qui s'appelle des « légumes orientaux impériaux ».

Pendant que nous attendions notre commande, papa et Mme Schafer se sont installés sur le canapé du salon pour discuter. J'ai remarqué que, depuis quelque temps, même quand Carla et moi étions là, ils se mettaient plus près l'un de l'autre qu'avant. Carla et moi, nous nous sommes assises par terre et nous avons aussi discuté. Je lui ai fait part de mon idée sur les robes de demoiselles d'honneur. Je lui ai même montré la photo que j'avais retrouvée dans un des tiroirs de mon bureau.

Carla l'a regardée pensivement. Puis elle a souri. Je pensais qu'elle allait se moquer des robes.

– Je ne les trouve pas si drôles que ça, ai-je dit d'un ton irrité.

Mais Carla m'a répondu :

– Ce n'est pas ça. Elles ne sont pas drôles. C'est juste qu'on ne nous a pas encore demandé d'être demoiselles d'honneur.

– Oh, oui ! Tu as raison !

Nous avons éclaté de rire.

A ce moment-là, notre dîner est arrivé.

– Ouf ! a soupiré Mme Schafer. Je meurs de faim.

Nos parents ont payé le livreur moitié-moitié. Puis nous avons emporté les sacs dans la cuisine, nous avons tout déballé pour remplir nos assiettes, nous nous sommes assis à table et nous avons commencé à manger. Une fois un peu rassasié, papa a commencé :

– Bon. A propos du mariage…

– Dans quelle église il va avoir lieu ? a demandé Carla.

– Oui, ai-je renchéri. Je sais que nous n'allons pas souvent à l'église, papa, mais la nôtre est tellement jolie. Et elle a la plus longue allée de toutes les églises de Stonebrook.

– C'est important, maman, parce que ta traîne paraîtra encore plus belle si tu remontes une grande allée.

– Et on pourra mettre des fleurs à côté de l'autel, ai-je ajouté.

– Des orchidées blanches, a précisé Carla.

– Et des azalées roses... pour aller avec nos robes de demoiselles d'honneur, ai-je glissé d'un ton plein de sous-entendus.

Mon père et Mme Schafer avaient arrêté de manger et ils se regardaient, sans dire un mot.

– Et, papa, les placeurs devront porter des cravates grises. J'ai vu ça dans un film et ils étaient très élégants.

– Et, maman, on pourrait aller chez Rita Mariage au centre commercial Washington. Ils font des robes de mariée et des robes de demoiselles d'honneur sur commande... Oh, et si tu portais un voile brodé de perles ?

– Et, papa, tu pourrais louer un costume à queue-de-pie, ce serait chouette ! Ne mets pas le vieux. Le pantalon est trop court. Et tu ne diras pas devant tous mes amis que c'est un costume de singe, d'accord ?

– Oh, là, là ! David aussi va avoir besoin d'une queue-de-pie, s'est inquiétée Carla. Peut-être que la sienne pourrait être assortie avec celles des placeurs. Ou est-ce que les placeurs porteront de simples costumes ? Et quel rôle aura David pendant le mariage ? Il portera les alliances ?

Nos parents ne disaient toujours rien et ne mangeaient toujours pas. Avant que l'un d'eux puisse répondre à Carla, je me suis exclamée :

– Oh, s'il vous plaît, est-ce qu'on pourra mettre une mariée et un marié pour décorer, en haut de la pièce montée ?

– Et il vaudrait mieux commander une pièce montée à quatre étages, a ajouté Carla. Comme ça, vous pouvez garder le dernier étage pour vous, comme dans les films, et il y a toujours assez de gâteau pour les invités. Au fait, où allons-nous faire la réception ?

– Est-ce que nous ne pourrions pas faire ça dans le grand salon de Chez Maurice ? Je me demande combien de personnes cette pièce peut contenir. Cinquante ? Cent ?

– Ça dépend si on fait un dîner assis ou juste un buffet, m'a répondu Carla.

– Oh, hé ! Je veux dire, oh. Je viens juste de penser à quelque chose d'autre. Qui va accompagner les demoiselles d'honneur ? Nous n'avons ni petites sœurs ni cousines.

– Myriam Perkins ? a suggéré Carla. Gabbie ? Ou Claire et Margot Pike ?

– En tout cas, ai-je continué, elles devront porter la même robe que nous. Tu vois, celle de Karen était comme celle de Kristy quand sa mère et Jim se sont mariés.

Nos parents ont finalement retrouvé l'usage de la parole.

– Maintenant, attendez un..., a commencé papa juste au moment où Mme Schafer disait :

– Les filles...

Ils ont échangé un coup d'œil entendu et, finalement, la mère de Carla a déclaré :

– Les filles, nous n'allons pas faire de cérémonie de mariage à l'église ni de réception.

– Quoi ? ai-je hurlé.

– Mais pourquoi ? s'est exclamée Carla. Pourquoi ?

– Nous n'en avons simplement pas envie, nous a expliqué mon père. Nous nous sommes déjà mariés chacun de notre côté et, cette fois-ci, nous ne pensons pas que ce soit nécessaire.

– Mais la mère de Kristy…, ai-je protesté.

– Chacun fait à son idée, a répliqué mon père. En plus, ils n'ont pas fait un mariage comme celui que vous venez de nous décrire. Est-ce que vous savez combien ça coûte un grand mariage et une réception de nos jours ?

– Les filles, nous en avons déjà parlé entre nous, a poursuivi Mme Schafer, et nous avons décidé que nous préférions garder cet argent pour vos études.

– C'est pas vrai ! a grommelé Carla. Moi qui espérais traverser Stonebrook dans une limousine.

Tout le monde s'est tu pendant un moment. Nous avions aussi arrêté de manger. Quelques minutes plus tard, j'ai repris plaintivement :

– Alors, pas de cérémonie du tout ?

– Non, ce n'est pas exactement ça, m'a rassurée papa. Nous voulons nous marier à la mairie. Bien sûr, vous serez là, avec David, et ensuite nous pourrions aller tous les cinq dîner au restaurant.

– Que penseriez-vous d'un compromis ? a suggéré Carla. Vous ne pourriez pas faire un petit mariage dans la chapelle d'une église ?

– Et puis, on pourrait inviter juste quelques personnes,

ai-je ajouté. Nos amis vont vouloir venir. Et, Mme Schafer, vous ne pensez pas que vos parents aussi voudront être présents ?

– Tu ne seras pas obligée de porter une robe de mariée, a glissé Carla à sa mère.

– Et tu pourras juste mettre un joli costume, ai-je soufflé à mon père.

– Et Mary Anne et moi n'avons pas besoin de nouvelles robes, a ajouté Carla.

(Je lui ai donné un coup de coude. Autant profiter de l'occasion pour acheter une nouvelle robe, quand même.)

– Bon, a fait Mme Schafer pensivement. Je suppose qu'un petit mariage, vraiment petit, ça pourrait être bien.

Elle a haussé les sourcils en regardant mon père.

– Je pense que oui, a-t-il approuvé.

– Nous allons faire une liste d'invités vraiment toute petite, ai-je promis. Juste nos amis les plus proches, c'est-à-dire Kristy, Claudia, Lucy, Jessi, Mal et Logan.

– Et ensuite, a enchaîné Carla, il y aurait David, nos grands-parents, et peut-être que chacun de vous a envie de demander à deux personnes de son bureau de venir. Tout le monde, y compris nous quatre, ça devrait faire moins de vingt personnes.

– Si on est si peu, a déclaré papa, peut-être que nous pourrions tous dîner au restaurant après tout. Mais pas de pièce montée ni de cadeaux de mariage.

– Nous sommes désolés de vous décevoir, les filles, a repris Mme Schafer, un instant plus tard. Nous ne savions pas que vous aviez imaginé un grand mariage. C'est une très bonne idée, mais ce n'est pas ce que nous souhaitons.

– Est-ce que vous allez au moins partir en lune de miel ? a demandé Carla.

– En quelque sorte. Ta mère et moi, nous allons passer notre nuit de noces à l'hôtel Palacio. Ensuite, nous prendrons sans doute des vacances en famille cet été. Nous demanderons à David de venir avec nous, bien sûr.

– Vous voulez qu'on soit avec vous pendant votre lune de miel ? me suis-je écriée.

– Mary Anne, cela ne sera pas vraiment une lune de miel. Comme je l'ai dit tout à l'heure...

– Je sais. Vous en avez déjà parlé et vous avez déjà réglé la question.

– C'est ça.

Nous avons fini notre dîner en essayant de fixer une date pour le mariage. Plus tard, après avoir rangé la cuisine, Carla et moi, nous sommes allées dans ma chambre pour discuter de tout ça.

– Je ne peux pas croire qu'on ne va pas organiser un grand mariage ! ai-je soupiré en me laissant tomber sur mon lit.

– Oui, quelle barbe. Oh, bon. Au moins, on ne sera pas obligée de mettre ces affreuses robes roses que tu avais vues.

Je lui ai lancé mon oreiller rageusement. Elle ne s'y attendait pas et elle l'a pris en pleine figure. Nous avons commencé à glousser. Puis elle m'a renvoyé l'oreiller à la figure.

Nous étions pliées de rire.

– Je suis tellement contente qu'on devienne demi-sœurs, Carla.

– Moi aussi. En fait, je pense qu'on va être comme des sœurs. On sera les sœurs les plus proches qui aient jamais existé. Je pense que nous devrions partager ma chambre au lieu d'avoir des chambres séparées.

« Quoi ? Qu'est-ce qu'elle racontait ? »

Je me suis redressée en sursaut.

– Qu'est-ce que tu viens de dire ?

– J'ai dit que je pensais que nous devrions partager ma chambre.

– Ta chambre ?

– Oui. Quand ton père et toi vous emménagerez dans notre maison.

J'ai fixé Carla. Je l'ai fixée jusqu'à ce qu'elle devienne toute pâle.

– Oh, oh. Ton père ne te l'a pas dit ?

– Non, ai-je répondu froidement. Il ne m'a pas prévenue.

12

– Oh, oh, a répété Carla.

– C'est la seule chose que tu sais dire ? Oh, oh ?
J'étais outrée. Carla était toujours assise par
terre, je me suis levée de mon lit pour la toiser.

– Qui a pris cette décision ? ai-je hurlé. C'est qui, hein ?
Et comment se fait-il que tu sois au courant et que
personne ne m'en ait parlé ? Comment se fait-il qu'on ne
m'ait pas demandé où je voulais vivre ? Je suppose que
nous devrons aussi nous séparer de Tigrou puisque ta mère
déteste tellement les chats. Et comment pourrais-je quitter
ma maison ? J'ai grandi ici. Toi, tu viens d'emménager à
Stonebrook. Tu ne vis dans ta maison que depuis un an.

– Mmm. Je suis désolée. Vraiment. Je croyais que ton
père t'avait parlé du déménagement, parce que…

– Eh bien, non. Et autre chose, comment sommes-nous
supposés faire pour faire entrer tous nos meubles dans ta

maison ? Les vôtres prennent déjà toute la place. Je suppose que papa et moi, nous allons devoir nous séparer des nôtres mais que vous allez garder les vôtres, c'est ça ?

Les yeux de Carla se sont emplis de larmes.

– Je ne sais pas, a-t-elle répondu d'une voix tremblante.

Elle s'est essuyé la joue avec le dos de la main.

– Je n'ai jamais rien entendu d'aussi injuste ! ai-je explosé.

J'avais vraiment dû parler très fort. D'une part, parce que Tigrou s'est sauvé de la chambre et que, d'autre part, papa et Mme Schafer sont apparus sur le seuil de la porte.

– Les filles, a dit papa, et j'ai senti qu'il s'efforçait de contrôler sa voix, que diable se passe-t-il ici ?

– Je vais te dire ce qui se passe, ai-je répondu d'un ton qui m'a surprise moi-même.

Je ne m'étais jamais mise en colère devant papa et je ne lui avais jamais parlé si brusquement.

– Elle (j'ai montré Carla du doigt) vient juste de m'informer que toi et moi, nous allions déménager de notre maison pour aller dans la leur. Apparemment, tout le monde était au courant, sauf moi. Comment se fait-il que Carla le sache ? Hein ? Comment se fait-il qu'elle soit déjà au courant ? Eh bien, je vais te dire une chose... non, je vais te dire deux choses. Premièrement, je ne vais pas me séparer de Tigrou même si elle (et j'ai pointé le doigt sur Mme Schafer) déteste les chats. Et deuxièmement, cette décision me révolte et je ne m'y ferai jamais. Voilà.

J'ai croisé les bras et je me suis assise sur mon lit tellement violemment que j'ai eu peur qu'il ne se casse. Mais qu'est-ce que ça aurait bien pu faire ? De toute manière, j'allais bientôt dormir dans un lit qui appartenait aux Schafer.

Inutile de le préciser, tout le monde était abasourdi, même Tigrou qui jetait de temps à autre un coup d'œil prudent dans ma chambre. Enfin, Mme Schafer a ouvert la bouche :

– Viens, Carla. Je pense qu'il est temps que nous rentrions.

Carla s'est mise à pleurer encore plus fort, mais je m'en fichais. C'était elle qui allait finalement garder sa maison, pas moi.

Sa mère lui a passé un bras autour du cou.

– Mary Anne, a-t-elle dit doucement, je suis désolée que tu l'aies appris de cette façon. Nous ne voulions pas que ça se passe comme ça. Et, s'il te plaît, laisse-moi t'assurer que Tigrou sera le bienvenu chez nous.

Puis elle a conduit Carla hors de ma chambre en lançant par-dessus son épaule à mon père :

– Appelle-moi tout à l'heure, d'accord ?

– D'accord, a-t-il répondu calmement.

Puis il s'est installé à côté de moi sur mon lit.

J'étais encore tellement en colère que j'ai éclaté à nouveau :

– J'espère que tu as une bonne explication.

C'est quelque chose qu'il avait dû me répéter une bonne centaine de fois.

Papa n'était même pas fâché que je sois aussi impolie. Il m'a simplement expliqué :

– Mary Anne, je savais que cet arrangement te rendrait triste. C'est pour ça que je ne t'en avais pas encore parlé. J'essayais de trouver le meilleur moyen et le meilleur moment pour te le dire. Mais c'est la solution la plus pratique. Tu vois, c'est plus logique que nous emménagions chez les Schafer plutôt que le contraire. Leur maison est plus grande. Carla et David pourront garder leurs chambres, et toi aussi, tu auras une chambre pour toi. La chambre d'amis du haut sera ta chambre, et quand nous aurons des invités, ils dormiront dans le salon. Tu peux mettre tous tes meubles dans cette chambre. Tu pourras la décorer pour qu'elle soit exactement comme celle-ci, ou bien tu pourras la décorer différemment, c'est comme tu veux.

Je n'ai rien dit.

– Par contre, si les Schafer emménageaient ici, a-t-il continué, Carla et toi, vous devriez partager une chambre à chaque fois que David viendrait. En plus, les Schafer ont un plus grand jardin, et aussi une grange. C'est vraiment plus logique que la plus petite famille déménage chez la plus grande famille et dans la plus grande maison. Tu comprends, non ?

– Et Tigrou ?

– Tu as entendu ce qu'a dit la mère de Carla. Tigrou sera le bienvenu.

– Mais Mme Schafer n'aime pas les chats.

– C'est vrai. Mais quel que soit l'endroit où nous vivrons, elle devra s'en accommoder. Il fait partie du lot. Il est de la famille.

– D'accord.

Tigrou est entré prudemment dans ma chambre, il a sauté délicatement sur mon lit puis sur mes genoux.

– Pourquoi Carla était au courant du déménagement avant moi ?

111

J'étais un peu plus calme.

– C'est de ma faute. Quand Sharon et moi, nous avons pris cette décision, nous avons décidé que nous en parlerions chacun à nos enfants. Elle a dû en parler à Carla, et sans doute à David, tout de suite. Mais je savais que la nouvelle serait difficile pour toi et, du coup, j'ai retardé le moment où je t'en parlerais. Je suppose que j'ai trop tardé. Mais Carla pensait que je t'avais déjà mise au courant.

J'ai senti les larmes couler sur mes joues.

– Je ne veux pas déménager, ai-je murmuré. J'ai grandi ici. Claudia a toujours vécu en face de chez moi. Et quand Kristy habitait à côté, je pouvais regarder chez elle par la fenêtre de ma chambre. Quand elle a déménagé et que les Perkins se sont installés, j'ai montré à Myriam qu'on pouvait se voir par nos fenêtres. Ça va lui manquer. Et je serai plus loin de Logan, plus loin de l'école, plus loin de tout... excepté du passage secret hanté de Carla.

Papa a souri.

– Mary Anne, ce passage n'est pas hanté. Et il n'est pas non plus secret puisque nous le connaissons tous.

J'ai essayé de sourire. Puis papa m'a prise dans ses bras et m'a serrée très fort. Ça m'a un peu consolée... mais je n'avais toujours pas envie de déménager.

Le lendemain, j'étais contente que papa se soit montré compréhensif alors que j'avais été odieuse, mais j'étais toujours en colère. J'ai à peine adressé la parole à Carla à l'école. L'heure du déjeuner a été particulièrement pénible. Nous devions faire semblant d'être contentes à chaque fois qu'un de nos amis parlait du mariage ou du fait que nous allions devenir demi-sœurs. Mais aucune de nous n'a dit un mot sur mon emménagement dans la maison de Carla.

Et quand Carla m'a murmuré :

– Tu sais, ma mère ne déteste pas les chats. Ce n'est pas une fan des chats, c'est tout.

Je lui ai simplement répondu :

– Si, elle les déteste.

Fin de la conversation.

Comme vous pouvez l'imaginer, je n'étais pas de très bonne humeur quand je suis arrivée chez les Arnold pour un baby-sitting. Je ne voulais à aucun prix m'en prendre aux jumelles et j'espérais au contraire qu'elles allaient me changer les idées.

Malheureusement, ça ne s'est pas vraiment passé comme je l'espérais. A la fin oui, mais pas au début.

En mettant son manteau, Mme Arnold m'a dit que Marilyn était dans le salon en train de s'exercer pour un récital de piano, et que Carolyn était en haut, dans leur chambre. Au son de sa voix, j'ai senti qu'il y avait… un problème.

Après son départ, j'ai décidé de ne pas interrompre Marilyn (qui jouait assez fort et avec beaucoup d'énergie), et d'aller voir ce que faisait Carolyn.

La première chose que j'ai remarquée en entrant dans la chambre des jumelles, c'est que le ruban adhésif était réapparu. J'ai réalisé que c'était pour ça que Marilyn jouait si fort en bas. Elle était probablement en colère parce qu'elle ne pouvait pas entrer dans sa chambre. Elle aurait dû d'abord traverser le côté de Carolyn.

– Bonjour. Ta mère vient de partir.

– Ah bon.

113

Carolyn s'est replongée dans sa lecture.

– Je suppose que tu es encore fâchée avec ta sœur, c'est ça ?

– Tu veux dire avec cette idiote ?

– Non, je veux dire avec Marilyn.

– C'est pareil.

– Bon. Vous ne pouvez pas passer votre temps à vous disputer. Quel est le problème cette fois ?

– J'ai dit que je voulais inviter Helen pour jouer, alors Marilyn a dit qu'elle allait inviter Gozzie.

– Et ?

– Nous ne voulons pas jouer ensemble.

– Vous ne pourriez pas, Helen et toi, ou Marilyn et Gozzie, jouer dehors pendant que les deux autres jouent à l'intérieur ?

– Non. Nous voulons toutes les deux jouer dans notre chambre.

Je me suis assise sur le lit de Marilyn pour réfléchir.

– Tu sais ce que c'est, le problème ? ai-je repris. Marilyn et toi, vous êtes très différentes maintenant. Vous avez pris des directions différentes. Je pense que vous avez besoin de votre propre espace. Est-ce que vous êtes obligées de partager la même chambre ?

– Non, a répondu Carolyn, soudain enthousiaste.

– Alors pourquoi l'une de vous n'irait pas s'installer dans la chambre d'amis ? Ou dans la pièce où votre mère fait de la couture ? Il y a des tas de pièces à cet étage.

– Ouais !

Alors Carolyn et moi nous sommes précipitées en bas et nous avons interrompu Marilyn pour lui faire part de notre idée.

– Super ! s'est exclamée Marilyn.

Elle était aussi contente que sa sœur.

A partir de ce moment-là, nous nous sommes bien amusées. Les jumelles ont discuté en faisant des tas de projets. Elles riaient. Elles étaient impatientes que leur mère rentre. Quand elle est arrivée, elles l'ont accueillie avec des hurlements :

– Maman ! Maman !

– Quoi ? Que se passe-t-il ?

Mme Arnold paraissait quelque peu inquiète.

– Est-ce qu'on peut avoir nos propres chambres ? a demandé Marilyn.

– Je veux la chambre d'amis ! a annoncé Carolyn.

– Je veux la pièce où tu couds ! a renchéri Marilyn.

Mme Arnold m'a interrogée du regard. J'ai haussé les épaules.

– Les filles avaient l'air d'avoir des problèmes à partager la même chambre. J'ai juste évoqué l'idée de chambres séparées, et...

Je me suis tue.

– Bien, a approuvé Mme Arnold. Je n'y vois pas d'inconvénient. Mais votre chambre est si jolie...

– Nous ne sommes plus des bébés, a répondu Carolyn. Et nous ne sommes pas pareilles. Nous sommes différentes.

– Mais pourquoi veux-tu la pièce où je fais de la couture ? a demandé Mme Arnold à Marilyn. Elle est toute petite.

– J'en ai envie. Je l'aime bien.

– Et moi, j'aime la chambre d'amis, a ajouté Carolyn. Notre ancienne chambre pourra servir quand on a des invités.

Les yeux de leur mère se sont illuminés.

– Ça va être amusant de la redécorer. De nouveaux rideaux, de nouveaux tapis, de nouveaux dessus-de-lit.

– Mais est-ce qu'on pourra choisir, nous ? s'est inquiétée Marilyn. Tu pourras décorer la chambre d'amis comme tu veux, mais nous, on choisit ce qu'on aime pour les nôtres.

– C'est d'accord.

Les jumelles se sont mises à sautiller dans tous les sens. Et elles se sont même embrassées.

Je suis rentrée chez moi en ayant le sentiment d'avoir accompli quelque chose d'important.

13

Jeudi

J'ai gardé Marilyn et Carolyn aujourd'hui. Ouh là, leur mère a sauté sur l'occasion quand tu as prononcé le mot "redécorer"! Il ne s'est passé que quelques semaines depuis ta brillante idée, Mary Anne, et les filles sont déjà installées dans leurs nouvelles chambres. La chambre d'amis n'est pas encore prête (les Arnold y ont entreposé des affaires), mais laissez quelques jours à Mme Arnold et je parie qu'elle sera aussi aménagée.

Les filles ont vraiment l'air contentes, maintenant. Quel soulagement! Elles étaient impatientes de me montrer leurs nouvelles chambres et, ensuite, elles sont même allées chez les Braddock ensemble.

– Bonjour, Lucy !

– Bonjour, Lucy !

Marilyn et Carolyn ont accueilli Lucy à la porte comme si elles étaient de vieilles amies. Alors qu'en vérité, Lucy les voit un peu plus depuis qu'elle vit à côté de chez elles, mais elle ne les a pas gardées souvent.

En fait, les jumelles étaient surtout impatientes de lui montrer leurs nouvelles chambres, car Lucy ne les avait pas encore vues. Mme Arnold n'était même pas encore partie quand les filles ont tiré Lucy par le bras pour la faire monter.

– On va voir ma chambre en premier ! a hurlé Marilyn.

– Non, la mienne !

– La mienne est plus près, a fait remarquer Marilyn.

– Oh, bon, d'accord.

La nouvelle chambre de Marilyn est juste en haut des escaliers. Elle est petite, mais elle est claire, ensoleillée et très jolie. Toutes ses affaires étaient déjà installées à l'intérieur.

– Mais on a dû descendre certains de mes jouets à la cave. Cela m'est égal. Regarde. Du nouveau papier peint, un nouveau tapis et un nouveau dessus-de-lit. Alors comment tu les trouves ? Maman m'a laissée tout choisir.

– Tout en jaune, c'est très joli.

Personnellement, elle trouvait que c'était un peu fade, mais elle ne l'aurait jamais avoué.

– Maintenant, viens voir ma chambre, a crié Carolyn.

Elles sont donc passées devant l'ancienne chambre des jumelles, ont tourné dans le couloir et elles sont entrées dans la nouvelle chambre de Carolyn. Eh bien, elle était complètement différente de celle de Marilyn. Le tapis était bleu avec de longs poils. Elle avait choisi un dessus-de-lit imprimé avec des chats, et deux oreillers en forme de chats étaient posés à la tête du lit. Le papier peint était rayé bleu et blanc, et les rideaux et la corbeille à papier assortis au dessus-de-lit. La corbeille à papier avait des oreilles de chat pointues et une queue de chat en peluche.

– Génial, s'est exclamée Lucy. Je ne savais pas que tu aimais les chats.

– Moi non plus, a expliqué Carolyn. Mais quand j'ai vu ça, j'ai su que c'était ce que je voulais. Maman voulait que je décore ma chambre avec des fleurs roses partout...

– Et elle voulait que je décore la mienne avec des fleurs bleues partout..., a ajouté Marilyn.

– ... mais ensuite, elle s'est souvenue qu'elle nous avait dit que nous pouvions choisir ce que nous voulions, a fini Carolyn.

– Je crois que vous avez fait toutes les deux du bon travail, les a félicitées Lucy. Vos chambres reflètent bien votre personnalité. Je suis contente que votre mère vous ait laissées prendre vos décisions.

– Et nous aussi, ont répondu les jumelles en même temps.

Lucy a attendu un moment. Puis elle a dit :

– Alors ? Vous ne croisez pas vos petits doigts ? Vous venez de dire la même chose au même moment.

Les filles ont éclaté de rire.

– Si on devait le faire à chaque fois que ça nous arrive, a commencé Carolyn, on aurait toujours nos petits doigts attachés l'un à l'autre.

– Oui. On dit toujours les mêmes choses en même temps. C'est parce qu'on est jumelles. Identiques, mais différentes, a ajouté Marilyn.

Lucy n'en revenait pas. Les jumelles avaient tellement changé. Elles avaient obtenu le droit de faire chacune ce qu'elles voulaient et désormais, elles avaient leurs propres chambres et leurs propres amis. Cependant, elles semblaient plus proches. En faisant des choses chacun de son côté, on pouvait donc se rapprocher ?

C'était un sujet qui méritait réflexion.

– Bon, qu'est-ce que vous voulez faire aujourd'hui ?

– Tu as apporté ton coffre à jouets ? a demandé Carolyn.

– Oui.

– Oh, génial ! Il y a des trucs nouveaux dedans ?

– Venez, on descend. Je vais vous montrer.

Les filles se sont précipitées dans le salon, et Lucy a posé le coffre à jouets par terre. Marilyn et Carolyn, impatientes, la regardaient pendant qu'elle ouvrait le coffre.

– Bon, j'ai des nouveaux blocs de papier et trois feuilles d'autocollants. Et puis des pastels à la place des crayons de couleurs. Avez-vous déjà dessiné avec des pastels ? C'est super. On peut mélanger les couleurs avec les doigts.

– Comme avec une craie ? s'est étonnée Marilyn.

– Un peu.

Lucy a ouvert la nouvelle boîte de pastels et a laissé les filles les admirer.

– Ooh ! se sont exclamées les jumelles en découvrant l'arc-en-ciel de couleurs des craies grasses.

– Essayez, leur a suggéré Lucy. On peut s'installer sur la table de la cuisine ?

C'est ce qu'elles ont fait.

Alors qu'elle en était à la moitié de son dessin d'un bateau sur la mer, Marilyn a annoncé :

– C'est pour papa. Non, pour maman. Je ne lui ai pas donné de dessin depuis longtemps. Non, attendez. Ça sera pour tous les deux.

– Le mien sera aussi pour tous les deux, a dit Carolyn en regardant son dessin d'un papillon et d'une coccinelle.

« Intéressant », s'est dit Lucy. Plus de « Maman va préférer le mien… » ou « Papa aime toujours mes… » C'était un changement très agréable.

– Hé ! s'est exclamée Lucy, pourquoi on ne fabriquerait pas des cadres pour vos dessins ? Ils sont tellement jolis. Je trouve qu'ils méritent d'être encadrés.

– Comment on fait des cadres ? l'a questionnée Carolyn.

– Comme ça.

Lucy a montré aux jumelles comment couper des cadres dans du carton avant de les coller sur les dessins.

– Génial ! s'est enthousiasmée Carolyn.

Puis elle a retourné sa feuille et a écrit : « Pour maman et papa – Je vous aime, Carolyn. »

Et du coup, sur l'envers de son dessin, Marilyn a écrit : « Pour maman et papa – Je vous aime, Marilyn. » Lucy s'attendait à des hurlements de la part de Carolyn puisque Marilyn l'avait copiée, mais non. Les filles ont fait d'autres dessins et les ont encadrés. Une fois qu'elles ont eu terminé, Carolyn a dit :

– Je crois que je vais téléphoner à Helen.

Marilyn regardait tristement sa sœur alors qu'elle composait le numéro de téléphone.

– Chez toi ? a répété Carolyn. D'accord. Je dois d'abord demander à Lucy.

Carolyn a posé la main sur le combiné et a annoncé :

– Helen m'invite chez elle. Je peux y aller ? C'est Claudia qui les garde, elle et Mathew.

– Bien sûr, a répondu Lucy.

Puis, à la surprise générale, Carolyn a ajouté :

– Marilyn, tu veux venir aussi ?

Le visage de Marilyn s'est éclairé.

– Oui !

– Attends une seconde. Je ferais mieux de parler à Claudia, est intervenue Lucy.

Donc, elle a discuté avec Claudia qui ne voyait aucun inconvénient à ce qu'elle vienne avec les jumelles.

– Du moment qu'elles ne se disputent pas, a-t-elle précisé.

– Non. Tout va très bien, l'a rassurée Lucy.

Elle a rangé le coffre à jouets, puis elle a laissé un mot à Mme Arnold, et elle est partie chez les Braddock avec les filles. Comme il faisait très beau, Lucy et Claudia se sont installées sur la terrasse pour surveiller les filles qui étaient en bas, dans le jardin. En plus des jumelles et d'Helen, il y avait Vanessa Pike et Charlotte Johanssen. (Mathew jouait chez les Pike.) Lucy et Claudia ont écouté leur conversation :

– Vous savez, a dit Helen, nous pourrions commencer notre club. Tout de suite. Nous sommes cinq. C'est assez pour un club.

– Vous voulez bien de moi dans votre club ? a demandé Marilyn.

Les autres filles se sont consultées du regard. Finalement Carolyn a répondu :

– Seulement si tu n'es pas trop autoritaire. On va essayer pendant trois réunions. Si tu veux toujours commander, tu ne resteras pas. D'accord ?

– Je suppose que oui.

« Pauvre Marilyn ! » a pensé Lucy. Elle pouvait quand même faire partie du club mais seulement à l'essai.

– Et ton amie Gazelle ? a demandé Vanessa. Tu crois qu'elle voudrait entrer dans notre club ?

– Tu veux dire Gozzie ? Oh... oh, je ne sais pas. Je veux dire, je ne pense pas. Elle, hum, elle n'aime pas les clubs.

– D'accord, a répondu Vanessa en haussant les épaules.

Lucy s'est tournée vers Claudia.

– Tu sais quoi ? Je parie que Gozzie Kunka est une amie imaginaire. Je pense que Marilyn l'a inventée parce qu'elle n'avait pas d'amis.

– Oui, à mon avis, tu as raison ! a acquiescé Claudia. Je me demande si Gozzie va disparaître maintenant.

– J'en doute. Pas tant que Marilyn sera à l'essai et qu'elle ne sera pas certaine d'avoir de vraies amies.

Ce soir-là, Lucy m'a appelée pour m'annoncer la nouvelle.

– Tu veux dire que Gozzie Kunka n'existe pas ? me suis-je écriée. J'aurais dû m'en douter. J'aurais dû le deviner. Une fille de diplomate qui s'appelle Gozzie Kunka et qui habite à Stonebrook ? Comment ai-je pu être aussi naïve ?

Je n'ai pas pu m'empêcher de rire. C'était vraiment drôle.

14

Il restait à peine une semaine avant le mariage ! Je n'arrivais pas à y croire. Nous avions terminé la plupart des préparatifs, mais il y avait encore plein de détails à régler.

– Imagine si on avait dû organiser le grand mariage que nous voulions, ai-je dit à Carla, le lundi à l'école.

J'avais eu le temps de me calmer à propos du déménagement et nous étions redevenues amies. Et cela pour plusieurs raisons. D'abord, parce que papa et Mme Schafer avaient dit tous les deux qu'ils allaient se débarrasser de certains de leurs meubles et qu'ils mélangeraient les autres dans la maison de Carla.

– Qu'est-ce qu'on va faire avec les affaires qui resteront ? avais-je demandé.

– En entreposer une partie dans la grange et donner le reste à l'Armée du Salut, avait répondu papa.

Puis j'avais vu Mme Schafer caresser Tigrou. J'étais donc beaucoup plus rassurée sur le sort de mon petit chat.

Enfin, j'avais décidé que j'allais décorer ma chambre chez Carla (mais en gardant la plupart de mes affaires), et Claudia avait promis de me donner un coup de main. Elle avait aidé Lucy à décorer sa chambre quand elle était revenue à Stonebrook. Elle est très douée pour ce genre de choses.

Bon, pour en revenir à ce lundi-là, Carla m'a répondu :

– Je sais. Si nous avions vraiment voulu faire tout ça, cela nous aurait pris presque un an pour préparer le mariage.

– Oui. Les traiteurs, les fleuristes...

– Et les couturières, la location des costumes...

Nous commencions à devenir des expertes du mariage !

Alors que nous venions de rejoindre les autres membres du club à notre table habituelle à la cantine, j'ai remarqué :

– Finalement, nous allons quand même avoir de nouvelles robes. Dommage ! Tu avais presque réussi à y échapper !

Carla s'est mise à rire. Elle a sorti son déjeuner de son sac : une pomme et une boîte en plastique remplie de salade avec des tomates et des dés de tofu, bien sûr !

– Beurk ! Quelle horreur ! s'est écriée Kristy en fronçant le nez.

Carla a examiné ce que Kristy avait choisi sur son plateau. En montrant sa gelée aux fruits, elle a répliqué :

– Je ne comprendrai jamais comment des gens peuvent manger quelque chose qui tremblote.

– Mais c'est pareil pour le tofu, a répondu Kristy.

– Ce n'est pas vrai. Ce n'est pas gélatineux, le tofu.

Pour le lui prouver, Carla a piqué sa fourchette dans sa

boîte de salade : rien ne s'est produit. Puis elle l'a plantée dans l'assiette de Kristy : la gelée s'est pratiquement mise à danser. Et tous les six (Kristy, Carla, Lucy, Claudia, Logan et moi), nous sommes devenus hystériques.

– Bon alors, et pour vos robes ? nous a demandé Claudia une fois que nous avons eu retrouvé notre sérieux.

(Vous pouvez faire confiance à Claudia pour toujours détourner la conversation sur la mode.)

– On va aller les acheter chez Bellair, ai-je annoncé.

– Mais pas les mêmes, a précisé Carla, puisque nous ne serons pas demoiselles d'honneur. Nous serons juste assises dans la chapelle avec vous tous. Et maman a choisi une merveilleuse robe rose brodée de perles, avec la taille basse. On dirait une robe des années vingt.

– Génial ! s'est exclamée Claudia.

– Et vous n'allez pas le croire, ai-je ajouté, la mère de Carla a demandé à mon père de s'acheter un nouveau costume et de nouvelles chaussures. Chics, bien sûr. Je ne me souviens même pas de la dernière fois où il s'est acheté des chaussures ou un costume.

Il y a eu un moment de silence. Kristy a planté sa cuillère dans sa gelée.

– Voilà, je ne peux plus la manger maintenant ! Pourquoi m'as-tu dit qu'elle tremblotait ?

Carla a fait une grimace comique.

– Bon, et c'est pour quand le grand déménagement ? a risqué Logan.

Carla et moi, nous nous sommes regardées. Nous savions toutes les deux que le sujet était toujours délicat. Je m'étais habituée à cette idée mais je n'avais pas oublié que papa ne m'avait pas prévenue, ni que Carla était persuadée que j'étais enchantée d'aller vivre chez elle.

– C'est en cours. Ce n'est pas encore le « grand déménagement ». Papa a déjà emporté quelques-uns de nos meubles dans la grange de Carla.

– Maman en a entreposé aussi dedans, a ajouté Carla. Et l'Armée du Salut est venue en chercher.

– Nous allons déménager le reste de nos meubles et les cartons le lendemain du mariage, quand nos parents seront revenus de l'hôtel Palacio. Quelle journée ça va être ! Mon père va vouloir tout ranger et tout organiser tout de suite, et la mère de Carla...

– ... pourrait tout laisser comme ça pendant des mois, a fini Carla.

Logan a serré ma main dans la sienne en me glissant :

– Si je peux vous aider pour le déménagement, dis-le moi.

Carla et moi avons fait une partie du chemin de retour ensemble ce jour-là, après l'école.

– Tu sais de quoi nous n'avons jamais parlé ? m'a-t-elle demandé. Je veux dire, de quoi toi, moi et nos parents, nous n'avons jamais parlé ?

– Non, de quoi ?

– Eh bien, comment nous allons appeler nos beaux-parents. J'appelle toujours ton père monsieur Cook et tu appelles toujours ma mère madame Schafer.

– Je suppose que nous pourrions les appeler par leurs prénoms. Mais je crois que ça va me faire tout drôle d'appeler ta maman Sharon.

– Et ça me fera bizarre d'appeler ton père Frederick.

– Nous pourrions les appeler maman et papa, ai-je suggéré en riant.

– Non, belle-maman et beau-papa ! Cela mettrait tout le monde très à l'aise.

– Et que penses-tu de Gertrude et Horace ?

Carla riait tellement qu'elle en avait les larmes aux yeux.

– Mary Anne, quand on ne se dispute pas, on s'amuse vraiment toutes les deux. Tu ne crois pas qu'on devrait partager la même chambre, après tout ? Nous pourrions rester éveillées tard le soir et discuter les lumières éteintes. Nous pourrions partager nos secrets. Nous pourrions faire nos devoirs ensemble. Ce n'est pas ce que font toutes les sœurs ? J'ai toujours voulu avoir une sœur.

– Moi aussi, ai-je avoué.

– Alors on pourrait partager ma chambre. La chambre d'amis resterait la chambre d'amis et tu pourrais mettre ton lit et ton bureau dans ma chambre. Ça serait un peu encombré mais pas trop.

Son idée commençait à me plaire.

– Ça ne te ferait rien d'avoir Tigrou dans la chambre pendant la nuit ? Il dort toujours avec moi.

– Non, j'adorerais ! Est-ce que tu penses qu'il viendrait dormir avec moi de temps en temps ?

– Peut-être. Il adore se blottir contre quelqu'un de tout chaud. Il se pelotonnera dans ton cou et ronronnera dans ton oreille.

– Hé, on pourra s'échanger nos vêtements ! s'est exclamée Carla avec enthousiasme. On fait quasiment la même taille. Je suis juste un peu plus grande que toi. Nos garde-robes vont doubler.

– Oh, en parlant de garde-robes, j'ai pensé à quelque chose. Nos parents ne vont pas faire un grand mariage traditionnel, mais je crois que ta mère doit quand même porter quelque chose de vieux, quelque chose de neuf, quelque chose qu'on lui a prêté et quelque chose de bleu le jour du mariage. Tu ne crois pas ?

Carla a hoché la tête.

– Si, bien sûr. Bon, voyons ça. Sa broche est vieille – c'est une ancienne broche –, elle a emprunté un collier à sa mère, je pense que ses boucles d'oreilles sont en saphir bleu clair, mais... quelque chose de neuf, hum... Je me demande si sa robe compte. La plupart des mariées portent une nouvelle robe. Je vais lui en parler, d'accord ?

– D'accord.

L'après-midi suivant, Mme Schafer (oh, excusez-moi, Sharon) nous a emmenées, Carla et moi, faire des courses pour acheter nos nouvelles robes. Nous sommes d'abord allées chez Bellair, où j'ai essayé une robe rose qui ne m'a plu qu'à moitié, et où Carla n'a rien trouvé du tout. Nous en sommes donc parties pour aller chez Talbots, mais nous n'avons rien trouvé là-bas non plus.

– Et si nous allions chez Zingy's, la nouvelle boutique ? a suggéré Carla.

Sharon avait à peine mis un pied chez Zingy's qu'elle a fait demi-tour, en nous tirant en arrière.

– Pas question, jeune fille, a-t-elle dit à Carla. Si tu aimes, tu porteras ce genre de choses plus tard, mais pour l'instant, ça ferait mauvais genre pour une adolescente.

Finalement, nous sommes allées chez Gap. Carla a déniché une robe rayée bleu et blanc, style marin, très mode.

– Je pourrai mettre mes sandales bleues avec, a-t-elle affirmé.

Carla avait donc réglé le problème. Quant à moi, j'ai continué à chercher, mais je ne trouvais rien qui me plaise. Puis j'ai réalisé que, ce que je voulais mettre, c'était la robe à fleurs que Carla portait pour le dîner d'anniversaire surprise de sa mère.

– Hé, ma copine de chambre, est-ce que tu me prêterais la robe que tu avais pour l'anniversaire de ta mère ?

– Bien sûr ! Pas de problème ! Tu vois comme on va s'amuser quand tu auras emménagé chez moi.

J'ai souri. Elle avait raison.

Le jeudi soir, David est arrivé de Californie. Papa, Carla, sa mère, les triplés Pike – Byron, Jordan et Adam – et moi, nous sommes allés le chercher à l'aéroport. David avait invité les triplés au mariage. Il les avait appelés de Californie pour leur demander de venir. (Toutes les invitations avaient été faites par téléphone, ce qui, à mon avis, était vraiment affreux. Je trouvais que la moindre des choses aurait été d'envoyer des cartons d'invitation. Pas forcément gravés mais au moins des cartons d'invitation.)

A vingt heures trente, nous étions tous les sept à l'aéroport... avec une grande pancarte « Bienvenue David ». Je serais morte de honte si quelqu'un m'avait attendue avec une énorme pancarte dans un aéroport, mais tous les autres pensaient que David serait ravi, et c'était vrai. D'une part, parce qu'il nous a repérés tout de suite et qu'il n'a pas eu besoin de nous chercher et, d'autre part, parce qu'il a été très touché de cette attention.

– Salut ! Salut, tout le monde ! a-t-il crié.

Nous nous sommes tous attroupés autour de lui, en riant, en l'embrassant et en parlant tous en même temps. David nous a montré tout ce qu'il avait récupéré dans l'avion : du sel et du poivre en sachet, une fourchette en plastique, un magazine gratuit, un savon qu'il avait pris dans les toilettes et qu'il a royalement offert à sa mère.

– Alors, qu'est-ce que ça fait de revenir sur la côte Est ? lui a demandé mon père alors que nous nous dirigions vers la voiture des Pike (nous avions dû l'emprunter pour pouvoir emmener tout le monde à l'aéroport).

– Super, monsieur, a répondu David.

Tout à coup, j'ai réalisé que mon père et David ne se connaissaient quasiment pas.

– Tu peux m'appeler Frederick, lui a immédiatement précisé mon père puis il a ajouté : ou autrement, si tu veux.

– D'accord, monsieur.

Puis il a couru rejoindre les triplés qui étaient devant.

Perplexe, papa a regardé Sharon qui a tenté de le rassurer :

– Ça va s'arranger. Il faut lui laisser du temps.

Papa a hoché la tête.

Je me sentais désolée pour lui.

Le soir suivant, la veille du mariage, la future famille Cook-Schafer a dîné chez Carla. David se comportait toujours de manière agréable mais trop polie et formelle avec papa. Il passait son temps à répondre « Oui, monsieur », « Non, monsieur ». C'était la seule chose qu'il lui disait.

Il a aussi raconté que son père et lui allaient souvent assister à des événements sportifs en Californie.

Papa a eu un mouvement de recul. Je ne pense pas qu'il soit déjà allé voir un match ou quoi que ce soit d'autre.

Puis David a laissé échapper accidentellement le nom de Carol, et il s'est avéré que son père avait une petite amie. C'est Sharon qui a eu, cette fois-ci, un mouvement de recul mais elle s'est reprise et nous avons quand même passé un bon moment. Ma nouvelle famille était réunie autour de la table : papa, Sharon, Carla, David et moi. J'ai décidé que je l'aimais bien. J'ai même dû admettre que j'avais toujours aimé la vieille ferme pleine de recoins de Carla.

Une fois le dîner terminé, Carla et moi, nous avons regardé la télévision avec David. Puis nous sommes montées dans la chambre de Carla.

– Tu vois ? On pourrait mettre ton lit juste là. Et ton bureau juste à côté du mien. Nous ferions nos devoirs ensemble tous les soirs.

– Et je trouverai de la place dans ton armoire pour mes affaires. Comme ça, nous pourrons tout partager.

Carla a levé le bras et nous nous sommes tapé dans les mains.

– On est sœurs ?

– On est sœurs, ai-je affirmé.

J'étais complètement surexcitée quand nous sommes rentrés à la maison avec papa ce soir-là. Mais ce n'était rien par rapport à la fièvre qui s'est emparée de moi dès que j'ai ouvert les yeux le samedi matin.

C'était le jour du mariage !

Ce soir-là, j'aurais officiellement une belle-mère, une demi-sœur et un demi-frère. Papa et moi ne serions plus jamais seuls.

Pourtant, cette pensée ne me réconfortait pas tout à fait... J'étais inquiète. Papa et moi avions très bien fait face aux événements tout seuls. Avais-je vraiment envie que ça change ?

Puis je me suis rappelé que j'allais partager ma chambre avec Carla et que je pourrais parler de problèmes de filles avec Sharon. Après un moment de réflexion, je me suis dit que je pourrais m'habituer à ce changement.

– Mary Anne !

Mon père m'appelait et j'étais toujours dans mon lit en train de penser à cette grande journée qui commençait.

– J'arrive !

Le mariage devait avoir lieu à midi dans la chapelle de l'église de Stonebrook. Ensuite, tout le monde irait déjeuner au restaurant Chez Maurice, puisque c'était là que papa avait offert la bague de fiançailles à Sharon. Le maître d'hôtel avait préparé une table pour vingt personnes dans un salon privé. J'étais impatiente de voir à quoi ressemblait une table pour vingt.

J'ai passé quasiment toute la matinée à m'habiller. J'ai appelé Carla six fois pour avoir des conseils et j'ai finalement demandé à Claudia de venir m'aider. Elle a apporté sa trousse à maquillage. Je pensais que papa allait avoir une attaque, mais Claudia m'a promis qu'elle pourrait me maquiller de façon très discrète. Je serais jolie et naturelle. Elle a aussi décidé de me faire une coiffure magnifique : un chignon avec des tresses.

Vers onze heures, j'étais enfin prête. Et je peux même dire que j'étais jolie. La robe de Carla m'allait très bien, même si ça me faisait drôle de porter une robe longue. Claudia m'avait mis du rouge à lèvres très pâle, du vernis à ongles encore plus clair, un tout petit peu de mascara sur les cils, une ombre bleue extrêmement pâle sur les paupières et un soupçon de fard sur les joues. Puis elle m'avait fait les tresses de façon experte. Je me sentais un peu coupable que Carla ne profite pas de l'aide de Claudia, mais elle a une mère... et j'allais moi aussi en avoir une très prochainement.

Quand Claudia est partie, papa était prêt lui aussi. Il avait l'air très chic (c'est lui qui l'a dit) avec ses nouvelles chaussures et son costume gris. Il est venu dans ma chambre pour voir à quoi je ressemblais.

– Très jolie. Magnifique. Une vraie jeune fille. Je suis sûre que Claudia finira par devenir styliste ou maquilleuse.

J'ai secoué la tête en souriant.

– Non. Elle veut devenir artiste.

– Viens t'asseoir à côté de moi sur le lit, Mary Anne.

– D'accord.

Une fois assise, j'ai remarqué que papa avait une boîte dans la main.

– C'est pour toi. Ouvre-la.

J'ai obéi. A l'intérieur, il y avait un collier de perles.

– C'est pour moi ?

– Oui, il était à ta mère. Je voulais te le donner le jour de tes seize ans, mais j'ai pensé qu'aujourd'hui serait mieux. Est-ce que tu veux que je t'aide à l'attacher ?

– Oui, s'il te plaît, ai-je articulé en retenant mes larmes.

Papa m'a mis le collier autour du cou, puis je me suis regardée dans le grand miroir de la salle de bains. J'avais du mal à croire que la fille que je voyais, c'était moi. Je paraissais vraiment grande et belle, surtout avec le collier de ma mère.

– Bon, a dit papa. Tu es prête à partir ? Le prêtre nous a demandé, à Sharon et à moi, d'arriver un peu en avance. Il veut revoir avec nous le déroulement de la cérémonie.

– Je suis prête.

J'ai embrassé Tigrou, et papa et moi sommes partis à l'église.

Nous sommes arrivés en même temps que les Schafer, ce qui était un miracle parce que, d'habitude, Sharon est toujours en retard. Carla avait dû la presser pendant toute la matinée. Dès qu'ils sont sortis de la voiture, j'ai su que j'avais raison. Carla s'était occupée de sa mère. Sinon, Sharon se serait retrouvée avec un collant filé, des boucles d'oreilles différentes à chaque oreille, ou l'étiquette de sa robe toujours accrochée dans son dos. Mais là, elle était parfaite.

Carla était magnifique dans sa nouvelle robe, et David était très élégant mais n'avait pas l'air très à l'aise dans son nouveau costume.

– Bonjour! nous sommes nous dit en sortant de nos voitures.

Papa et Sharon se sont embrassés.

Puis Carla et moi aussi, et elle m'a demandé qui m'avait coiffée.

David se tenait à l'écart, l'air extrêmement mal à l'aise.

Une demi-heure plus tard, le service a commencé. Carla, David, leurs grands-parents et moi étions assis au premier rang. Juste derrière nous, il y avait Kristy, Logan, Jessi, Mal, Lucy et Claudia. Derrière eux, il y avait les amis de papa et de Sharon, et quelques rangs plus loin, sur un banc pour eux tout seuls, il y avait les triplés, aussi bien habillés que David, mais avec l'air légèrement coquin. J'espérais qu'ils n'allaient pas faire quoi que ce soit pour gâcher la cérémonie.

La chapelle était très jolie. Les grands-parents de Carla avaient fait livrer deux énormes bouquets de fleurs, qui avaient été posés de chaque côté de l'autel. Les fleurs étaient roses et blanches, donc Carla et moi étions toutes les deux parvenues à nos fins.

Nous étions assis dans la chapelle et il n'y avait pas un bruit. Puis, l'organiste s'est mis à jouer. Mon père et la mère de Carla sont apparus dans le fond de l'église. Sharon portait un bouquet de roses blanches. Tout le monde s'est tourné pour les regarder remonter lentement l'allée. (Sharon n'avait pas voulu que ce soit son père qui l'accompagne jusqu'à l'autel, comme s'il « donnait sa main » à mon père, et, en plus, elle et papa voulaient un service aussi simple que possible.)

Papa et Sharon avaient à peine fait trois pas que je me suis mise à pleurer. Tout était si... beau. J'ai touché mon collier de perles et mes larmes ont redoublé.

Carla m'a donné un coup de coude en murmurant :

J'espère que tu as des mouchoirs en papier.

J'ai hoché la tête. Bien sûr que j'en avais. J'en ai toujours sur moi.

Mon père et la mère de Carla étaient à la moitié du chemin, quand j'ai remarqué un peu d'agitation du côté des triplés. Ils montraient quelque chose du doigt en essayant d'attirer l'attention de David et ils étaient tout rouges à force de se retenir de rire. J'ai scruté la chapelle pour voir ce qui pouvait être si drôle. J'espérais que papa n'avait pas une déchirure dans son nouveau pantalon. Non, les triplés pointaient le doigt vers un vitrail qui représentait un ange descendant du paradis. Bon, d'accord, l'ange était vêtu du strict minimum, mais on ne voyait rien. Je veux dire, toutes les parties qui devaient être couvertes étaient couvertes. Mais vous savez comment c'est, les garçons de l'âge des triplés... Je me suis promis de dire à Mallory de ne pas laisser ses frères aller dans une galerie d'art avant qu'ils aient au moins vingt ans, à cause de toutes les peintures et les statues de personnes nues.

Les triplés m'ont empêchée de pleurer pendant à peu près dix secondes. Ensuite papa et Sharon sont arrivés devant l'autel, face au prêtre, et j'ai à nouveau fondu en larmes. A la fin, j'ai eu l'ingéniosité de sortir le paquet de mouchoirs de mon sac. Je me suis tamponné les yeux. Le Kleenex est devenu tout noir. Oh, non ! Le mascara ! Je me suis tournée vers Carla.

– Je ressemble à un raton laveur ?

– Oui, tu as un joli masque noir autour des yeux.

Je me suis si bien appliquée à retirer tout le mascara que j'avais sur la figure que j'ai manqué la plus grande partie de la cérémonie, tellement elle était courte. Je n'ai relevé la tête qu'au moment où j'ai entendu le prêtre dire :

– Je vous déclare désormais mari et femme. Vous pouvez embrasser la mariée.

Oh ! là, là ! Mon père allait embrasser la mère de Carla devant tout le monde ? Oh, non. Oh, non. Les triplés ont recommencé à pouffer. Je ne pouvais pas regarder mon père. J'ai donc sorti un autre mouchoir (le dernier) de mon sac, et j'ai fait mine de m'essuyer les yeux (juste pour faire quelque chose) en continuant à enlever tout le maquillage de mes paupières.

– Ça n'aura pas duré longtemps, a dit Claudia qui était derrière moi.

Elle avait vu mon mouchoir tout bleu.

Oh, tant pis... Je ne pouvais rien faire pour mon

maquillage. J'ai regardé papa et Sharon en train de marcher doucement dans l'allée. Ils étaient mariés ! J'avais du mal à y croire. Ma nouvelle famille était désormais réelle.

Le souper au restaurant Chez Maurice (bon, on appelait ça un souper, mais c'était un déjeuner) a très bien commencé. Notre salon privé et notre grande table avec tous les invités installés autour étaient magnifiques.

Une fois que nous avons été assises, je me suis penchée vers Carla et lui ai murmuré :

– Est-ce que ta mère s'est arrangée pour porter quelque chose de neuf aujourd'hui ?

– Oui, a-t-elle répondu en riant. Elle a de nouveaux dessous.

Puis nous avons commencé à parler de notre soirée. Nos parents seraient à l'hôtel Palacio, David chez les Pike (un enfant de plus ne les dérangeait pas) et Carla et moi allions passer la nuit toutes seules chez moi. Ma chambre était à moitié empaquetée, mais je voulais passer une dernière nuit dedans.

Mes amis et moi avons discuté, bu de la limonade et mangé des morceaux de pain en attendant nos plats. Quand ils sont arrivés, j'ai vu papa offrir un peu de sa tranche de veau à Sharon mais elle a refusé et papa a paru un peu blessé. Puis j'ai regardé les assiettes de chacun, car Carla et David s'étaient plaints qu'il n'y ait pas assez de plats végétariens au menu. Je me suis dit qu'il ne fallait pas que je commence à être grognon et à gâcher la fête.

Mais juste à ce moment-là, j'ai entendu Sharon dire quelque chose comme « ... il faudra changer la litière du chat tous les jours. »

Hum! Pour son information, Tigrou utilise rarement sa litière. Il prend le jardin pour d'immenses toilettes. Et quand il utilise sa litière, je la nettoie toujours moi-même.

J'étais assise là et je me sentais mal. Je pensais à la maison en désordre des Schafer. Je pensais à ma chambre et à combien elle allait me manquer.

J'étais d'une humeur extrêmement maussade quand Carla m'a fait une surprise en me tendant une boîte.

– C'est un cadeau de « Maintenant nous sommes sœurs », m'a-t-elle expliqué.

A l'intérieur, il y avait une magnifique barrette en argent.

J'aurais dû être reconnaissante, mais je me suis sentie encore plus mal parce que, bien sûr, je n'avais pas pensé à acheter un cadeau de « Maintenant nous sommes sœurs » pour Carla.

– Merci, Car…, ai-je commencé, mais je n'ai pas pu finir ma phrase car Sharon s'est levée.

– C'est l'heure de lancer le bouquet! a-t-elle annoncé. Toutes les célibataires vont se mettre de ce côté de la pièce. Celle qui attrapera le bouquet sera la prochaine mariée.

Il y a eu une cavalcade jusqu'au coin de la pièce que Sharon avait désigné. Tout le monde se bousculait.

Carla et moi avons réussi à nous frayer un chemin jusqu'au devant de la foule.

Mme Schafer s'est mise debout sur sa chaise, s'est retournée et elle a lancé le bouquet par-dessus son épaule. Il s'est dirigé droit sur Carla et moi. Nous avons toutes les deux sauté pour l'attraper…

Pauvre MALLORY !

Ce livre est pour Bonnie Black, merci pour son aide.

①

Je chantais à tue-tête :
– J'ai un maillot ! Qui me gratte, gratte,
gratte. J'ai un maillot ! Qui me gratte, gratte
le dos.
Comme je n'avais plus de souffle, je me suis
tournée vers Jessi :

– A toi, maintenant !

Elle a aussitôt enchaîné :

– Ça me gratte, gratte, gratte. Ça me gratte de la tête aux
pattes. Mon maillot me gratte le dos !

On s'est mises à mimer la chanson en essayant de ne pas
éclater de rire.

– Oh, ça me gratte ! Il faut que j'me change ! Ça me
démange ! Il faut que j'trouve un autre maillooooot, qui ne
me gratte pas troooop !

– Waouh ! Tu connais les paroles par cœur maintenant !

145

– Ça, on peut dire que tes frères t'apprennent de drôles de chansons ! On se demande où ils vont les chercher.

En tout cas, une chose était sûre : la journée était finie. Ouf ! Un jour de cours en moins. On était bien contente de quitter le collège.

J'ai oublié de faire les présentations. Moi, je m'appelle Mallory Pike. Jessi est ma meilleure amie. Elle s'appelle Jessica, mais tout le monde l'appelle Jessi. On est dans la même classe, en sixième. Après les cours, on fait un bout de chemin ensemble parce qu'on n'habite pas très loin l'une de l'autre. Au moment de se quitter, je lui ai demandé si elle voulait venir à la maison cet après-midi.

– Mes frères pourraient t'apprendre d'autres chansons débiles. Il y a en a une sur un type qui fabrique une machine à saucisses. Ça te tente ?

– J'aimerais bien venir, mais je dois faire du baby-sitting pour les Johanssen. Je vais garder Charlotte tout l'après-midi. Mais on se retrouvera à la réunion du Club des baby-sitters à cinq heures et demie, d'accord ?

– O.K. A ce soir, alors.

Bon, on arrivait à l'endroit où nos chemins se séparent. Jessi s'amuse toujours à faire comme si on ne devait plus jamais se revoir. Elle prend une pose très théâtrale, et me fait ses adieux en déclamant :

– La séparation est douce quand on sait qu'on se reverra un jour.

Et moi, je dois lui demander sur le même ton :

– Mais quand croiserai-je votre chemin ?

– Ben, demain, tiens !

Ça nous fait rire chaque fois ! C'est notre petit jeu à nous.

– Bon, à plus tard !

– A plus tard !

Chacune est partie de son côté. Je me suis mise à fredonner la chanson du type à la machine à saucisses.

– *Oh malheur, oh quelle horreur ! Qu'as-tu donc fait là, espèce de scélérat ? Ah franchement, ce n'est pas malin, il ne fallait pas fabriquer cet engin. Plus un chat, plus un chien dans tout le quartier. Plus de bête, plus de tête à caresser. Tous moulinés, tous hachés. Tous transformés en saucisses. Dans ta machine à saucisses !*

Je me suis soudain rendu compte de ce que j'étais en train de chanter, beurk ! Je me demande où mes frères peuvent bien avoir appris ce genre de chanson. Je parie que c'est en colonie de vacances.

J'ai accéléré le pas parce que j'étais pressée de rentrer chez moi. Ce n'était plus très loin maintenant. Je vis avec mes parents et mes sept frères et sœurs dans un quartier tranquille de Stonebrook, dans le Connecticut. Notre maison n'est pas très grande, enfin, pour nous tous, je veux dire, parce qu'il ne faut pas oublier qu'on est une famille vraiment nombreuse ! Il y a quatre chambres en tout. Les quatre garçons ont la plus grande, et ils dorment dans des lits superposés. Il y a deux autres chambres plus petites pour les filles : une que je partage avec Vanessa, et l'autre pour les deux plus jeunes de la famille, Claire et Margot. Bien sûr, mes parents ont leur chambre, mais elle n'est pas très grande non plus. C'est vrai que j'aimerais bien avoir une maison plus spacieuse pour avoir une chambre pour moi toute seule mais, en même temps, cette maison, je l'adore. Quand je l'ai vue au coin de la rue, j'ai couru jusqu'à la porte d'entrée.

– Salut m'man !

J'ai accroché mon blouson au portemanteau de l'entrée.
Pas de réponse.

– Maman ? Maman, tu es là ?

C'est Claire qui m'a répondu à sa place :

– Elle est en haut !

Claire était dans la cuisine. Comme elle n'a que cinq ans,
elle va encore à la maternelle, ce qui fait qu'elle rentre à la
maison avant tous les autres. Elle a passé la tête dans l'em-
brasure de la porte et a ajouté :

– Elle se repose.

Je commençais à m'inquiéter.

– Elle n'est pas malade au moins ?

– Nan. Mais… euh…

– Mais quoi ?

– Ben, quand on est rentrées de l'école, le téléphone a
sonné, et elle n'arrêtait pas de dire « oh non…, oh non… »
Quand elle a raccroché, elle m'a dit qu'elle avait mal à la
tête et elle est montée dans sa chambre.

– Humm… Bon, je vais monter voir ce qui se passe.

D'après ce que Claire venait de m'expliquer, je m'inquiétais déjà moins. Si quelque chose de vraiment horrible
était arrivé, si mes grands-parents étaient morts, par
exemple, ou si mon père avait eu un accident, maman
serait en train de courir partout plutôt que de rester allongée dans sa chambre. Je suis montée la voir. La porte de sa
chambre n'était pas fermée, mais j'ai quand même frappé
par politesse.

– Maman ?

– Ah, c'est toi Mallory. Entre, ma chérie.

Elle était assise sur son lit, et m'a fait un petit sourire.

– J'allais justement descendre.

– Qu'est-ce qui ne va pas, maman ?

Elle a poussé un profond soupir.

– Je ferais mieux de te le dire après tout. Et il faudra aussi prévenir tes frères et sœurs.

Les prévenir ? Mais de quoi ? C'était peut-être plus grave que je ne le pensais. J'ai repensé à ce que Claire m'avait dit à l'instant. Maman avait dû avoir une très mauvaise nouvelle au téléphone. C'était peut-être son docteur qui avait appelé ? Elle était peut-être malade, et il l'appelait pour lui annoncer que les résultats de ses analyses n'étaient pas bons. Mais c'était horrible ! Je n'ai pas pu m'empêcher de crier :

– Tu es malade ?

– Mais non, ma chérie. Ce n'est pas ça du tout. Je vais t'expliquer ce qui se passe, comme ça, tu pourras m'aider à le dire aux autres, d'accord ?

– D'accord.

– Voilà, c'est au sujet de la société où travaille papa. Tu sais que, ces derniers temps, cela n'allait pas très bien.

J'ai fait oui de la tête. Papa est avocat dans une grande entreprise de Stamford, une ville juste à côté de Stonebrook. Il nous avait effectivement parlé de ses soucis au travail, mais jamais je n'aurais pensé que ça pouvait être aussi grave.

Maman a continué :

– Ce matin, le directeur a annoncé que la moitié des employés allaient être licenciés.

– Tu veux dire qu'ils vont le mettre à la porte ? Ce n'est pas possible, ils ne peuvent pas faire ça à papa !

– Ton père pense que si. Il y avait un paquet de lettres recommandées toutes prêtes à partir.

– Des lettres recommandées ? Pour quoi faire ?

– En général, on annonce les licenciements par lettre recommandée. Tous les employés qui vont se faire renvoyer vont en recevoir une chez eux.

– Mais il n'y en avait pas ce matin au courrier.

– Non, pas ce matin, mais papa pense qu'il va bientôt la recevoir. Tu sais, cela ne fait pas très longtemps qu'il est dans cette entreprise. Il y a des personnes qui sont là depuis beaucoup plus longtemps que lui.

– Je vois ce que tu veux dire, maman. Il n'a pas assez d'ancienneté, c'est ça ?

– C'est ça. Bon, on ferait mieux de descendre maintenant. Je crois que les autres sont rentrés, on les entend d'ici.

– Oui, vu le boucan, je suis sûre que les triplés sont de retour.

J'avais raison, les triplés étaient rentrés ; les autres aussi d'ailleurs. Ils étaient tous dans la cuisine en train de se préparer un goûter. Je vous brosse le tableau : il y avait Byron, Jordan et Adam (dix ans) en train de se faire des tartines de confiture. Vanessa (neuf ans) se coupait une part de gâteau. Nicky, Margot et Claire (huit, sept et cinq ans) finissaient un paquet de cookies. Moi, après ce que maman venait de m'apprendre, je vous avoue que je n'avais pas très faim. Nous sommes allées nous asseoir avec eux, et maman a dit :

– Les enfants ?

Byron a levé la tête de son bol de chocolat.

– Ouais ?

Adam embêtait Nicky et le faisait tellement rire qu'il a failli avaler son lait de travers. Maman a attendu qu'ils se calment.

– Les enfants. Ce que j'ai à vous dire est sérieux, j'aimerais bien que vous m'écoutiez attentivement.

Ils ont arrêté net de rire et de gigoter. Maman avait l'air vraiment sérieuse. Ils se sont tournés vers elle et l'ont regardée avec des yeux ronds. Elle leur a répété ce qu'elle m'avait expliqué dans sa chambre. J'ai essayé comme j'ai pu de faire comprendre aux plus petits ce qu'elle voulait dire. Vanessa n'avait pas l'air d'y croire.

– Ce n'est pas possible. Papa a un poste important.

– Ouais, c'est vrai, a tout de suite renchéri Jordan. Ils ne peuvent pas le renvoyer.

– C'est quoi une lettre recommandée ? a demandé Claire. Je ne sais pas, moi.

Maman lui a de nouveau expliqué ce que c'était. Elle s'est alors exclamée :

– Mais alors, moi je veux que papa reçoive une lettre recommandée ! Comme ça, il n'aura plus besoin d'aller au bureau, et il pourra rester à la maison. Il aura plein de temps pour jouer avec moi !

Adam a haussé les épaules.

– C'est débile ce que tu dis. Si papa ne travaille plus, on n'aura plus d'argent !

Nicky a continué :

– Ben, oui. Il faut de l'argent pour acheter de quoi manger. Pour acheter des vêtements et tout ça.

Claire commençait à comprendre la situation. Elle

n'était plus contente du tout, et avait l'air paniquée. J'ai voulu la rassurer un peu :

— Mais on a des économies à la banque, hein, maman ? On peut toujours se servir de cet argent.

— C'est vrai, a acquiescé ma mère. On a des économies à la banque, mais il n'y a pas beaucoup d'argent sur ce compte. On va vite le dépenser. Il y a des factures à payer tous les mois, et il faut nourrir dix personnes tous les jours. Et puis c'était de l'argent qui devait servir à payer vos études.

On s'est tous regardés sans trop savoir quoi dire. Jordan a finalement murmuré :

— Mais papa ne va peut-être pas perdre son travail.

Je me suis tournée vers maman et je lui ai dit :

— C'est vrai, on n'en sait rien encore. Il est plus de trois heures et demie maintenant, presque quatre heures, tu ne crois pas que papa le saurait déjà ?

Maman a haussé les épaules en soupirant.

— Pas forcément.

— Mais papa a un travail important, non ?

C'était Vanessa qui n'arrivait pas à comprendre comment on pouvait renvoyer quelqu'un qui occupait un poste à responsabilités. Maman a répondu :

— Il n'est pas le seul dans sa société à avoir un poste important, et il n'est pas irremplaçable. En plus, les autres avocats sont là depuis beaucoup plus longtemps que lui. Écoutez, les enfants, je n'ai pas plus envie que vous que votre père soit au chômage, j'essaie juste de vous préparer à la situation. On verra quand il rentrera à la maison ce soir.

– Si papa perd son travail, qu'est-ce qui va changer ? a voulu savoir Claire.

Maman a tout de suite enchaîné :

– Il faudra qu'on fasse attention aux dépenses. On ne pourra plus se permettre d'acheter n'importe quoi, et on ne pourra plus partir en vacances. Papa restera à la maison et il cherchera un autre travail. Il ne sera pas toujours de bonne humeur.

– Pourquoi ? a demandé Margot.

– Parce que ce n'est pas facile de trouver un travail quand on vient de se faire renvoyer. Il passera des entre-tiens et il ne sera pas forcément embauché. Il sera peut-être obligé de postuler pour des emplois moins importants, qu'il n'aura même pas. Il devra passer des tas de coups de fil pour s'entendre dire qu'il n'y a pas de travail pour lui. C'est un peu comme si vous alliez chez des copains et qu'ils vous répondent qu'ils ne veulent pas jouer avec vous.

– Oooh, d'accord, a murmuré Claire.

Elle venait enfin de comprendre. Je crois que Margot aussi parce qu'elle semblait toute triste. Maman s'est levée.

– Bon, ce n'est pas la peine de trop s'inquiéter. Il ne va peut-être rien se passer après tout. Papa va peut-être rentrer gai comme un pinson ce soir. Mais je voulais que soyez préparés au cas où.

– D'accord, avons-nous répondu en chœur.

Je suis allée dans ma chambre. J'avais besoin de m'isoler un peu pour réfléchir. Qu'est-ce que maman voulait dire par « faire attention aux dépenses » ? Qu'est-ce qu'on ne pourrait plus acheter ? De nouveaux vêtements, par exemple ? Et comment ferait-on quand nos vêtements seraient trop petits ? On peut toujours passer les vêtements des plus grands aux plus petits, mais... et moi, comment je me débrouillerais ? Je suis l'aînée de la famille, et il n'y a personne pour me donner ses vêtements trop petits. Et au supermarché ? Qu'est-ce qu'on ne pourrait plus acheter ? Des glaces et des biscuits certainement, enfin, tous les trucs qu'on aime bien. Je me demandais si on allait avoir des bons d'achat de l'aide sociale. J'en avais déjà entendu parler, mais je ne savais pas vraiment ce que c'était, et comment ça marchait. Je savais juste qu'on les donnait aux familles pauvres pour les aider.

Il fallait absolument que je parle à Jessica. C'est ma meilleure amie, et je lui raconte tout. J'étais sûre qu'elle m'aiderait à réfléchir à tout ça. Malheureusement, elle était en train de garder Charlotte. Je pouvais l'appeler chez les Johanssen, mais j'hésitais parce que je ne voulais pas la déranger. On prend notre travail de baby-sitter très au sérieux et, normalement, on ne s'appelle jamais pendant nos gardes mais, là, je crois que c'était vraiment une urgence.

Je suis allée dans la chambre de mes parents pour téléphoner. Je me suis installée dans le fauteuil, puis j'ai composé le numéro des Johanssen. C'est Jessica qui a répondu :

– Bonjour, vous êtes bien chez les Johanssen.

– Salut, Jessi, c'est moi, Mallory.

A ma voix, elle a dû comprendre que ça n'allait pas.

– Qu'est-ce qui se passe, Mal ? Il y a un problème ?

– Ma mère est très inquiète. Elle est presque sûre que papa va perdre son travail.

– Perdre son travail ? Ton père ?

Jessi était sous le choc. Je lui ai expliqué ce qui se passait dans l'entreprise où travaille papa.

Et puis je me suis rappelé :

– Au fait, excuse-moi de te déranger pendant ton baby-sitting.

– Oh, c'est bon, ce n'est pas grave. Charlotte est en train de faire ses devoirs. Elle n'a pas besoin d'aide, comme tu t'en doutes.

Charlotte est très intelligente, elle a un an d'avance à l'école, et elle est quand même la première de sa classe. C'est pour ça que Jessica n'avait pas besoin de l'aider. Elle avait donc un instant à me consacrer.

– Je suis vraiment inquiète. C'est déjà terrible de perdre son travail mais, en plus, mon père doit nourrir huit enfants, et un hamster.

– Écoute, je sais que c'est facile pour moi de dire ça, mais ton père ne va peut-être pas être renvoyé. Tu t'en fais peut-être pour rien.

– C'est ce que je n'arrête pas de me dire, mais…

J'ai poussé un grand soupir, puis j'ai ajouté :

– Bon, il faut que je te laisse maintenant. On se voit ce soir à la réunion du club. Salut.

Après avoir raccroché, je suis retournée dans ma chambre. Je me suis allongée sur mon lit et j'ai essayé de ne plus y penser. Je ne voulais pas rejoindre les autres en bas parce que j'avais vraiment besoin d'être seule. J'espérais que Vanessa n'allait pas monter. C'est sa chambre aussi, je ne pouvais pas l'empêcher de venir. Mais elle sent souvent quand j'ai besoin de rester seule, sans que je lui dise quoi que ce soit, et elle me laisse tranquille.

J'ai fermé les yeux, et j'ai pensé à Jessica et aux autres membres du Club des baby-sitters. Ce sont toutes mes amies et, si papa perdait son travail, j'aurais vraiment besoin d'elles. Il faudrait qu'elles me soutiennent, et je savais qu'elles le feraient. On est toujours là les unes pour les autres dans les moments durs, comme lorsque la grand-mère de Claudia est morte ou que les parents de Lucy ont divorcé.

Il faut que je vous en dise plus sur mes amies. Je vais commencer par Jessica puisque c'est ma meilleure amie. On se ressemble beaucoup. D'abord, on a toutes les deux onze ans. Et on est les plus jeunes du club. Les autres ont toutes treize ans et sont en quatrième. Ensuite, on est toutes les deux les aînées de nos familles, sauf que Jessica n'a pas autant de frères et sœurs que moi. Ils ne sont que trois, elle, Becca (diminutif de Rebecca) qui a huit ans, et P'tit Bout, qui est encore bébé et s'appelle en réalité John Philip. On a beau être les aînées, on est d'accord pour dire que nos parents nous traitent encore comme des bébés. Claudia nous dit toujours que onze ans est un âge particulièrement difficile parce que les parents ne réalisent pas toujours qu'on a grandi et qu'on n'est plus des bébés. Par exemple, on a eu le droit de se faire percer les oreilles, mais je n'ai toujours pas le droit de mettre des lentilles de contact. Du coup, je suis obligée de garder mes lunettes, et je les déteste. En plus, j'ai un appareil dentaire. D'accord, il est en plastique, et il n'est pas trop voyant, mais ce n'est pas comme ça que je vais pouvoir me présenter à un concours de beauté. Hé ! Si papa perd son travail, le dentiste va peut-être être obligé de m'enlever mon appareil ? Je sais que c'est un peu égoïste de ma part de penser à ça maintenant, mais ça vous montre à quel point je déteste porter ce truc-là. A l'école, on continue de m'appeler « dents d'acier », même s'ils devraient plutôt dire « dents de plastique ».

Bon, revenons à Jessica. On adore toutes les deux lire,

particulièrement les histoires de chevaux de Mary O'Hara. Moi, j'aime aussi écrire et dessiner. Je tiens un journal intime où je note mes pensées les plus secrètes. J'écris également des histoires que j'illustre moi-même. Je voudrais devenir auteur de livres pour enfants. J'ai récemment convaincu Jessica de tenir aussi un journal intime mais, sa vraie passion, c'est la danse. Elle danse même sur les pointes! Elle prend des cours dans une école de Stamford, où elle a dû passer une audition pour être admise. Elle a déjà fait beaucoup de spectacles où elle tenait le premier rôle.

Ce qui nous différencie le plus Jessica et moi, c'est la couleur de notre peau. Elle est noire et je suis blanche. Cela ne compte pas pour nous, et pour aucun membre du club d'ailleurs. Mais quand les Ramsey ont emménagé ici, certains voisins ont eu une réaction violente. Pour des raisons que je n'arrive pas bien à comprendre, ils ne voulaient pas qu'une famille noire s'installe dans le quartier. C'est vrai qu'il n'y a pas beaucoup de gens de couleur ici, et Jessica est la seule noire de toutes les classes de sixième, mais ce n'est pas une raison pour la rejeter.

Voyons, que dire d'autre sur Jessica? Elle est jolie, en tout cas, moi, je trouve. Elle a de grands cils recourbés, et les jambes les plus longues que je connaisse. Elle travaille bien à l'école. Elle vit avec ses parents, son frère, sa sœur et sa tante Cécilia. Sa tante vit avec eux depuis que ses deux parents travaillent; elle les aide à garder les enfants.

Bon, passons maintenant aux autres membres du Club des baby-sitters. Ah, oui, j'allais oublier de vous dire qu'on a toutes une fonction dans le club. Jessica et moi, on est des membres juniors parce qu'on est encore trop jeunes pour faire du baby-sitting le soir.

La présidente du club, c'est Kristy Parker. Elle a une famille incroyable. Ils sont autant que nous, mais ce n'est pas le plus important. Vous allez comprendre tout de suite : il y a Kristy, sa mère, ses deux grands frères, Charlie et Samuel, son petit frère, David Michael, son beau-père, Jim, sa sœur adoptive, Emily Michelle, et sa grand-mère, Mamie. Un week-end sur deux, la famille s'agrandit avec les deux enfants de Jim, Karen et Andrew, qui ont sept et cinq ans et vivent avec leur mère le reste du temps. Kristy a donc aussi un demi-frère et une demi-sœur.

Son père est parti après la naissance de David Michael. Il les a abandonnés. Sa mère a dû élever ses quatre enfants toute seule. A cette époque, les Parker vivaient en face de chez Claudia Koshi (la vice-présidente du club), et juste à côté de chez Mary Anne Cook (secrétaire du club et meilleure amie de Kristy). Quand Mme Parker a commencé à avoir des rendez-vous galants – Kristy n'aimait pas du tout ça –, elle a rencontré Jim Lelland. Elle est tombée amoureuse de lui, et ils se sont mariés. Jim est un millionnaire, et il habite dans une immense villa à l'autre bout de la ville. Ils ont tous emménagé chez lui. Au début, Kristy n'appréciait pas tellement Jim, mais ça a changé depuis. Maintenant, elle adore sa nouvelle famille et son nouveau quartier.

Kristy est un vrai garçon manqué et fait beaucoup de sport. Elle entraîne même une équipe de base-ball qui s'appelle les Imbattables. Elle s'habille comme un garçon. Elle porte tout le temps des jeans ou des survêtements, avec un

T-shirt. Elle rajoute un pull quand il fait froid. Elle adore mettre sa vieille casquette avec un colley dessus. Quand je pense que sa mère et son beau-père la laisseraient porter tout ce qu'elle veut ! Mais je crois qu'elle ne fait pas attention à sa façon de s'habiller du moment que c'est confortable. Elle a quand même un petit copain qui s'appelle Bart et qui entraîne aussi une équipe de base-ball : les Invincibles. Il habite dans le nouveau quartier de Kristy, mais il ne vient pas en cours avec nous parce qu'il est dans un collège privé.

Kristy est la plus petite de sa classe, elle est châtain aux yeux marron. C'est aussi le seul membre du club à avoir treize ans et à ne pas encore porter de soutien-gorge. Elle est un peu autoritaire et elle a la langue bien pendue, mais on l'adore tous. Elle est drôle, a toujours plein de bonnes idées, et s'entend super bien avec les enfants.

Comme je vous l'ai dit, Claudia Koshi est vice-présidente du Club des baby-sitters. C'est tout le contraire de Kristy. Elle est aussi sympa, mais elle n'est pas aussi pipelette et, surtout, elle est incroyablement sophistiquée. Elle fait très attention à ses vêtements et le résultat est toujours très chic. Elle porte même des chapeaux. Elle a aussi beaucoup de goût pour assortir les accessoires, qu'elle fabrique d'ailleurs elle-même la plupart du temps. Elle a des bracelets en perles de toutes les couleurs, des colliers avec des petites plumes et des petites roses... Et si vous voyiez ses boucles d'oreilles ! Elle a même deux trous à une oreille. Mes parents ne me laissent porter que des boucles très fines en or, alors que ceux de Claudia la laissent porter ses propres créations. Elle a des grandes créoles, mais elle ne met pas forcément la paire, elle peut très bien mettre un anneau d'un côté et, de l'autre, une boucle en forme de banane avec un brillant tout simple dans le deuxième trou. (A ce propos, Kristy n'a, bien évidemment, pas les oreilles percées. Mary Anne non plus.)

Claudia a beaucoup d'imagination, c'est aussi une artiste extrêmement douée. Elle dessine, elle peint, elle sculpte, elle fait des collages... Elle prend aussi parfois des cours de poterie. Une de ses autres activités favorites, c'est de manger des sucreries. Elle adore se gaver de cochonneries mais, comme ses parents le lui interdisent, elle le fait en cachette. Il n'y a pas que ça qu'elle fait en cachette, elle dévore aussi les romans d'Agatha Christie. C'est simple, il y a des barres de chocolat, des paquets de bonbons ou de chips, et des romans policiers cachés un peu partout dans sa chambre.

Claudia a une sœur, Jane, qui est surdouée. Ce qui est un vrai calvaire pour Claudia parce qu'elle n'est pas bonne élève – c'est une catastrophe en orthographe – même si elle est intelligente. Ses professeurs disent qu'elle pourrait avoir de meilleures notes si elle s'appliquait un peu plus. Mais elle, elle dit que ça ne l'intéresse pas d'avoir de meilleures notes. Moi, je crois plutôt qu'elle a peur d'essayer de faire des efforts, parce qu'elle se rendrait compte que, même en faisant des efforts, elle n'arriverait pas à rattraper Jane.

Claudia est américano-japonaise, et elle est super canon. Elle a de longs cheveux noirs qu'elle attache de mille façons. Bien entendu, elle a des tas de pinces et de barrettes de couleurs et de tailles différentes. Elle a des yeux sombres en amande et sa peau est impeccable, malgré toutes les cochonneries qu'elle mange !

Sa meilleure amie, c'est Lucy MacDouglas, qui est la trésorière du club. Lucy est aussi sophistiquée que Claudia, voire plus. L'autre jour, on parlait de mode, et même Claudia a dit qu'il fallait demander à Lucy parce qu'elle savait mieux que tout le monde ce qu'il fallait porter. C'est normal, elle a grandi à New York ! Elle est venue vivre à Stonebrook au début de la cinquième, parce que son père s'était fait muter dans la région. Mais au bout d'un an à peine, ils ont dû repartir à New York, parce que son père devait à nouveau changer de poste pour son travail. Tous ces bouleversements n'ont pas été très faciles à vivre, surtout pour Lucy et Claudia. Et puis, l'histoire ne s'arrête pas là. C'est à New York que les choses se sont vraiment corsées. Les parents de Lucy ont commencé à ne plus s'entendre et, avant même qu'elle se rende compte de quoi que ce soit, ils ont divorcé. Le pire, c'est que sa mère a voulu revenir vivre à Stonebrook alors que son père devait rester à New York à cause de son travail. Lucy a donc dû choisir entre son père et sa mère. Elle a finalement décidé de vivre avec sa mère, tout en rendant souvent visite à son père. En tout cas, on était super contentes de la voir revenir à Stonebrook. Mais, avec sa mère, elles ont dû chercher une nouvelle maison parce que, entre-temps, Jessi et sa famille s'étaient installées là où elles habitaient avant !

Comme je vous le disais, Lucy est aussi jolie et chic que Claudia. Elle est toujours à la dernière mode de New York et, en plus, elle a le droit de se faire friser les cheveux. Ça lui fait de jolies boucles blondes. Elle adore les accessoires.

Claudia lui fabrique souvent des boucles d'oreilles qui vont avec ses tenues. Elle se met même du vernis à ongles. Ça, on peut dire qu'elle est chic jusqu'au bout des ongles. Elle est peut-être un peu trop mince. C'est parce que, en plus de tous ses problèmes familiaux, elle a du diabète. C'est une maladie qui fait que son pancréas ne fabrique pas assez d'insuline. Et l'insuline, c'est ce qui contrôle le taux de sucre qu'on a dans le sang. Alors, elle est obligée de se faire elle-même des piqûres d'insuline (aïe ! aïe ! aïe !). Elle doit faire attention à tout ce qu'elle mange, parce qu'elle n'a pas le droit de dépasser un certain nombre de calories par jour. Ça ne doit pas être drôle pour elle ! Il y a des gens qui ont du diabète, mais qui n'ont pas besoin comme elle de faire à ce point attention aux calories et, surtout, qui ne sont pas obligés de se faire des piqûres. Mais si elle ne fait pas tout ça, elle peut tomber dans le coma. Ces derniers temps, on s'inquiète un peu pour sa santé parce qu'elle a tout le temps l'air fatiguée et qu'elle a maigri, mais j'espère que ça va aller mieux maintenant. Il faut certainement qu'elle s'habitue à sa nouvelle vie.

Mary Anne Cook et Carla Schafer sont les deux autres membres du club. Mary Anne est notre secrétaire et la meilleure amie de Kristy. On peut dire que Carla est la deuxième meilleure amie de Mary Anne. Carla n'habite pas à Stonebrook depuis très longtemps. Elle vient de Californie ; elle est arrivée en plein milieu de l'année scolaire de cinquième. Ses parents aussi ont divorcé. Son père est resté en Californie, mais elle est venue vivre ici avec sa mère et son petit frère David, parce que sa mère est née ici. Ils ont emménagé dans une vieille ferme où il y a même un passage secret. Carla et Mary Anne se sont rencontrées à l'école, et elles sont très vite devenues amies. Ce qui est arrivé après est complètement incroyable. Un vrai conte de fées. La mère de Carla et le père de Mary Anne se connaissaient déjà parce qu'ils étaient dans la même classe au lycée. Et ils étaient même amoureux l'un de l'autre. Quand mes copines ont appris ça, elles ont tout fait pour qu'ils se rencontrent à nouveau, et... elles ont laissé le charme agir. Leurs parents se sont beaucoup vus, et ils ont dû retomber amoureux parce qu'ils ont fini par se marier! Du coup, Carla et Mary Anne sont devenues demi-sœurs. Ils vivent maintenant tous ensemble – sans oublier Tigrou, le chat de Mary Anne – dans la vieille ferme. Mais – parce qu'il y a quand même un « mais » –, le frère de Carla n'est pas resté avec eux. Il est retourné vivre avec son père en Californie. Il n'arrivait pas à s'adapter à Stonebrook. Il faut dire que ça n'a rien à voir avec la côte Ouest!

Même si Carla et Mary Anne sont amies, elles sont très différentes l'une de l'autre. Mary Anne est timide et réservée. Elle est surtout très sensible et pleure facilement. Elle est aussi très romantique, et c'est le seul membre du club à avoir un petit ami depuis longtemps. Il s'appelle Logan Rinaldi et il vient de Louisville, dans le Kentucky. Il parle d'ailleurs avec l'accent du Sud. Il est très drôle et, en plus, il sait comment s'y prendre avec Mary Anne. M. Cook, le père de Mary Anne n'a pas toujours été facile à vivre. Il était super strict avec elle. C'est lui qui décidait comment elle devait s'habiller, par exemple! Heureusement qu'il est moins sévère maintenant. Mary Anne ne ressemble enfin plus à une petite fille modèle; elle choisit elle-même ses vêtements et sa coiffure. Et depuis qu'elle vit avec Carla, elle est plus coquette. Carla lui prête souvent ses affaires. Mary Anne est petite et elle a les cheveux châtains. En fait, elle ressemble à Kristy !

Carla, elle, est aussi jolie que Claudia. Elle a de longs cheveux blonds et des yeux bleus comme l'océan. Elle n'est pas timide du tout, mais elle n'est pas non plus complètement fofolle. Elle a une forte personnalité, c'est tout. Elle se moque de ce que les autres peuvent dire ou penser ; elle fait ce qui lui plaît. Par exemple, elle ne cherche pas à savoir ce qui est à la mode ou non, elle porte les vêtements qu'elle aime et dans lesquels elle se sent à l'aise. Mais ce n'est pas non plus comme Kristy qui se fiche de ce qu'elle porte. Carla et sa mère font très attention à ce qu'elles mangent. Elles n'aiment que les choses saines et diététiques, et elles sont végétariennes. On ne fera jamais avaler les cochonneries de Claudia à Carla ! Son alimentation ressemble plutôt à celle de Lucy.

Carla adore les histoires de fantômes. Je ne vous raconte pas comme elle était contente quand on a découvert le passage secret dans sa maison ! La Californie lui manque, bien sûr, ainsi que son père et son frère, mais je crois qu'elle se plaît beaucoup à Stonebrook. Et puis, on est là, nous !

Voilà, je vous ai présenté toutes mes amies. Celles vers qui je me tourne quand ça ne va pas. Et ça n'irait pas très fort si mon père perdait son travail. Mais j'ai décidé que ça n'allait pas arriver.

Bon... Courage ! Jessica avait raison, je m'inquiétais sûrement pour rien. De toute façon, il était l'heure d'aller à la réunion du club. Je suis redescendue, j'ai attrapé mon blouson et, avant de partir, j'ai lancé :

– A ce soir tout le monde ! J'espère qu'on aura de bonnes nouvelles au dîner !

– Ne t'en fais pas, m'a répondu Vanessa. Papa ne va jamais se faire renvoyer.

*Je suis allée chez Claudia à vélo. Les réunions
du Club des baby-sitters commencent à cinq
heures et demie précises, mais je suis arrivée
un peu en avance.*

Je suis montée directement dans la chambre de Claudia
au premier étage. Je ne me sentais plus triste du tout depuis
que j'avais décidé que rien de grave ne pouvait nous arriver.

– Salut, Claudia !

– Salut ! Tu veux grignoter quelque chose ?

– Ouais ! Je veux bien un Mars.

– Pas de problème. Enfin… si j'arrive à me rappeler où je
les ai cachés.

– Regarde dans ton pot à crayons.

– Non, ils ne tiennent pas dedans. C'est juste pour les
bonbons. Mais attends…

Elle a fouillé dans le tiroir de sa commode jusqu'à ce qu'elle trouve une clé. Elle a alors ouvert une petite boîte à bijoux.

– Voilà ! Je savais bien que c'était là-dedans. Tiens.

– Mais comment fais-tu pour faire tenir des Mars et des bijoux dans une boîte aussi petite ?

– J'ai dû enlever mes bijoux. Je les range ailleurs maintenant. Je me demande bien où, d'ailleurs... Ah, oui ! Dans ma trousse à maquillage, bien sûr.

J'ai failli lui demander où elle avait bien pu mettre tout son maquillage, mais je me suis retenue. On ne s'en sort plus avec Claudia si on commence à essayer de comprendre son système de rangement. C'est tellement compliqué !

Les autres ont commencé à arriver petit à petit. A cinq heures vingt-neuf, Kristy était installée dans son fauteuil de présidente, face à nous. Elle avait son éternelle casquette, un crayon coincé sur l'oreille, et attendait l'heure précise pour annoncer l'ouverture de la réunion. Lucy était assise au bureau de Claudia, qui était en tailleur sur son lit. Mary Anne était à côté d'elle. Jessica et moi, nous étions comme d'habitude assises par terre, adossées au lit. Kristy avait maintenant les yeux fixés sur le réveil de Claudia. A cinq heures trente pile, elle a ouvert le carnet de bord qui était sur ses genoux, s'est éclairci la voix, et a annoncé :

– Votre attention s'il vous plaît, la séance du jour est ouverte. Quelque chose à signaler ?

Comme vous l'avez sûrement deviné, la chambre de Claudia est notre quartier général. C'est là que se tiennent toutes les réunions du Club des baby-sitters. On s'y retrouve trois fois par semaine : le lundi, le mercredi et le vendredi de cinq heures et demie à six heures. C'est à ces moments-là qu'on reçoit les appels des parents qui ont besoin de baby-sitters. Comment les gens ont-ils su quand et comment nous joindre ? C'est simple, on a fait de la publicité. Je vais tout vous expliquer plus en détail.

Au départ, l'idée de créer un club de baby-sitters vient de Kristy. Ça remonte à un peu plus d'un an, quand Lucy est venue vivre à Stonebrook. La mère de Kristy n'était pas encore mariée à Jim, et la famille Parker habitait encore dans le quartier. Kristy et ses grands frères devaient à tour de rôle s'occuper de David Michael après les cours jusqu'à ce que leur mère rentre du travail. Le problème, c'est que, un jour, aucun des trois n'a pu le garder. Mme Parker a dû chercher quelqu'un pour les remplacer, et elle a passé un tas de coups de fil sans trouver personne de disponible. C'est là que Kristy a eu une idée géniale. Elle s'est dit que sa mère aurait perdu beaucoup moins de temps si elle avait pu, en un seul coup de fil, joindre toute une équipe de baby-sitters. Il suffisait d'y penser ! Elle a alors demandé à Claudia et à Mary Anne si elles voulaient créer un club de baby-sitters avec elle. Aussitôt dit, aussitôt fait. Mais elles se sont dit qu'il fallait être au moins quatre dans l'équipe. Alors, elles ont proposé à Lucy de se joindre à elles. Claudia venait de faire sa connaissance à l'école, et elles étaient déjà très copines.

Après, il a fallu tout organiser. D'abord, elles ont dû fixer les jours et le lieu des réunions. Tout le monde était d'accord pour dire que la chambre de Claudia était le meilleur endroit pour ça. C'était la seule à avoir sa propre ligne de téléphone. C'était pratique pour centraliser les appels des clients. Ensuite, elles ont fait une campagne de publicité pour se faire connaître dans le quartier. Elles ont même passé une petite annonce dans le journal local! C'est donc comme ça que tout a commencé. Il y a eu des appels dès la première réunion du club. On leur a même demandé de garder un chien! Je ne vous raconte pas l'histoire... Les affaires marchaient tellement bien que, quelques mois plus tard, quand Carla est venue vivre à Stonebrook, les filles l'ont embauchée. Au début de l'année de quatrième (de sixième en fait, pour Jessica et moi), Lucy est repartie à New York. Comme il n'y avait plus que quatre membres au Club des baby-sitters, Kristy, Claudia, Mary Anne et Carla nous ont demandé de faire partie de l'équipe, à Jessica et à moi. Quand Lucy est revenue après le divorce de ses parents, elle a tout naturellement repris sa place dans le club. Il y avait largement assez de travail pour tout le monde! Maintenant, avec sept membres, je crois qu'on est au complet. En tout cas, on ne pourrait pas tenir à plus dans la chambre de Claudia.

C'est Kristy qui préside toutes les réunions. C'est aussi elle qui a organisé le fonctionnement du club. Elle est très douée pour ça parce qu'elle a toujours de bonnes idées. Par exemple, c'est elle qui a eu l'idée de l'agenda, du journal de bord et des coffres à jouets. Le journal de bord est un cahier dans lequel chacune de nous doit raconter ses baby-sittings. Je dois vous avouer que je trouve ça pénible, mais il faut admettre que c'est drôlement pratique. Comme on doit toutes le lire régulièrement, ça nous permet de mieux connaître les enfants qu'on garde. C'est toujours utile de savoir si un enfant a des problèmes à l'école, ou si quelque chose vient de changer dans sa vie, parce que ça explique souvent son comportement. En échangeant nos expériences, on sait mieux comment faire face à certaines situations.

Quant aux coffres à jouets, chacune de nous en a fabriqué un. Le mien est super. Le principe est simple : c'est une boîte en carton qu'on a décorée avec de la feutrine, des paillettes et plein de trucs rigolos qu'on a trouvés dans le matériel de Claudia. Dans la boîte, on met nos vieux jouets, des livres qu'on aime bien, des jeux, des crayons de couleur, des feutres, du papier à dessin, des albums de coloriage, des gommettes, enfin, tout ce qui peut nous servir à distraire les enfants. On prend souvent nos coffres à jouets quand on va faire une garde, et les enfants les adorent. Ils ne font pas la différence entre des jouets neufs et des jouets qui ont déjà servi. Tant que c'est la première fois qu'ils jouent avec, c'est comme s'ils étaient neufs. C'est un peu grâce à nos coffres à jouets qu'on a eu autant de succès.

Voilà, tout ça pour vous montrer que Kristy a des idées de génie, et qu'elle mérite largement son rôle de présidente du club.

Claudia est la vice-présidente, principalement parce que les réunions se tiennent dans sa chambre. Il faut dire qu'on l'envahit trois fois par semaine, qu'on se sert de son téléphone et que, en plus, on dévalise ses stocks de sucreries. Comme les appels arrivent chez elle, elle se retrouve à faire la standardiste et à tout planifier toute seule quand quelqu'un téléphone en dehors des réunions. Ça arrive parfois, même si c'est rare.

Mais la personne qui s'occupe vraiment du planning des baby-sittings, c'est Mary Anne. C'est la secrétaire officielle de notre club. C'est elle qui a la dure tâche de tenir l'agenda à jour, de noter toutes les adresses et les numéros de téléphone de nos clients, l'argent que nous gagnons à chaque fois et, le plus important, le calendrier des gardes. Quand quelqu'un appelle pour fixer un baby-sitting, Mary Anne consulte l'agenda pour voir qui est disponible. C'est un travail très délicat, parce qu'il faut bien faire attention aux emplois du temps de chacune d'entre nous. Entre les cours de danse de Jessica, mes rendez-vous chez l'orthodontiste et les matchs et les entraînements des Imbattables de Kristy, il ne faut pas se mélanger les pinceaux ! Heureusement, Mary Anne est la personne idéale pour s'occuper de ça, elle est organisée et méticuleuse. En plus, c'est elle qui a la plus jolie écriture.

Lucy est notre trésorière. Elle tient les comptes pour chacune d'entre nous. Comme ça, on sait toujours combien on a gagné par semaine ou par mois. On ne partage pas l'argent des baby-sittings, chacune garde ce qu'elle a gagné, mais on verse une petite cotisation dans la caisse du club toutes les semaines. Lucy fait la collecte tous les lundis et met tout ça dans une grande enveloppe de papier kraft. C'est notre trésorerie. Ça nous sert à payer Samuel, par exemple, pour qu'il conduise Kristy chez Claudia trois fois par semaine. En effet, depuis qu'elle a déménagé, elle est obligée de traverser toute la ville pour venir aux réunions, et c'est plus pratique si son frère l'amène en voiture. L'argent de la caisse sert aussi à régler une partie de la note de téléphone de Claudia, à acheter de quoi renouveler les coffres à jouets, et aussi à faire des trucs sympas ensemble, comme des soirées pyjama ou des petites fêtes du club.

Lucy gère très bien la caisse. Il faut dire qu'elle est bonne en maths (ça aide), et qu'elle est économe. Un peu trop même. C'est parfois difficile de lui faire dépenser de l'argent, même si c'est celui du club et pas le sien. Heureusement, on arrive toujours à la convaincre.

Carla est membre suppléant du club. Ça veut dire qu'elle doit pouvoir prendre la place de n'importe laquelle d'entre nous si on manque une réunion. C'est un peu comme une remplaçante dans une équipe de basket. Par exemple, si Mary Anne ne peut pas venir un jour, c'est Carla qui doit s'occuper du planning. Et si c'est Lucy qui n'est pas là, elle tient la trésorerie. Mais, en fait, on n'est presque jamais absentes. Alors, la plupart du temps, on laisse Carla répondre au téléphone.

Jessi et moi, nous sommes des membres juniors. C'est pour ça qu'on n'a pas de fonction officielle. Comme on est encore trop jeunes, on ne peut pas faire de baby-sitting le soir sauf, bien sûr, si c'est chez nous pour nos frères et sœurs. Mais heureusement qu'on est là. Il y a tellement de demandes dans la journée que les autres ne pourraient pas s'en sortir sans nous.

Je vous ai dit que le club comptait sept membres mais, en fait, ce n'est pas tout à fait exact. Il y en a deux autres. Je ne vous en avais pas parlé parce qu'ils n'assistent pas aux réunions. Ce sont des membres intérimaires, et on ne les appelle que lorsqu'on est débordées. Et ça arrive régulièrement ! Il faut donc que je vous dise deux mots sur Louisa Kilbourne et Logan Rinaldi. Louisa est une voisine de Kristy, et Logan, c'est… le petit ami de Mary Anne ! Vous vous rappelez ? Je vous en ai parlé tout à l'heure.

Revenons-en à la réunion du jour. Je me suis rendu compte que, en faisant des efforts, je pouvais presque oublier mes soucis. J'ai essayé de me concentrer exclusivement sur ce qui se disait pendant la réunion.

– Quoi de neuf ? a demandé Kristy.

– Jenny Prezzioso va être grande sœur !

On aurait dit que Carla n'attendait que cette question pour nous annoncer la nouvelle. Elle devait le savoir depuis lundi soir, quand elle avait fait sa garde chez les Prezzioso, et ça n'avait pas dû être facile pour elle de tenir sa langue jusque-là.

– Mme Prezzioso est enceinte, et tu ne m'as rien dit !

Mary Anne était un peu déçue que Carla ne lui en ait même pas parlé avant. Après tout, c'est sa demi-sœur et, en plus, c'est la seule à pouvoir supporter Jenny. C'est une petite fille de quatre ans vraiment trop gâtée. Personne n'aime la garder parce qu'elle est très capricieuse. Je me suis demandé comment elle allait réagir avec l'arrivée d'un petit frère ou d'une petite sœur. Il faudrait qu'elle partage tout : ses jouets, sa maison et surtout… ses parents.

– J'ai préféré attendre pour annoncer la nouvelle à tout le monde en même temps, histoire de voir la tête que vous alliez faire. Et je vous assure, ça vaut le coup ! Et vous savez quoi ? Ils savent déjà si c'est un garçon ou une fille. Ils ont fait le test. Et ça va être…

Je l'ai coupée dans sa lancée :

– Ne dis rien ! Je préfère avoir la surprise. Je ne sais pas pour vous mais, moi, je préfère attendre.

Les autres étaient d'accord avec moi, sauf Mary Anne.

– Je te le dirai ce soir, d'accord ? lui a promis Carla.

Mary Anne s'est alors résignée à attendre jusque-là.

Le téléphone a sonné. Carla a décroché :

– Allô, vous êtes bien au Club des baby-sitters... Oh !
Bonjour... Pour tout un mois ? Attendez un instant, je vais
vérifier avec Mary Anne et je vous rappelle. (Elle a raccroché.) C'était Mme Delaney.

Les Delaney habitent dans le nouveau quartier de Kristy,
juste à côté de chez Louisa. Ils ont deux enfants : Amanda,
qui a huit ans, et Max, qui en a six. Kristy les appelait « les
snobs », parce qu'ils étaient super autoritaires et qu'ils nous
regardaient de haut quand on a commencé à les garder.
Mais maintenant, elle a changé d'avis. Elle sait comment
les prendre, et tout se passe bien.

Carla nous a expliqué ce que Mme Delaney voulait :

– Elle veut recommencer à travailler. Alors elle suit des
cours de remise à niveau pour entrer chez un agent immo-
bilier. Elle a besoin d'une baby-sitter le lundi, mercredi et
vendredi de trois heures et demie à cinq heures pendant
tout le mois prochain.

Mary Anne a aussitôt ouvert l'agenda.

– Waouh ! Ça ne va pas être facile à organiser. Voyons
voir... Tiens, Mallory, tu pourrais le faire... et toi aussi,
Kristy.

– Vas-y, Kristy. Je te laisse volontiers la place. En plus, tu
habites à côté de chez eux. Ça sera plus pratique.

C'est donc Kristy qui a accepté ce travail. Je savais
qu'elle trouvait que cette réunion avait été particulièrement réussie.

Une fois la réunion terminée, je suis repartie avec Jessica. Pendant qu'on détachait nos vélos, elle m'a glissé :
– Tu as envie de parler un peu ?
– Non, ça va, merci.

Je savais que je pouvais compter sur Jessi. Elle n'avait rien dit aux autres pendant la réunion. Elle me connaît tellement bien que je n'avais même pas eu besoin de lui demander de garder ça pour elle. Avant de la quitter, je lui ai dit :

– Je t'appelle ce soir pour te tenir au courant. Papa sera certainement déjà rentré quand j'arriverai à la maison.

– D'accord. Je croise les doigts en attendant. Je suis sûre que ce sera une bonne nouvelle. A plus tard !

– A tout à l'heure au téléphone.

On est parties chacune de notre côté. Je n'arrêtais pas de me dire que ça ne pouvait être qu'une bonne nouvelle.

« Bonne nouvelle, bonne nouvelle, bonne nouvelle. » Ces deux mots bourdonnaient dans ma tête. Comme j'approchais de la maison, j'ai accéléré. « Bonnenouvelle, bonnenouvelle, bonnenouvelle. » De plus en plus vite. En arrivant devant chez moi, j'ai failli rentrer dans la voiture de papa tellement j'allais vite.

Il fallait que je me calme. Je me suis arrêtée, et j'ai soufflé. Ne surtout pas paniquer. Je suis rentrée chez moi par la porte du garage. Au sous-sol, la salle de jeu était vide et il n'y avait pas un bruit, alors je me suis précipitée au rez-de-chaussée. Tout le monde était dans le salon, et personne ne parlait. Je n'ai pas eu besoin de leur demander ce qui se passait, on voyait sur leur visage qu'ils venaient d'apprendre une mauvaise nouvelle. J'ai regardé mon père, et j'ai essayé de lui sourire. Il m'a seulement dit :

– Je suis désolé.

– Ce n'est pas de ta faute. Tu n'y es pour rien.

Claire était assise par terre et elle jouait avec les cheveux de Vanessa. Elle m'a annoncé d'une voix triste :

– On a reçu la lettre recommandée. Le facteur est passé à cinq heures pour la déposer.

J'ai explosé de colère :

– C'est vraiment nul de leur part ! Ils auraient pu te le dire plus tôt au lieu de te faire attendre tout l'après-midi. Ils auraient très bien pu te l'annoncer ce matin ! Ils croient que les gens n'ont que ça à faire ? Se demander toute la journée ce qui va leur tomber dessus ?

– Je ne sais pas, a soupiré papa. Peut-être qu'ils ne savaient pas encore qui allait rester et qui allait devoir partir. Tu sais, ce ne sont pas des décisions qu'on prend à la légère.

– Eh bien, moi, je continue de penser que les patrons de ton entreprise ne sont pas très compétents, sinon, ils s'y seraient pris autrement.

– Bon, a dit papa d'un air fatigué. J'ai perdu mon travail, soit. Ce n'est pas la peine d'insister. Je n'ai pas envie d'en parler toute la soirée non plus.

– D'accord. Excuse-moi.

Il avait l'air de mauvaise humeur. Il valait mieux ne pas en rajouter. Je ne savais plus quoi dire de toute façon. D'habitude, mes parents ne s'énervent jamais comme ça. Ça nous arrive à nous, les enfants, mais jamais à eux. Surtout mon père. Il est tellement calme et patient.

– Allez, est intervenue maman. On va descendre dîner.

– On peut manger ? Il vaudrait peut-être mieux économiser nos réserves, on risque d'en avoir besoin, non ?

C'était Nicky, et il ne plaisantait pas. Il pensait vraiment ce qu'il venait de dire. Je crois que ça a achevé papa.

– N'exagérons rien. On n'est pas dans la misère non plus !

On est tous descendus dans la cuisine pour le repas.

– Ça veut dire quoi « danlasère » ? m'a chuchoté Claire.

La pauvre, elle parlait tout doucement pour ne pas que papa l'entende. Elle se rendait bien compte que ce n'était pas le moment de demander des explications.

– « Dans la misère », c'est quand on est très pauvre.

– Très, très pauvre ?

– Oui, très très pauvre. Mais ce n'est pas notre cas. (« Enfin, pas encore », me suis-je dit.) Il ne faut pas t'inquiéter, d'accord ?

– D'accord.

Le dîner a été particulièrement sinistre, comme vous pouvez l'imaginer. Personne ne savait quoi dire. Alors, au début, tout le monde se taisait. Heureusement, maman a rompu le silence. C'est bien parfois d'avoir une mère qui dit ce qu'elle pense, même si ce n'est pas toujours drôle.

– Bon. On lève le nez de son assiette et on m'écoute.

On aurait dit une maîtresse d'école. Mais je crois qu'elle voulait surtout qu'on arrête d'avoir l'air abattu. On l'a tous regardée, même papa. Elle a continué :

– On a un problème...

– Un peu, ouais, a murmuré Jordan.

– Je préfère ne pas relever ça, Jordan. On a un problème, mais on est une famille unie.

– *Famille nombreuse, famille heureuse...*, s'est mis à chantonner Jordan.

– Jordan ! a crié papa.

Il n'a pas eu besoin d'en dire plus. Jordan a arrêté de faire l'andouille.

– On est une famille, a répété maman. Une famille unie. Si on se serre les coudes, tout ira bien. Vous comprenez ce que je veux dire ?

– Ça veut dire qu'on doit rester tout le temps ensemble ? a demandé Margot.

– Ce n'est pas exactement ce que je voulais dire. Quand je dis qu'on va devoir se serrer les coudes, ça signifie qu'il va falloir que tout le monde fasse des efforts, parce que ce ne sera pas facile tous les jours. Les choses vont devoir changer un peu, enfin, jusqu'à ce que votre père retrouve du travail. Tout d'abord : plus d'extras. Par exemple, plus de nouveaux vêtements, sauf si on ne peut pas faire autrement. Vous demanderez gentiment à vos frères et sœurs de vous prêter les leurs. Plus de nouveaux jouets non plus, parce qu'on en a déjà plein la maison. Et surtout, quand papa et moi nous ferons les courses, on ne veut pas entendre de réclamations.

Je le savais. C'était la fin des sucreries et des douceurs.

– Une chose encore. Je vais reprendre un travail.

– Tu vas travailler, toi ?

Adam écarquillait les yeux. Cette idée le dépassait complètement.

– Oui, je vais travailler. Je sais taper à la machine et me servir d'un ordinateur, alors je vais m'inscrire dans une agence de travail intérimaire. Ça veut dire que je ne travaillerai pas tout le temps, et que ce ne sera pas un emploi définitif. L'agence m'appellera quand elle aura besoin de moi et m'enverra faire des remplacements. Donc, Mallory, les jours où je travaillerai et où ton père devra se déplacer pour chercher du travail, il faudra que tu gardes tes frères et sœurs gratuitement. Tu comprends ?

– Bien sûr, maman.

J'étais contente de pouvoir les aider d'une façon ou d'une autre.

– Une dernière chose, a ajouté maman. Ce n'est pas amusant pour moi de vous dire ça, mais vous n'aurez plus d'argent de poche jusqu'à ce que la situation s'améliore. On ne doit dépenser que le strict nécessaire.

– Plus d'argent de poche ? Ouch ! a murmuré Byron.

– Je suis désolée, les enfants.

– Ce n'est pas si grave, s'est aussitôt repris mon frère.

Papa n'avait pas dit un seul mot, sauf pour crier après

Jordan. Je l'ai regardé, il avait l'air en colère. Pourquoi ? Je n'arrivais pas à comprendre. Je trouvais qu'on avait tous été très attentifs à ce que maman avait dit et qu'on montrait beaucoup de bonne volonté. Maman allait chercher du travail et j'avais dit que je voulais bien faire du baby-sitting gratuitement. D'autant plus que j'allais être seule à garder les enfants alors que, d'habitude, maman préfère qu'on soit deux baby-sitters à la maison. Et les petits n'avaient même pas râlé lorsqu'ils avaient appris qu'ils n'auraient plus d'argent de poche. J'aurais plutôt cru que papa serait fier de nous, ou qu'il serait soulagé de voir qu'on était prêts à se serrer les coudes, mais il n'avait l'air ni fier ni soulagé. Du coup, je ne savais plus quoi penser.

– Les enfants ?

J'étais tellement perdue dans mes pensées que j'ai sursauté quand papa a ouvert la bouche.

– Oui ? avons-nous répondu en chœur.

– C'est moi qui m'occuperai de la maison quand maman sera au... au travail.

On aurait dit que les mots lui restaient en travers de la gorge. Il a continué d'un ton bourru :

– Et je veux que tout le monde m'écoute et soit sage.

Pourquoi on ne serait pas sages ? Je ne comprenais pas pourquoi il disait ça.

– Je ne travaillerai que quelques jours par semaine, a aussitôt dit maman, comme si elle s'excusait.

– C'est vrai, a enchaîné sèchement papa.

Claire était assise à côté de moi, et je sentais qu'elle commençait à se tortiller dans tous les sens. Je lui ai donné un coup de coude pour lui faire comprendre qu'elle devait arrêter. On allait devoir être sages comme des images pour ne pas décevoir papa.

J'avais peur de ne pas être à la hauteur...

Quand le dîner a enfin été terminé, au lieu de se disperser dans toute la maison, on est restés dans la cuisine pour débarrasser la table et faire la vaisselle. On est montés dans nos chambres seulement après. Papa et maman sont restés en bas.

J'ai attendu d'être dans le couloir et d'être sûre qu'ils ne pouvaient plus nous entendre, pour dire à mes frères et sœurs :

– Bien... Écoutez-moi tous. Venez dans ma chambre une minute.

Je les ai regardés un par un. Ils avaient tous l'air abattu.

– Je voudrais faire une réunion générale du club des Pike.

Le visage de Claire s'est soudain éclairé. Elle n'avait qu'une seule envie, c'était de faire partie du Club des baby-sitters. Alors elle a demandé, intriguée :

– C'est quoi, le club des Pike ?

– C'est nous ! Nous huit. Et on fera des réunions pour parler de choses et d'autres tout le temps que papa sera au chômage.

– Pour parler de quoi ? a demandé Nicky.

– Eh bien, par exemple, on pourrait discuter pour savoir comment économiser un peu d'argent. On peut aussi dire ce qui nous tracasse.

J'essayais d'être la plus naturelle possible, mais je savais qu'on avait tous les mêmes craintes, même si on n'en avait pas encore parlé.

Margot a alors dit d'une toute petite voix :

– J'ai peur de papa. Il a crié ce soir. Et il avait l'air d'être en colère après maman aussi.

– Je ne crois pas qu'il soit vraiment en colère après maman. C'est vrai qu'il a parlé un peu fort ce soir, mais je crois qu'il s'en veut beaucoup à lui-même, même s'il ne devrait pas.

– Bon, a enchaîné Byron. Si on pensait à des façons d'économiser de l'argent ?

– C'est vrai ! a crié Nicky, enthousiaste. On pourrait déjà faire attention aux lumières, et ne pas laisser de lampes allumées quand on n'en a pas besoin.

– C'est une bonne idée, lui ai-je répondu en souriant. Je suis sûre qu'on peut faire baisser la note d'électricité si on fait plus attention. On laisse souvent les lumières allumées pour rien, ou alors on oublie d'éteindre la chaîne hi-fi. On n'a qu'à regarder moins souvent la télé, et utiliser moins souvent les radios.

Et Vanessa s'est empressée d'ajouter :

– On pourrait aussi s'essuyer les mains avec les serviettes de toilette ou les torchons au lieu d'utiliser de l'essuie-tout. Comme ça, on n'aura plus besoin d'en acheter !

Claire a renchéri :

– Et on peut aussi prendre un seul Kleenex au lieu de deux pour se moucher.

J'étais fière de mes petits frères et sœurs.

– Vous avez vraiment de bonnes idées. Vous voyez ce que ça donne quand on se réunit ? Et je suis sûre que le club des Pike ne va pas s'arrêter là. On va encore trouver plein d'autres idées.

Ils semblaient tous ragaillardis. Je me sentais mieux aussi. Maman avait raison, on est une vraie famille.

La première réunion du club des Pike n'a pas duré plus de dix minutes. On avait tous des devoirs à faire. Mais je n'ai pas commencé tout de suite à ouvrir mes cahiers. Il fallait d'abord que je téléphone à Jessica.

– Mon père a perdu son travail, lui ai-je murmuré dans le combiné (je ne voulais pas que ma famille m'entende annoncer la mauvaise nouvelle aux autres).

– C'est vrai ? Oh, non. Je n'arrive pas à y croire. Oh zut, alors. Je peux faire quelque chose pour toi ?

C'était gentil de sa part, mais je ne voyais pas comment elle pouvait nous aider.

– Il n'y a pas grand-chose à faire. Mais… ce serait bien si je pouvais compter sur toi pour me soutenir un peu. Mes frères et sœurs comptent tous sur moi.

– Eh bien ! S'ils comptent tous sur toi et si, toi, tu comptes sur moi, j'ai intérêt à avoir les épaules solides !

– Oh, j'ai tellement besoin de toi…

– Ne t'inquiète pas, tu sais que tu peux me faire confiance. Je serai toujours là pour toi.

– Je sais, Jessi. Merci. A demain. Bonne nuit.

– Bonne nuit, Mal.

⑤

On était vendredi, et je me préparais à aller à une nouvelle réunion du Club des baby-sitters. Mon père avait perdu son travail depuis deux jours à peine, mais on aurait dit que cela faisait des années, tellement le temps me semblait long.

Maman s'était inscrite dans une agence d'intérim, mais on ne l'avait pas encore appelée pour aller travailler. Papa s'était tout de suite mis à chercher un nouvel emploi. Ça lui prenait tellement de temps et d'énergie qu'on aurait dit un vrai boulot.

Mes parents n'étaient pas plus détendus ni plus gais que mercredi soir. Au contraire. Chaque repas était une torture. Papa était nerveux et de mauvaise humeur, et maman n'arrêtait pas de lui trouver des excuses. Comme on ne savait pas quoi dire, on préférait se taire. Ni maman ni papa ne semblaient avoir remarqué nos efforts pour faire des économies, et pourtant jamais la maison n'avait été aussi calme. On ne se servait quasiment plus de la télévision et de la chaîne hi-fi. Ils n'avaient même pas remarqué qu'on avait lavé la vaisselle à la main pour économiser l'électricité. Je crois qu'ils étaient un peu dépassés par la situation et qu'ils n'arrivaient plus à se rendre compte de rien.

J'appelais régulièrement Jessi pour la tenir au courant des événements. Entre-temps, les autres membres du club avaient appris la nouvelle. Mes parents ne nous avaient pas dit de garder ça pour nous, et puis, de toute façon, les nouvelles vont vite. Du coup, quand je suis entrée dans la chambre de Claudia pour la réunion, elles m'ont toutes accueillie en me demandant comment ça allait et surtout comment mon père réagissait. Heureusement qu'il était presque cinq heures et demie, je n'ai pas eu besoin de m'éterniser sur la question. Je leur ai dit que ça allait dans l'ensemble. La réunion a commencé tout de suite après. Kristy a posé la question habituelle :

– Quelque chose à signaler ?

Mais elle n'a pas attendu qu'on lui réponde. Elle a immédiatement ajouté :

– Je propose qu'on laisse les baby-sittings chez les Delaney à Mallory. Si Mme Delaney est d'accord pour qu'on change de baby-sitter, bien sûr. Mais je crois que cela ne posera aucun problème. Dis-moi, Mal, ce sera la première fois que tu garderas Amanda et Max, c'est ça ?

J'ai hoché la tête. Pourquoi Kristy me laissait-elle ce travail ?

– Oui, je suis d'accord avec Kristy, a tout de suite dit Claudia.

– Et moi, je suis d'accord avec Claudia, a plaisanté Carla.

– Attendez une minute, les ai-je coupées. Qu'est-ce qui vous arrive ? Et toi, Kristy, pourquoi tu me laisses ta place ?

– Ben, parce que tu en as plus besoin que moi.

Elle s'est arrêtée net, comme si elle venait de se rendre compte qu'elle en avait trop dit. Elle m'a alors demandé, un peu gênée :

– Tu ne le prends pas mal, hein ?

– Non. Je suis juste un peu… surprise, c'est tout. Hum…

Je ne savais plus quoi dire. C'était vraiment très gentil de sa part, et j'acceptais son offre avec plaisir. Mais je ne savais pas comment le lui dire.

– Hum… Merci, Kristy.

Elle m'a fait un grand sourire.

– Y a pas de quoi.

Et puis j'ai pensé…

– N'appelle pas les Delaney tout de suite. Comment je vais faire pour aller chez eux trois fois par semaine ? C'est super loin ! Trop loin en tout cas pour que j'y aille en vélo. Et je ne peux pas demander à mes parents de m'y conduire. (Surtout que Jordan avait proposé de faire des économies d'essence.)

– Pas de problème ! J'ai tout arrangé. Les Delaney ont besoin d'une baby-sitter les lundis, mercredis et vendredis, on est bien d'accord ?

– Oui.

– Ce sont les mêmes jours que les réunions du club, on est toujours d'accord ?

– Oui.

– Eh bien, il suffira que tu prennes le bus avec moi après les cours. Et pour rentrer, tu viendras avec Samuel et moi en voiture. On ira directement aux réunions. Et comme tu n'auras pas ton vélo, on te ramènera en voiture le soir. C'est sur notre chemin.

Claudia a pris la parole :

– Je pense qu'on devrait donner en priorité à Mallory tous les baby-sittings qu'elle pourra assurer. Qu'est-ce que vous en pensez, les filles ?

– Ouais ! a aussitôt approuvé Lucy. On propose d'abord à Mallory toutes les demandes qu'on reçoit.

– Mallory, tu es d'accord ? a demandé Jessi. Mallory ?

Je n'arrivais plus à dire quoi que ce soit.

J'avais la gorge toute nouée et les larmes aux yeux. J'ai finalement réussi à déglutir et à murmurer :

– Merci. C'est vraiment... Je veux dire... Vous êtes vraiment...

– Stop ! Arrête ! m'a interrompue Mary Anne. Si tu continues, je vais me mettre à pleurer !

– Oh ! là, là, là, là ! a soupiré Claudia. Ça recommence...

– Bon, je vais appeler les Delaney, a coupé Kristy d'un ton sérieux.

Heureusement qu'elle était là. Elle arrive toujours à garder la tête froide. C'est la seule à être toujours aussi professionnelle. Je me sentais mieux. La réunion reprenait un cours plus normal.

Mme Delaney a accepté le changement de baby-sitter sans même poser de question. Elle faisait entièrement confiance au club. C'est donc à moi qu'est revenue cette garde.

J'avais repris mes esprits. Mary Anne aussi. J'ai pu parler d'une voix claire :

– C'est vraiment super de votre part, les filles. Je vais donner tout l'argent des baby-sittings à mes parents. Enfin, presque tout. Je crois que je vais en garder un peu pour moi, quand même. Au cas où j'aurais besoin d'acheter quelque chose. Comme ça, je n'aurai pas à leur en demander.

Le téléphone a sonné. C'était Mme Prezzioso qui recherchait une baby-sitter pour le mardi suivant. Mary Anne a inscrit cette garde pour moi dans le planning. Mais elle m'a quand même demandé mon avis avant :

– Tu n'es pas obligée d'accepter si tu n'en as pas envie. Je sais que c'est pénible de garder Jenny alors, si tu préfères, je peux le faire à ta place.

– Non, c'est bon. J'irai chez les Prezzioso. Je ne peux pas me permettre de faire la difficile en ce moment. Je me débrouillerai avec Jenny.

Je me sentais dans la peau d'un soldat volontaire pour aller en première ligne. « Courage ! » me suis-je dit. Avec tous ces baby-sittings, j'allais être drôlement riche ! Enfin, non. Et ce n'est pas mes parents non plus qui allaient le devenir, même avec tout ce que j'allais gagner. Ce n'est pas avec ça qu'on allait pouvoir nourrir une famille de dix !

On a eu d'autres appels, et le planning a été bien rempli. Après le dernier, Claudia a attendu un peu pour voir si le téléphone allait encore sonner. Comme il est resté muet, elle est allée sur son lit et a extirpé un paquet de sucettes de sous son oreiller. Le paquet a fait le tour de la chambre Bien sûr, Lucy et Carla n'en ont pas pris.

Claudia s'est tournée vers Jessica et moi et nous a demandé :

– Vous savez ce qui s'est passé ce midi à la cantine ?

On n'en savait rien, bien évidemment, puisqu'on ne mange pas à la même heure que les quatrièmes.

– Raconte !

– Dorianne O'Hara s'est évanouie.

– Non ? Tu plaisantes ? lui a demandé Jessi.

Moi, je n'arrivais pas à suivre la conversation parce que je ne pouvais pas m'empêcher de penser à ce qui était arrivé pendant notre pause déjeuner.

– Mallory ? Mallory, tu m'écoutes ? Reviens sur terre !

– Oh, pardon. Oui ?

Carla m'a regardée d'un air inquiet.

– Quelque chose te tracasse ?

J'ai jeté un coup d'œil à Jessi. Elle savait ce qui c'était passé. J'ai bredouillé :

– Ben... Euh... C'est-à-dire que, à midi... euh...

– Oui ? a dit Mary Anne pour m'encourager.

– Nathalie White... Vous la connaissez ?

– Oui, a dit Kristy en faisant la moue. Ce n'est pas la fille la plus sympa du monde. Elle adore se moquer des autres. C'est une vraie peste. Elle s'attaque surtout – ne le prends pas mal, Mallory – aux gens qui se laissent un peu faire.

– Eh bien, elle a choisi la bonne personne, ai-je dit. On était à table. J'étais en train de parler avec Jessica, et elle est venue. Elle s'est plantée devant moi et m'a demandé bien fort pour que tout le monde l'entende : « On raconte que ton père s'est fait virer de sa boîte... Qu'est-ce qu'il a fait ? Il a volé dans la caisse ? »

– J'espère que tu l'as remise à sa place ! s'est exclamée Lucy, indignée.

– J'ai bien essayé, mais... Elle était avec Janet O'Neal.

– Vous voyez le tableau ! a renchéri Jessica.

J'ai continué :

– Elles se sont mises à rire, en disant que leur père à elles ne se serait jamais fait virer. Ensuite, elles se sont assises à notre table avec Rachel et Valérie. Elles ont parlé de moi comme si je n'étais pas là. Même quand elles chuchotaient, je sentais bien qu'elles me visaient. Elles n'arrêtaient pas de me regarder en gloussant.

– Et moi qui croyais que Valérie et Rachel étaient de bonnes copines à toi ! a soupiré Kristy.

– Ça m'a surprise aussi.

Mary Anne était outrée.

– C'est vraiment méchant de leur part ! Je n'arrive pas à comprendre qu'on puisse faire ça. Enfin, je sais que Nathalie est comme ça, mais ça m'étonne que Valérie et Rachel s'y soient mises !

– Moi aussi. Heureusement qu'on n'est pas très proches. Sinon, je me serais vraiment sentie trahie. Là, ça m'a juste fait mal.

– Mais c'est normal ! m'a rassurée Jessi. Elles ont été odieuses.

– Je me demande pourquoi les gens s'amusent à faire du mal aux autres. A quoi ça leur sert ?

– Je n'en sais rien, a soupiré Jessi. Je crois que Nathalie ne peut pas s'en empêcher. C'est plus fort qu'elle.

– Peut-être, a ajouté Mary Anne. Mais je crois que Valérie et les autres ont ri parce que c'est une situation qui les effraie un peu. Tu sais, parfois on se moque des autres pour se rassurer, pour se convaincre qu'on est mieux qu'eux. Enfin, je parle des gens en général. Peut-être qu'elles se sont moquées de toi parce qu'elles avaient peur que la même chose leur arrive, que leur père perde aussi son travail. C'est comme si elles riaient pour se rassurer.

– Peut-être, ai-je dit, pensive.

Mary Anne avait peut-être raison, mais ça n'en faisait pas moins mal.

– Ne t'inquiète pas, Mallory, a ajouté Carla. Nous, on sera toujours avec toi.

– Ça oui ! a affirmé Claudia avec conviction.

– Ouais. Vous m'avez toutes soutenue quand j'ai emménagé ici, s'est souvenue Jessica. Contre vents et marées. Maintenant, c'est toi, Mallory, qui as besoin de soutien. On ne va pas te laisser tomber.

– Unies pour la vie, c'est notre devise, a dit à son tour Kristy.

– Si on était toutes dans la même classe, ça serait plus facile.

– Ne t'en fais pas. Ce n'est pas ça qui va m'empêcher de donner une bonne leçon à ces petites pestes.

– Ne t'emballe pas trop, Kristy, lui a conseillé Mary Anne.

– Non, mais quand même...

J'avais de nouveau les larmes aux yeux.

– Vous êtes vraiment géniales !

– S'il te plaît, m'a suppliée Mary Anne, ne pleure pas !

Ça nous a fait rire. Au moment où le réveil allait indiquer six heures, j'ai ajouté :

– Vous êtes les meilleures amies du monde !

Et Carla m'a répondu :

– Ça va bientôt aller mieux. Je suis sûre que tu t'en sortiras bien.

Sur le chemin du retour, je me suis dit qu'elle avait sûrement raison. Mais encore fallait-il que je trouve comment m'en sortir.

– *Sens-moi ça !*
– *Je suis obligé ?*
– *Oui, sens !*
– *Pouah ! Quelle horreur ! Qu'est-ce qu'il y a dans ce sac ?*

– Mes chaussettes de sport. C'est dingue, hein ?
– Ah, ouais, ça sent le...
– Ne les écoute pas, m'a glissé Kristy à l'oreille.

On était lundi, et je me rendais pour la première fois chez les Delaney. Comme prévu, j'ai pris le bus avec Kristy pour traverser la ville. Il y avait deux gamins derrière nous qui racontaient n'importe quoi. C'était difficile de ne pas y prêter attention.

– Pense plutôt à Max et Amanda. C'est la première fois que tu vas les garder, et tu dois savoir une chose ou deux avant d'y aller. Crois-en mon expérience.

– D'accord.

– Tout d'abord, et c'est très important, ne rien les laisser faire tout seuls.

– Comme quoi, par exemple ?

– Tout. Tout ce qu'ils sont censés faire seuls. Ils vont vouloir te tester. Il faut poser les limites tout de suite, sinon ils te mèneront par le bout du nez. Et...

– Kristy...

– Attends, je suis sérieuse. Je sais que tu es une bonne baby-sitter, et que tu sais t'y prendre avec les enfants. Mais il s'agit d'Amanda et de Max, et ils sont spéciaux, je t'assure !

– D'accord, lui ai-je répondu, pas vraiment convaincue.

Je n'avais jamais eu de problème avec les enfants que je devais garder, et j'avais toujours su comment m'en sortir, même avec les plus difficiles. C'était bien la première fois qu'on prenait autant de précautions pour un baby-sitting.

– Appelle-moi si ça ne va pas.

Sur ces mots, nous sommes descendues du bus. Les deux garçons qui étaient assis derrière nous continuaient d'essayer de décrire précisément l'odeur de leurs chaussettes. J'étais bien contente de ne plus avoir à les entendre. En quittant Kristy, je lui ai lancé :

– Ne t'inquiète pas. Je t'appelle s'il y a un problème. A tout à l'heure !

Je voulais juste la rassurer. Je n'avais pas vraiment l'intention de l'appeler. Je ne voyais pas ce qui pourrait m'y pousser.

– Oui, à tout à l'heure. Bonne chance avec Max et Amanda !

Pendant que je remontais la rue pour aller chez les Delaney, je me suis demandé pourquoi Kristy m'avait souhaité bonne chance. De la chance pour garder des enfants ?

Du coup, j'ai un peu hésité avant de sonner à la porte. Puis, je me suis dit qu'il n'y avait aucune raison d'avoir peur. Une grande femme très chic est venue m'ouvrir.

– Mallory ?

– Oui, c'est moi. Et vous êtes Mme Delaney ?

– Oui. Entre.

De l'extérieur, leur maison ressemblait aux autres maisons du quartier. Mais à l'intérieur ! Je n'en croyais pas mes yeux ! La première chose que j'ai vue en entrant, c'est une petite fontaine. Oui, vous m'avez bien entendue, une fontaine. Dans la maison. Un poisson doré qui se tenait sur sa queue au milieu d'un bassin en marbre, avec un jet d'eau sortant de la bouche. Waouh !

J'ai suivi Mme Delaney dans le couloir qui menait à la cuisine. On aurait dit que je visitais un château ou quelque chose comme ça. Je regardais partout, tant il y avait de choses à voir. On est passées devant une bibliothèque, un bureau et le salon, avec des tableaux dans des cadres dorés aux murs. Pas un grain de poussière, pas de jouets par terre. Tout était à sa place, comme dans un musée. Amanda et Max n'avaient certainement pas le droit d'aller dans ces pièces. Ou alors, c'était des enfants anormalement ordonnés. La cuisine ressemblait à un centre de contrôle spatial. Mais ça, je le savais déjà, parce que Kristy nous en avait parlé. Elle n'avait pas exagéré. Il y avait des gadgets et des appareils de toutes sortes. Tous étincelants, avec des boutons, des lumières et des cadrans. J'espérais ne pas avoir besoin de préparer le goûter des enfants avec ces engins-là. J'avais l'impression qu'en appuyant sur le moindre bouton, j'allais mettre en marche toute la cuisine. Il me faudrait des heures, rien que pour trouver le frigo !

– Bon, a commencé Mme Delaney. Amanda et Max vont bientôt être de retour. Leur bus passe un peu plus tard que celui qui t'a amenée ici. Les numéros d'urgence sont à côté du téléphone. S'il y a un problème, tu peux appeler le docteur Evans. C'est le médecin de la famille. Tu connais peut-être déjà nos voisins. Il me semble que Louisa Kilbourne est une de tes amies, n'est-ce pas ? Et il y a les Winslow aussi. Voyons... Que dois-tu savoir d'autre...? Kristy t'a dit qu'on avait une piscine ?

– Non.

Comment avait-elle pu oublier de me dire ça ? Elle m'avait bien dit qu'ils avaient deux courts de tennis, mais elle n'avait pas parlé d'une piscine !

– C'est normal. On vient juste de la faire installer. C'est une piscine en dur, bien sûr.

« Bien sûr », me suis-je dit. Ils n'allaient quand même pas se contenter d'une piscine gonflable !

– Amanda et Max savent très bien nager, a-t-elle continué. Ils ont le droit d'aller dans la piscine quand ils veulent, à partir du moment où il y a un adulte avec eux. Quand il y a une baby-sitter à la maison, il faut qu'un des voisins soit présent aussi. On ne sait jamais. M. et Mme Kilbourne travaillent toute la journée, mais Mme Winslow m'a dit qu'elle serait là cet après-midi. Alors, si les enfants veulent nager, tu peux lui demander de venir t'aider à les surveiller. Il y a une règle pour la présence des copains. Mais ils la connaissent. Quand il y a une baby-sitter, n'ont le droit de venir à la piscine que les bons nageurs. C'est-à-dire ceux qui peuvent faire une longueur sans s'arrêter. Amanda sait parfaitement qui a le droit d'aller dans l'eau ou pas.

– D'accord. Je suis une bonne nageuse. Vous n'avez pas de souci à vous faire.

Elle m'a souri et a regardé l'heure.

– Bon. Je dois m'en aller maintenant. Je reviens à cinq heures. Passe un coup de fil à Mme Winslow si tu as besoin d'elle. Son numéro est aussi à côté du téléphone.

J'ai poussé un soupir de soulagement en voyant la voiture de Mme Delaney s'éloigner. Je suis retournée dans la cuisine. En fouillant un peu, j'ai pu trouver des fruits et des biscuits. Je les ai posés sur la table pour le goûter de Max et Amanda. Je n'ai pas eu à les attendre très long-temps. Quand j'ai entendu du bruit dans l'entrée, je suis allée les accueillir.

– Salut, vous deux !

On aurait dit qu'ils sortaient d'un livre d'images. De parfaits petits écoliers, avec leur uniforme impeccable.

– C'est toi, Mallory ? a demandé Amanda.

– Ouais ! Votre mère vient juste de partir. Elle revient à cinq heures. Je vous ai préparé de quoi grignoter dans la cuisine.

– Dans la cuisine ! s'est exclamée Amanda. Mais on ne mange jamais là.

– Eh bien, aujourd'hui, vous y prendrez votre goûter.

Ils se sont contentés de poser leur cartable dans le placard et de me suivre sans dire un mot.

– C'est ça, notre goûter ?

Max a jeté un coup d'œil à sa sœur en montrant du doigt

les fruits et les biscuits que j'avais préparés. Amanda a commencé à débarrasser la table en m'expliquant :

– On prend toujours du Coca et des chips pour le goûter. En fait, on prend ce qu'on veut.

Je me suis dit que, après tout, ils avaient accepté de manger dans la cuisine, alors je pouvais bien les laisser prendre ce qu'ils voulaient. En plus, ça faisait longtemps que je n'avais plus vu de bouteille de Coca ou de chips à la maison.

On s'est installés à la table tous les trois.

Max et Amanda me dévisageaient avec curiosité.

– Tu es une copine de Kristy ? m'a demandé Max.

– Ouais ! Je connais toute sa famille. Et je connais Louisa Kilbourne aussi.

(Ils connaissaient aussi très bien Louisa parce qu'elle les avait déjà gardés plusieurs fois.)

– Où est-ce que tu habites ? m'a demandé à son tour Amanda.

– Pas loin de Bradford Alley.

Elle a froncé les sourcils.

– Je ne sais pas où c'est. Et tu vas dans quelle école ? A l'académie de Stonebrook ou à l'institut de Stonebrook ?

– T'es bête ! a rétorqué Max. Elle est sûrement à l'académie puisque nous, on est à l'institut. On l'aurait déjà vue sinon !

– En fait, je vais au collège public de Stonebrook, leur ai-je dit en souriant.

– Et tu as un animal chez toi ? a enchaîné Max.

– J'ai un hamster. J'ai aussi eu un chat.

– On a une chatte, nous, m'a dit Amanda. Elle s'appelle Priscilla. C'est un persan blanc qui a coûté quatre cents dollars.

Quatre cents dollars pour un chat ! Quand je pense qu'on peut en avoir un gratuitement au refuge des animaux. Et puis, il y a quand même de meilleures façons de dépenser son argent.

– Tu as des frères et sœurs ? a poursuivi Amanda.

– Oui, j'en ai sept.

– Sept ! Ton père doit être drôlement riche ! Qu'est-ce qu'il fait ? Je parie que c'est quelqu'un de super important.

– C'est vrai ? a demandé Max.

Amanda ne m'a pas laissé le temps de répondre :

– Nous, notre père, il dirige un grand cabinet d'avocats. Il gagne beaucoup d'argent. Et il nous achète tout ce qu'on veut.

– Ouais ! On a des courts de tennis et une piscine.

« Et un chat à quatre cents dollars », ai-je pensé. Mais je me suis contentée de dire :

– Je sais.

– Notre piscine est immense ! s'est vantée Amanda. Il y a deux petits escaliers pour descendre dans l'eau, et une mosaïque au fond. Et, en plus, il y a un toboggan et un plongeoir. On peut jouer dans la piscine quand on veut. Et nos copains aussi peuvent venir. On a plein de copains. Est-ce que Mme Winslow est chez elle, Mallory ?

– Oui, je crois.

– Super !

Avant même que je m'en rende compte, Amanda était au téléphone en train d'inviter tous ses amis à venir jouer dans la piscine. Puis, ils se sont tous les deux précipités dans leur chambre pour mettre leur maillot et ils se sont rués dans l'eau.

Bien entendu, je n'avais pas pris mon maillot de bain.

Alors j'ai dû me contenter de rester assise au bord de la piscine. J'avais l'air bête !

Quelques minutes plus tard, trois enfants sont apparus derrière la rambarde qui entourait la piscine. C'était les copains qu'Amanda avait appelés. Elle est allée leur ouvrir, et ils se sont tous précipités à l'intérieur en poussant des cris de joie. Ce n'était pas évident de surveiller cinq gamins qui sautaient dans tous les sens. Quand j'ai vu une autre petite fille approcher, je me suis dit que je n'allais jamais y arriver. Heureusement, Amanda est allée à sa rencontre et lui a dit d'un ton très autoritaire :

– Tu ne peux pas venir. Tu ne sais pas encore nager.

J'étais soulagée mais, en même temps, un peu choquée par le ton d'Amanda. La petite avait l'air tellement triste quand elle a fait demi-tour ! En revanche, Amanda semblait très fière d'elle.

Dix minutes plus tard, la même scène s'est reproduite avec un petit garçon. J'ai décidé d'intervenir.

– Amanda !

Elle est venue vers moi.

– Qu'est-ce qu'il y a ?

– Tu pourrais peut-être leur dire gentiment qu'ils ne peuvent pas venir nager aujourd'hui ? Je crois que tu as fait beaucoup de peine à ce garçon.

– Ben quoi ? C'est bien fait pour lui. C'est lui qui m'a fait de la peine l'autre jour. Et puis, de toute manière, il ne sait pas nager. J'y peux rien.

– Là n'est pas la question, Amanda. Tu ne dois pas te servir de la piscine pour te venger. Ou pour te faire des amis. Tu risques de le regretter.

– Quoi ? Qu'est-ce que tu disais ?

Elle ne m'écoutait même pas, trop occupée à regarder Max faire le pitre sur le toboggan.

– Rien. Ce n'est pas grave.

Elle est aussitôt repartie rejoindre les autres.

Je suis restée une heure sous le soleil toute habillée à les regarder s'amuser avec leur nouveau « jouet ». J'ai pensé à Claire qui était à la maison et qui voulait, elle aussi, un nouveau jouet. Elle avait vu une poupée Barbie hôtesse de l'air à la télé, qui lui faisait très envie. Mais elle savait qu'elle ne pourrait pas l'avoir. Pas tout de suite en tout cas.

Je trouvais que la vie était vraiment injuste. Je regardais les Delaney dans leur piscine. Je regardais leurs deux courts de tennis, leur grande maison avec sa fontaine en marbre.

Et je me sentais vraiment minable.

⑦

Samedi

J'ai fait du baby-sitting chez les Delaney aujourd'hui. Il faisait très beau et les enfants étaient déjà dans la piscine quand je suis arrivée. Il y avait Amanda, Max, Karen, Timmy Tsu et deux autres que je ne connaissais pas, Angie et Huck.

Je confirme que le fait d'avoir une piscine a rendu Max et Amanda encore plus odieux qu'avant. Mallory a déjà pu se rendre compte du problème la première fois qu'elle les a gardés. Mais aujourd'hui, les choses se sont passées un peu différemment. C'est Amanda qui a eu de la peine...

En plus des baby-sittings prévus, les Delaney ont eu besoin de quelqu'un pour garder Max et Amanda samedi après-midi. Bien sûr, quand Mme Delaney a appelé, on m'a d'abord proposé la garde.

Mais j'ai dû refuser, alors c'est Lucy qui l'a prise. Je me sentais un peu débordée ces derniers temps. Je n'arrêtais pas de faire des baby-sittings. Sans oublier l'école. Il ne fallait surtout pas que mes notes dégringolent. Au contraire, il fallait que je sois encore meilleure pour espérer avoir une bourse d'études universitaires, au cas où papa n'aurait toujours pas retrouvé de travail quand je sortirais du lycée. Je sais bien que je n'irai à l'université que dans sept ans, mais on ne sait jamais. Mieux vaut être prévoyant. Et économe. C'est ce que m'ont appris les événements de cette semaine.

Ce samedi, j'avais déjà un baby-sitting programmé. Je devais garder les petits Barrett pendant deux heures. Après, je voulais me réserver quelques heures pour travailler sur un exposé d'histoire. C'est pour ça que Lucy est allée chez les Delaney à ma place. Elle avait pris son maillot de bain au cas où. Elle ne voulait pas se retrouver comme moi, toute habillée au bord de la piscine.

Ce n'était pas la première fois qu'elle allait garder Max et Amanda. Ils la connaissaient donc un peu, et la trouvaient bizarre. En effet, les premières fois que les Delaney ont eu recours aux services du Club des baby-sitters, Max et Amanda avaient été si pénibles que Lucy avait décidé de jouer leur jeu jusqu'au bout, pour les prendre à leur propre piège. Elle les poussait à faire encore plus de bêtises, à être encore plus capricieux. Comme si leur attitude ne la choquait pas mais que, au contraire, elle ne les trouvait pas assez exigeants. Par exemple, quand ils ne voulaient pas ranger leur chambre, elle faisait en sorte qu'elle soit encore plus en désordre. A la fin, c'était eux qui la rangeaient sans même qu'on le leur demande, avant que leurs parents ne rentrent. C'est comme ça que Lucy a réussi à les dompter. Depuis, ils la prennent pour une extraterrestre.

J'ai lu dans le journal de bord que, lorsqu'elle est arrivée chez eux, ils étaient déjà dans la piscine avec quatre copains, dont Karen, la demi-sœur de Kristy. Mme Delaney a attendu que Lucy se soit changée, puis elle a dit aux enfants qu'elle les laissait avec leur baby-sitter. Elle leur a rappelé les règles à respecter pour la piscine avant de s'en aller.

– Au revoir, maman ! a crié Amanda en sautant comme un dauphin.

Lucy est allée s'asseoir sur le bord de la piscine, les pieds dans l'eau. De là, elle pouvait voir tous les enfants.

– Salut, Lucy ! lui a crié Karen. Regarde-moi.

Elle s'est hissée sur le bord de la piscine pour en sortir toute dégoulinante. Elle a reculé de quelques pas et a fait semblant de marcher en lisant un journal. Elle fonçait droit dans l'eau en disant à haute voix pour que tout le monde l'entende :

– Je suis en train de lire mon journal ! Oh, que c'est intéressant ! Et... Plouf ! a-t-elle fait en tombant dans l'eau.

Les autres enfants ont trouvé son petit sketch très drôle. Elle a sorti la tête de l'eau en adressant un grand sourire tout fier à Lucy.

Au même moment, Amanda est venue voir Lucy et lui a demandé :

– Je pourrais avoir quelque chose à manger ?

Lucy a flairé le piège. Elle a regardé sa montre.

– Il n'est que deux heures. Tu viens à peine de déjeuner.

– C'est vrai, mais j'ai de nouveau faim. Je veux...

– Ah, si tu as faim, l'a coupée Lucy, je vais te préparer un bon repas. C'est la seule façon de ne plus avoir faim. Je vais aller te chercher des yaourts, des fruits, et peut-être aussi une salade, si je trouve ça dans la cuisine.

– Oh, ne t'embête pas. Je n'ai pas si faim après tout.

Amanda s'est vite éloignée et a murmuré à l'oreille de son frère, mais de façon à ce que Lucy l'entende quand même :

– Elle est dingue, cette fille. Elle est vraiment bizarre.

– Ouais, je sais, lui a-t-il répondu d'un air distrait.

Max était occupé à essayer de repêcher une pièce de monnaie qu'il avait jetée au fond de la piscine.

Amanda a rejoint Karen pour s'amuser à faire des mouvements de gymnastique dans l'eau, tandis qu'Angie s'entraînait à plonger et à nager le plus loin possible sans reprendre sa respiration. Quant à Timmy et Huck, ils ne quittaient plus le toboggan.

Au bout d'un moment, Amanda est sortie de l'eau pour venir s'asseoir à côté de Lucy, qui est allée chercher une serviette. Elle lui a frictionné un peu les épaules pour éviter qu'elle prenne froid.

– Merci, a dit pensivement Amanda.

Elle a marqué une pause, comme si elle hésitait à parler, puis elle a fini par demander :

– Tu connais Mallory Pike, notre nouvelle baby-sitter ?

– Bien sûr.

– Son père… il s'est fait virer de son travail.

– Je sais.

Lucy s'est demandé où Amanda voulait en venir. Elle n'a rien dit de plus, attendant que la petite fille aille jusqu'au bout de sa pensée.

– Qu'est-ce qu'il fait, ton père, dans la vie, Lucy ?

– Il travaille dans une société à New York.

– A New York ! Et il habite aussi là-bas ?

– Oui. Mes parents sont divorcés.

Amanda a froncé les sourcils.

– Mais je vais le voir souvent. Dès que j'en ai envie.

– C'est vrai ? s'est-elle exclamée, impressionnée. Et il gagne beaucoup d'argent ?

Lucy n'a pas aimé cette question, mais elle a essayé de ne pas le montrer. Avant qu'elle n'ait eu le temps de répondre, de toute façon, Max a surgi de l'eau, sa pièce de monnaie à la main.

– Lucy ! Je n'ai plus envie de nager.

– Moi non plus, a dit Amanda. On est dans la piscine depuis ce matin !

– Pas de problème. Prévenez les autres qu'il faut sortir de l'eau, et on va trouver autre chose à faire. On pourrait jouer si vous voulez.

Amanda s'est relevée et a crié à la cantonade :

– Hé, tout le monde ! Sortez de la piscine ! On va faire un jeu !

– Non ! Je préfère rester, a répliqué Huck.

– Moi aussi, a dit Angie. Je veux encore m'entraîner à plonger.

– Allez, viens, Timmy ! a insisté Max.

– Non. Je reste.

– Angie ! a supplié Amanda.

– Je plonge !

Il n'y a que Karen qui est sortie de l'eau, et qui est allée vers Amanda.

- Moi, je veux bien jouer avec toi, Amanda.

– Merci.

Elle a regardé d'un air dépité les autres qui restaient dans la piscine. Puis elle s'est tournée vers Lucy, comme si elle attendait qu'elle intervienne. Lucy était embêtée : elle ne pouvait pas jouer avec Amanda, Max et Karen et surveiller Timmy, Angie et Huck dans la piscine en même temps. Alors elle s'est levée et a ordonné :

– Bon, maintenant, tout le monde sort de l'eau.

– Je ne veux pas sortir, a aussitôt répliqué Huck.

– Et moi, je dois encore m'entraîner à plonger, a ajouté Angie.

– Je croyais que vous étiez venus pour jouer avec Max et moi.

Amanda avait l'air triste. Elle se rendait compte que ce n'était pas pour elle qu'ils étaient venus. Elle en avait les larmes aux yeux.

– Ben…, a bredouillé Angie.

– Il fait tellement chaud aujourd'hui…, a commencé Timmy.

Jusque-là, Max n'avait rien dit.

Mais il s'est tourné vers Huck et lui a demandé :

– Et toi, Huck ? Tu es venu pour jouer avec moi, hein ?

– Ben ouais, pour jouer dans ta piscine !

– Vous êtes tous des crétins ! s'est soudain écriée Amanda.

– Non, c'est pas vrai. C'est vous, les crétins, a rétorqué Angie.

– Crétins ! crétins ! crétins ! a scandé Max, furieux.

Timmy l'a toisé et lui a lancé d'un ton moqueur :

– C'est celui qui le dit qui l'est. Donc, c'est toi, le crétin, Max. Pas moi.

Lucy s'est alors interposée :

– Bon, ça suffit ! C'est moi qui commande ici. Et comme je m'occupe de Max et Amanda, et qu'ils ne veulent plus jouer dans la piscine, tout le monde sort de l'eau.

Timmy, Angie et Huck ont fini par quitter la piscine en poussant de grands soupirs contrariés et en faisant la grimace. Max et Amanda les regardaient avec un sourire satisfait.

– Et si on jouait à se déguiser ? a proposé Amanda aux filles.

– Et si on jouait aux dinosaures ? a proposé Max aux garçons.

Mais ces derniers se sont éloignés et ont regagné la sortie. Sans même un regard vers Max, ils ont décliné son invitation :

– Non merci.

Angie était en train de récupérer ses affaires. Elle a annoncé :

– Je vais m'entraîner chez les Miller. Eux aussi ont une piscine.

Max et Amanda ont regardé leurs amis partir d'un air triste. Ils ne comprenaient pas ce qui s'était passé et ne savaient plus quoi penser de leurs copains. Lucy se sentait gênée. Elle se demandait comment réagir. Heureusement, Karen a fait diversion :

– Oh, ouais, ce serait chouette de se déguiser ! En plus, je me disais que ça faisait longtemps qu'on n'avait pas joué à faire les dames.

Amanda a hoché la tête. On sentait qu'elle se retenait de ne pas éclater en sanglots.

- C'est une bonne idée, a dit joyeusement Lucy. Et si vous montiez enlever vos maillots de bain ? Comme ça, vous pourrez jouer aux grandes dames. Et toi, Max ? Qu'est-ce que tu veux faire ? Tu pourrais appeler d'autres copains pour venir jouer avec toi.

Il a haussé les épaules.

Les enfants ont ramassé leurs affaires et sont rentrés à la maison. Max était désemparé.

– Tu veux que je te lise une histoire ? lui a proposé Lucy.

– Pourquoi pas…

– D'accord. Tu te changes et tu me rejoins.

Ils se sont installés dans la salle de jeu, et Lucy a lu histoire sur histoire. Max l'écoutait à peine. Les filles jouaient dans la chambre d'Amanda, mais Lucy sentait bien que le cœur n'y était pas non plus.

8

A la maison, beaucoup de choses avaient changé depuis que papa avait perdu son travail mais, dans l'ensemble, la vie continuait comme avant.

On se levait tous les matins à six heures et demie et on se préparait pour aller à l'école. Maman se levait en même temps que nous, et elle se préparait au cas où l'agence d'intérim l'appellerait. Papa se levait, au cas où maman devrait aller travailler. Si c'était le cas, c'était lui qui nous faisait le petit déjeuner et nous emmenait à l'école.

Il passait ensuite tout l'après-midi à chercher du travail. Il épluchait des tas et des tas de petites annonces, et passait beaucoup de temps au téléphone. J'ai jeté un coup d'œil une fois au journal alors qu'il venait de lire. Il y avait des annonces entourées au crayon, d'autres au stylo, et d'autres encore au marqueur rouge. J'ai reconnu l'écriture de papa qui avait noté dans les marges des noms et des numéros de téléphone. Il y en avait partout.

Une fois, Claire est venue me voir pour se plaindre :

– Papa ne joue jamais avec moi après l'école. Il vient me chercher et, dès qu'on rentre, il se remet à lire dans la cuisine.

– C'est parce qu'il cherche un nouveau travail. C'est très important pour lui, et pour nous aussi. Tu te rappelles ce qu'on t'avait expliqué ? Il faut qu'il trouve un travail pour gagner de l'argent.

– Et comme ça, il pourra m'acheter la nouvelle Barbie ?

– Oui, c'est ça. Tu as bien compris.

Maman était assez souvent contactée par l'agence d'intérim. Je ne pourrais pas dire si ce qu'elle faisait lui plaisait ou non. La plupart du temps, elle faisait du secrétariat. Elle nous a expliqué que cela consistait à taper des lettres, à remplir des formulaires de toutes sortes, et à répondre au téléphone. Je n'avais pas l'impression que c'était très intéressant. Du moins, pas d'après ce qu'elle nous en disait. Mais je trouvais que ça devait quand même être plus palpitant que de changer les draps et repasser du linge à la maison. Je crois que maman aurait surtout préféré continuer à faire du bénévolat comme avant. Mais elle n'avait plus le temps. Ce qu'elle aimait bien, c'était quand on la faisait travailler sur un ordinateur. Je ne savais pas que maman se débrouillait en informatique. Je ne pensais même pas qu'elle puisse aimer ça !

Cependant, au bout de deux semaines, les choses ont légèrement changé. Maman travaillait trois ou quatre jours par semaine et papa cherchait toujours du travail à la maison, mais on aurait dit que le rythme de ses recherches ralentissait un peu. Quand je lui ai demandé pourquoi, il m'a répondu :

– J'ai épuisé toutes les possibilités. C'est toujours les mêmes offres d'emploi qui reviennent. J'ai répondu à toutes celles qui pouvaient me convenir et j'ai envoyé des lettres et des CV partout. Maintenant, je n'ai plus qu'à attendre qu'on me propose des entretiens.

Papa avait l'air abattu. Juste au moment où je m'attendais à le voir rayonnant. Après tout, il venait de faire le plus dur. Il n'avait plus qu'à attendre tranquillement à la maison qu'on le rappelle.

Le mardi suivant, je suis rentrée de l'école plus tôt que d'habitude. Je n'avais pas de baby-sitting ce jour-là, et les cours avaient été interrompus par une fausse alerte au feu dix minutes avant la sonnerie. Je me suis dépêchée de rentrer à la maison parce que j'avais des devoirs à faire. Normalement, je trouvais papa penché sur le journal dans la cuisine. Mais ce jour-là, il était avachi devant la télé, en jean et en T-shirt, avec ses horribles vieilles pantoufles aux pieds. Les triplés se moquent toujours de lui quand il les met parce qu'elles tombent en morceaux. D'une main, il piochait dans un bol de chips, de l'autre, il tenait un verre de je ne sais quoi. La télé était allumée. Il y avait une émission de jeu quelconque, mais papa ne la suivait pas vraiment. Son regard était vide. Je ne pense pas qu'il s'intéressait aux questions de l'animateur. Je crois qu'il se fichait de savoir que le bonnet d'âne était la tenue favorite des cancres.

J'espérais que papa n'avait pas passé tout l'après-midi devant la télé. Il aurait pu ruiner toutes nos tentatives de réduire au maximum la facture d'électricité !

Je me suis raclé la gorge et je lui ai demandé :

– Papa ? Où est Claire ?

– Hein ?

Je me suis rendu compte qu'il ne m'avait même pas entendue rentrer. Pourtant, je n'avais pas été particulièrement discrète.

– Ah, c'est toi, Mallory. Salut ! m'a-t-il lancé d'un air absent.

– Où est Claire, papa ? ai-je insisté.

– Claire ? Elle était là il y a deux minutes.

Il a jeté un vague coup d'œil autour de lui, puis il a de nouveau fixé la télévision.

– Claire ! Claire ?

J'ai laissé tomber mes livres, et j'ai couru voir dans la cuisine. Il y avait deux possibilités. Soit Claire avait disparu. Soit elle en avait profité pour faire n'importe quoi ! La deuxième était plus probable et je me demandais quelle bêtise elle avait bien pu imaginer. Mais je m'étais trompée. Claire n'avait pas disparu, ni fait de bêtise. Elle était tranquillement dans sa chambre en train de jouer à la poupée. Elle s'amusait à les faire parler :

– C'est pas bien ! Tu es une méchante petite fille. Remets ça tout de suite où tu l'as trouvé. Tu n'as pas le droit de le prendre. Tu sais bien que papa n'a plus de travail.

Puis, en se tournant vers l'autre poupée, elle a ajouté :

– Arrête ! Arrête de me crier dessus !

Elle s'est de nouveau tournée vers la première poupée :

– Ça suffit, maintenant. Je t'ai déjà expliqué que tu ne pouvais pas avoir cette Barbie. Un point c'est tout.

– Salut, Claire, ai-je fait en entrant.

Elle a aussitôt lâché ses poupées et elle a levé les yeux sur moi d'un air coupable.

– Salut.

– Tu es restée dans ta chambre tout l'après-midi ?

– Presque. Je suis descendue trois fois demander à papa s'il voulait bien jouer avec moi, mais il me répond tout le temps « plus tard ».

– Est-ce qu'il t'a préparé quelque chose pour le déjeuner, ce midi ?

– Il m'a dit que je pouvais manger ce que je voulais.

– Et tu as mangé quoi, alors ?

La voix de Claire a commencé à trembler :

– Ben, je voulais des croquettes de poulet, mais il n'y en avait pas.

– Alors tu n'as rien mangé du tout ?

Claire a fait non de la tête. J'ai bien vu qu'elle retenait ses larmes.

– Papa est une grande-stupide-bêbête-gluante.

Je me suis assise à côté de ma petite sœur, et j'ai passé mon bras autour de ses épaules. Que pouvais-je lui dire ?

Je ne pourrais pas vous raconter ce que mon père a fait le lendemain, parce que c'était mercredi et que je devais garder les Delaney. Et comme, juste après, il y avait la réunion du Club des baby-sitters, je ne suis rentrée chez moi que le soir. Mais je crois que papa a dû faire plus ou moins la même chose que la veille. A savoir, rien. Quand je suis rentrée, il portait toujours son jean, son T-shirt et ses vieilles pantoufles. Mais au moins, il aidait maman à préparer le dîner.

Jeudi, après les cours, je suis rentrée directement à la

maison. J'avais plein de devoirs : un exposé de sciences naturelles, une interro d'anglais, et des exercices de mathématiques et de français à n'en plus finir. En temps normal, j'en aurais fait le plus possible, et puis j'aurais laissé tomber le reste. Mais les choses avaient changé. J'étais bien décidée à tout faire, quitte à y passer la nuit. Et surtout, j'étais décidée à avoir les meilleures notes de la classe. Pour ça, j'avais prévu de passer toute la soirée dans ma chambre à travailler. Je ne voulais descendre que pour dîner.

Mais papa a tout gâché.

En rentrant, je l'ai de nouveau trouvé devant la télévision, en train de gaspiller bêtement l'électricité. Il ne s'était même pas habillé. Il était encore en pyjama et en robe de chambre. Sans oublier ses vieilles pantoufles, bien sûr. Il regardait une série. Quand je pense qu'il nous avait toujours répété qu'il trouvait ces feuilletons débiles et abrutissants !

– Salut, papa, ai-je soupiré. Où sont Claire, Margot et Nicky ?

Maman travaillait ce jour-là. Je savais que les enfants étaient rentrés de l'école parce que j'avais vu leurs vélos dans le garage. Sans quitter l'écran des yeux, il m'a répondu d'un air vague :

– En haut.

– Papa. Papa ? Tu es sûr que ça va ?

Si j'avais été en colère après lui mardi, maintenant j'étais plutôt inquiète. Il était peut-être malade et c'était pour ça qu'il était resté en pyjama ?

Toujours sans me regarder, il a répondu :

– Ça va.

– Tu es sûr ?

Il s'est alors redressé et s'est enfin tourné vers moi.

– Oui. Je vais bien. J'aimerais juste que tout le monde arrête de me demander comment je vais. Tout ce que je veux, c'est qu'on me laisse tranquille.

Il commençait à s'énerver. Je me suis dit que Claire, Margot et Nicky avaient dû lui poser la même question, et qu'il s'était déjà mis en colère. J'ai décidé qu'il valait mieux ne pas insister.

Et puis, tout à coup, j'ai réalisé. Si papa était toujours en pyjama et que maman était partie travailler, qui avait été chercher Claire au jardin d'enfants ? Était-il sorti en pyjama ? Ou l'avait-il laissée rentrer seule à la maison ? Elle n'avait encore jamais fait le trajet toute seule !

Je me suis précipitée à l'étage.

– Claire ! Claire ?

Comme si je n'avais que ça à faire aujourd'hui ! Comme si je n'étais pas déjà assez occupée avec tous mes devoirs, pour avoir en plus à gérer les problèmes de la famille.

– Ouais ? m'a-t-elle répondu de la salle de jeu.

Je l'ai retrouvée installée dans le canapé avec Margot et Nicky. On aurait dit qu'ils étaient dans une salle d'attente, assis à ne rien faire.

– Ben, qu'est-ce qui vous arrive ?

Sans leur laisser le temps de me répondre, j'ai enchaîné :

– Claire ? Comment es-tu rentrée à la maison ?

– Euh… C'est la maman de Myriam qui m'a ramenée en voiture.

– Mme Perkins ? Comment ça se fait ?

– Parce que papa l'a appelée pour lui demander.

J'ai préféré ne pas insister. Il valait mieux que j'attende le retour de maman pour tirer ça au clair.

– Mais qu'est-ce que vous faites tous là ?

Margot et Nicky ont échangé un regard avant de répondre :

– Papa nous a grondés. Il a crié fort.

– C'est lui qui vous a dit de venir là et de vous asseoir sur le canapé ?

Nicky a fait non de la tête, et m'a expliqué :

– Non. Mais on avait juste envie d'être ensemble.

Claire a ajouté :

– En plus, papa nous a dit de le laisser tranquille.

Super. Si papa ne voulait pas s'occuper des enfants, j'allais devoir le faire à sa place. Mais comment allais-je pouvoir réviser mon anglais ? J'ai finalement demandé à Margot et à Nicky d'aller jouer chez leurs copains. Et quand les autres sont rentrés à leur tour, j'ai dit aux triplés qu'ils pouvaient jouer dans le jardin, et j'ai demandé à Vanessa de garder Claire. Bien sûr, je me proposais de la payer. J'ai dû prendre de l'argent que j'avais économisé sur les baby-sittings.

Quand maman est rentrée, je lui ai tout raconté. Elle n'a pas été très contente d'apprendre que papa avait demandé à Mme Perkins d'aller chercher Claire. Il était toujours affalé devant la télévision. La pièce était en désordre. Il y avait des restes de chips dans une assiette, des verres à moitié vides, et des papiers qui traînaient un peu partout. Maman est allée lui parler. Elle avait l'air très énervée.

– Ce n'est plus possible…

Elle a marqué une pause, puis a repris d'une voix plus calme, comme si elle avait changé d'avis :

– Écoute, je ne peux pas travailler toute la journée, rentrer, faire à manger, ranger la maison, faire le ménage et, en plus, m'occuper des enfants.

Je suis allée la rejoindre. Je me sentais coupable aussi.

– Tu sais, maman. Je suis désolée pour la maison. J'aurais dû ranger avant que tu rentres. Mais, c'est juste que...

– Ce n'est pas de ta faute, mon cœur. Et puis, ce n'est pas à toi de le faire. Tu as déjà tes devoirs et les baby-sittings.

Elle s'est tournée vers papa et a ajouté en appuyant sur chaque mot :

– C'est à toi de le faire. Quand je ne suis pas là parce que je vais travailler, c'est à toi de t'occuper de la maison et des enfants. C'est ce que je faisais quand tu partais travailler et que je restais à la maison.

– Je te demande pardon ? Tu peux répéter ce que tu viens de dire ?

Papa s'était levé. Une dispute allait éclater, ça, c'était sûr et certain ! Je me suis tournée vers les escaliers, et j'ai vu mes frères et sœurs qui avaient assisté à toute la conversation. Ils semblaient terrorisés. Je les ai conduits dans leurs chambres. Je ne voulais pas qu'ils voient papa et maman se disputer.

On n'a rien entendu à l'étage. Ils n'ont pas crié si fort après tout. Mais je crois que maman a eu le dessus. Les jours suivants, papa assumait complètement les tâches ménagères quand maman n'était pas là, et il n'a plus appelé Mme Perkins pour s'occuper de Claire à sa place. Il n'était pas très bon cuisinier mais, vendredi soir, il s'est arrangé pour que le dîner soit prêt quand maman est rentrée du travail. La maison avait meilleure allure. Papa aussi avait meilleure allure. Il ne restait plus en pyjama, et s'habillait correctement.

Le mardi suivant, quand je suis rentrée de l'école, j'ai trouvé papa et Claire dans la cuisine, les mains dégoulinantes de colle, et des macaronis étalés sur la table. Ils étaient en train de faire une espèce de tableau de pâtes.

Je ne sais pas pourquoi, mais ça m'a serré le cœur. Ce soir-là, j'ai décidé de réunir le club des Pike.

9

J'ai mis du temps à comprendre pourquoi la scène où papa et Claire étaient dans la cuisine m'avait fait peur. J'aurais dû être super contente de voir papa s'occuper de Claire avec autant d'entrain.

Et ce, en chaussures. J'aurais dû être contente en voyant la maison propre et ordonnée, la salle de bains impeccable. En voyant une sauce bolognaise mijoter sur le feu. En voyant que papa avait été chercher Claire et qu'il passait du temps avec elle. Et pourtant, ça m'a angoissée.

Pourquoi ? Parce que j'ai eu l'impression que papa se fichait de savoir s'il allait retrouver du travail. Qu'il s'était résigné. Qu'il avait perdu espoir. C'est pour ça que j'ai réuni d'urgence mes frères et sœurs.

On s'est tous retrouvés dans ma chambre. Il y avait les

triplés, Nicky, Vanessa, Margot, Claire et moi. Personne d'autre que moi ne semblait s'inquiéter de la situation. Ils étaient simplement venus parce qu'ils aimaient bien les réunions du club.

J'ai attendu d'avoir l'attention de tous. Quand Nicky s'est enfin décidé à arrêter de tirer les cheveux de Margot, j'ai pu commencer :

– Alors, quoi de neuf ?

– Moi, je veux toujours ma Barbie ! s'est empressée de répondre Claire.

– Je sais que tu veux une Barbie, ma puce, mais il va falloir encore attendre.

– Ouais… Petite-bêbête-gluante !

On savait tous que Claire n'était pas un modèle de patience. J'ai enchaîné :

– Et l'école ?

Les garçons ont commencé à s'agiter. Ma question semblait les mettre mal à l'aise. Comme personne ne me répondait, j'ai continué :

– Vous savez ce qui m'arrive à l'école en ce moment ?

– Quoi ? m'a demandé Byron, intrigué.

– Des filles se moquent de moi à cause de papa. C'est Nathalie White et Janet O'Neal qui ont commencé. Elles ont été odieuses. Et puis, Valérie et Rachel s'y sont mises aussi. Elles ont même fait passer un petit mot dans la cafétéria. Je l'ai trouvé après. Je crois que Nathalie a fait exprès de le laisser traîner pour que je tombe dessus. En voyant la tête que je faisais en lisant le mot, elles ont éclaté de rire.

– Valérie ? s'est étonné Adam. Ce n'est pas la fille qui rentrait de l'école avec toi, l'année dernière ?

222

– Si. Et Rachel était avec moi en primaire. On était toujours assises l'une à côté de l'autre. On s'amusait bien.

– Qu'est-ce qu'il y avait écrit sur le mot ? a demandé Vanessa.

– « Mallory est une S.D.F. » D'abord, ce n'est pas vrai. Et, en plus, ce n'est pas drôle. Il y a beaucoup de gens pauvres qui n'ont plus de maison, mais il n'y a pas de quoi en rire.

Claire était sur le point, j'en suis sûre, de demander ce que voulait dire S.D.F. Heureusement, Jordan a pris la parole avant elle :

– Michael Hofmeister ne veut plus jouer au foot avec nous.

Les deux autres triplés ont confirmé de la tête.

– Comment ça se fait ? ai-je demandé en fronçant les sourcils.

J'avais déjà une petite idée de la réponse.

– Je ne suis pas sûr, a expliqué Byron. Mais l'autre jour, on nous a demandé de l'argent au club de foot. C'était pour payer le bus pour aller faire une rencontre avec un autre club. On n'a pas pu, tu sais bien pourquoi. Eh bien, après ça, quand on a proposé à Michael de jouer avec nous, il n'a plus voulu.

– Les gens sont parfois méchants…, ai-je commencé.

Je voyais bien que Byron avait envie de pleurer.

Heureusement, Vanessa est intervenue :

– Mais ils peuvent aussi être très gentils.

– C'est vrai ? Qui ça ? lui ai-je demandé, surprise.

– Becca Ramsey, par exemple. Hier, elle m'a offert une glace, parce que j'en avais très très envie.

– C'est vrai. C'est gentil de sa part.

– Eh bien, moi, a dit Jordan, furieux, j'aimerais bien me venger de Michael !

– Moi aussi, a renchéri Adam. J'aimerais bien mettre des araignées écrasées dans son sandwich au beurre de cacahuète.

– Beurk ! s'est exclamée Margot.

– Moi, j'aimerais lui donner sans le faire exprès un coup de batte de base-ball dans la tête.

– Jordan ! ai-je crié.

– J'aimerais que son père se fasse virer de son travail, a dit Byron. Comme ça, il comprendrait ce que c'est. Et c'est moi qui me moquerais de lui quand il ne pourrait pas faire de sortie avec le club de foot.

– Et moi, a renchéri Vanessa, j'aimerais que tu te venges de Valérie et de Rachel, Mallory. Et surtout de Nathalie et de Janet. Tu écrirais plein de choses méchantes sur elles, et tu ferais passer ces mots dans toute l'école. Comme ça, tout le monde se moquerait d'elles.

– Bon, ça suffit maintenant, leur ai-je dit calmement. Moi, je voudrais qu'on parle d'autre chose.

– De quoi tu veux qu'on parle ? s'est étonné Nicky.

– D'argent.

– D'argent ? Encore ? a gémi Margot. Mais on n'arrête pas de parler d'argent ! On n'arrête pas d'essayer d'en économiser !

– Je sais. Et vous avez fait du bon travail. Je suis fière de vous. A présent, il faut qu'on trouve un moyen d'en gagner.

– Pour quoi faire ? a demandé Claire.

– Papa ne gagne plus d'argent maintenant. Et, même si maman travaille, elle est loin d'en gagner assez. Je me demande même si ça suffit pour acheter de quoi manger et le strict nécessaire.

– C'est quoi le « strinéssaire » ? a voulu savoir Claire.

– Strict nécessaire, andouille, a rétorqué Adam. C'est les choses dont on ne peut pas se passer. Comme le savon, le dentifrice ou le papier toilette.

– Le papier toilette ! s'est-elle exclamée avant d'éclater de rire.

On ne sait jamais pourquoi Claire se met à rire. Ça peut être n'importe quoi. Comme le mot papier toilette, par exemple.

– Bon, ai-je poursuivi. Si maman gagne assez pour acheter de quoi manger et de quoi faire tourner la maison, il reste à payer les factures et le crédit.

J'ai jeté un coup d'œil à Claire. Elle a avoué d'un air désolé :

– Moi, je sais pas ce que c'est qu'un crédit. J'y peux rien, moi.

– Ce n'est pas grave, ma puce.

J'aurais pu parier que mes autres frères et sœurs ne le savaient pas non plus ce que c'était. Il fallait que je le leur explique le plus simplement possible, et ce n'était pas facile.

– Voilà. Il se trouve que notre maison ne nous appartient pas encore tout à fait. Pour l'acheter, papa et maman ont dû emprunter de l'argent à la banque. Et maintenant, ils doivent rembourser. C'est seulement quand ils auront fini de rembourser cet argent que la maison nous appartiendra vraiment. En attendant, on peut dire que la maison appartient en partie à la banque.

– A la banque ? s'est exclamé Nicky. Mais alors quelle partie de la maison est à la banque ?

J'ai poussé un soupir. Je savais bien que cela n'allait pas être évident à expliquer.

– Quand je dis « en partie », je ne veux pas dire qu'une partie de la maison appartient à la banque. C'est juste que papa et maman n'avaient pas assez d'argent pour acheter la maison en un seul coup. Alors la banque leur en a prêté. La plupart des gens font ça pour les gros achats et, après, il faut rembourser tous les mois. Je ne sais pas le montant exact, mais si on pense qu'il y a en plus les factures d'électricité, de téléphone et de gaz, ça doit faire beaucoup. Alors je me dis que papa et maman doivent utiliser l'argent qu'ils avaient mis de côté. Mais un jour ou l'autre, il n'y aura plus d'économies. Alors comment fera-t-on pour tout payer ? Qu'est-ce qui va nous arriver ?

Byron semblait réfléchir. Puis il a dit :

– Papa aura sûrement retrouvé du travail d'ici là.

– Peut-être. Mais peut-être pas, ai-je répondu. Je pense qu'on doit se préparer au pire. Et si ça n'arrive pas, tant mieux !

– Comment on va faire ? ont demandé en chœur Vanessa et Margot.

– Eh bien, moi, par exemple, j'ai mis de côté tout l'argent que j'ai gagné en faisant du baby-sitting depuis que papa a perdu son travail. Je vais bientôt le donner à papa et maman.

– Nous aussi, on pourrait gagner de l'argent ! s'est écrié Jordan.

J'étais contente de l'entendre dire ça. C'était ce que j'espérais.

– Ouais, tu as raison, a tout de suite enchaîné Vanessa. Et je sais exactement comment on peut faire.

– Ah bon, tu as une idée ?

Je croyais savoir, mais je n'en étais pas sûre. Je l'ai laissée m'expliquer :

– Je pourrais vendre mes poèmes à un magazine littéraire !

Vanessa est en effet un poète en herbe. Elle a déjà rempli des tas de cahiers. Elle s'amuse même parfois à parler en faisant des rimes. C'est très pénible pour les autres.

– Vanessa...

Mais je n'ai pas pu continuer ma phrase, elle a aussitôt ajouté :

– Ça peut marcher, je t'assure. Ne te moque pas de moi.

Elle avait à peine dit ça que les triplés étaient pliés en deux. Adam riait le plus fort.

– Ne t'en fais pas, lui a-t-il dit. On ne se moque pas de toi. On rigole juste...

Mais Vanessa a fait mine de l'ignorer, elle a continué très sérieusement :

– Je vais essayer en tout cas. La poésie est encore ce que je fais de mieux.

– Hé ! s'est écriée Margot. Tu sais ce que j'ai lu dans un magazine l'autre jour ? Attends, je vais le chercher...

– Je parie qu'elle a vu une annonce attrape-nigauds, a commenté Jordan. Si elle croit qu'on devient une grande artiste comme ça, elle rêve.

Mais ce n'était pas ça du tout. Margot est revenue quelques secondes plus tard en brandissant un journal. Elle l'a feuilleté, et nous a montré l'annonce qui lui semblait si intéressante. Dans un petit encadré était écrit : « Si vs pvez lire ça, vs pvez dvnir sctaire et avr un bon tvail. »

Margot a lu à haute voix, très fière :

– Si vous pouvez lire ça, vous pouvez devenir secrétaire et avoir un bon travail. Eh bien, moi je peux le lire, et j'ai seulement sept ans. Alors, c'est sûr, je vais avoir un bon travail.

– Et tu comptes devenir secrétaire à mi-temps ? s'est moqué Byron. Tu imagines la tête de ton patron quand tu lui expliqueras que tu n'es libre qu'après l'école ?

– Ben, quoi ? Je pourrais peut-être m'inscrire à l'agence d'intérim de maman !

– Margot, lui ai-je dit à regret. Je ne crois pas que ce soit possible.

– Moi non plus, a ajouté Jordan. Mais j'ai une meilleure idée. Et je suis certain que ça peut marcher, parce que c'est quelque chose que je sais faire. Je vais proposer aux gens de tondre leur pelouse.

– Et moi, a dit Byron, je vais voir si je peux promener leur chien ou garder leurs animaux.

– Et moi…, a bredouillé Adam. Et moi, je vais…

– Attends ! Attends ! l'a coupé Byron. Je sais ce qu'on va faire. Tous les trois, on va monter une agence de petits travaux. On l'appellera l'agence ABJ.

– ABJ ?

– Ouais ! pour Adam, Byron et Jordan.

– C'est une très bonne idée. Vous voyez quand vous vous servez de votre tête, il en sort plein de bonnes choses.

– Peut-être que je pourrais distribuer les journaux à domicile…, a proposé à son tour Nicky.

Avant que les triplés n'aient eu le temps de réagir, je me suis exclamée :

– Bonne idée, Nicky ! Tu n'as qu'à demander à tes copains s'il y en a un qui le fait. On voit souvent des garçons à bicyclette faire la tournée des journaux. Ils doivent faire partie d'une société de distribution. Il pourra te dire où tu dois t'adresser.

– Ah, ouais, c'est ce que je vais faire !

Nicky avait l'air heureux et soulagé d'avoir trouvé lui aussi comment gagner un peu d'argent. Margot a alors levé le doigt, comme si elle était en classe. Les autres s'en sont aperçus et ils se sont moqués d'elle. Mais elle avait la tête ailleurs, et elle a attendu que je lui demande ce qu'elle voulait dire pour prendre la parole :

– Si mon idée de devenir secrétaire à mi-temps ne marche pas, alors peut-être que je pourrais tenir un stand de limonade à la place. Claire pourrait m'aider. Et Vanessa aussi. On pourrait l'appeler, le CMV.

– Il va falloir raccourcir le nom de votre stand, a répondu Vanessa, parce qu'il faut que je travaille mes poèmes. Je n'aurai pas le temps de vous aider. Mais CM, ça sonne bien aussi.

Voilà comment nous avons tous trouvé des moyens pour gagner un peu d'argent. Mais Byron avait l'air contrarié.

– Mallory ? Si on ne rembourse pas les crédits, qu'est-ce qui se passera ?

– Je n'en sais rien, ai-je dû avouer. Mais je crois que, au bout d'un moment, la banque peut nous reprendre la maison.

– Ça doit être pour ça que des gens se retrouvent S.D.F. Je comprends mieux maintenant…

10

Dimanche

Aujourd'hui, j'ai gardé Lenny, Cornélia et Sarie Papadakis. Ils sont vraiment adorables. Je suis contente de voir que Lenny et David Michael s'entendent bien, ainsi que Cornélia et Karen. J'espère que, plus tard, Sarie et Emily Michelle seront copines. Ce serait chouette.

Il faisait un peu froid ce matin, et il y avait plein de nuages gris. Les enfants ont préféré rester jouer à la maison. Ils ont invité David Michael et Karen à les rejoindre. Pour une fois, ils se sont tous amusés ensemble, garçons et filles. D'habitude, les garçons ne veulent pas jouer avec les filles parce qu'ils trouvent leurs

jeux trop nunuches. Ce jour-là, même Sarie a pu
se mêler à eux. Mais... - parce qu'il y a un mais
- les choses ont changé quand il a commencé à
faire beau. Lenny et Cornélia ont été très
tristes. Et devinez à cause de qui? De mon frère
et de ma soeur! Voilà comment ça s'est passé...

Les Papadakis étaient les enfants que Kristy préférait
garder. Je crois que vous l'avez deviné en lisant les
premiers mots de son rapport dans le journal de bord.
Lenny a neuf ans (il est à peine plus grand que David
Michael), Cornélia en a sept et elle est dans la même classe
que Karen. Sarie n'a que deux ans. C'est encore un bébé.
Ils habitent en face de chez Kristy, et les deux plus grands
fréquentent la même école privée que Karen.

Comme Kristy l'a écrit, ce dimanche était gris et froid.

– Est-ce qu'on peut inviter des copains à la maison ? a
demandé Cornélia.

– Bien sûr, lui a répondu Kristy. Qui veux-tu inviter ?

– Karen !

– Et moi, David Michael, a ajouté son frère.

– Rien de plus facile, leur a dit Kristy. Ils sont à la maison,
probablement en train de s'ennuyer. Je les appelle ?

– Oui !

Kristy a téléphoné chez elle pour demander à David
Michael et à Karen s'ils voulaient venir jouer avec les Papadakis. Ils sont arrivés en moins de cinq minutes. A peine
avait-elle passé le pas de la porte que Karen a demandé :

– A quoi on va jouer ?

– Et si on jouait avec Quick et Flip ? a proposé David Michael.

Quick et Flip sont les animaux des Papadakis. Quick est une tortue et Flip un caniche.

– Non, a répondu Lenny. On a déjà joué avec eux aujourd'hui.

– Et si on jouait aux poupées ? a alors suggéré Karen.

– Bof, a répondu Cornélia en faisant la moue.

– Et si on jouait plutôt à « Invasion de la planète Neptune », a proposé cette fois Lenny.

– Oh, ça ne me dit trop rien, a soupiré David Michael.

– Hé ! Je sais à quoi on peut jouer ! s'est écriée Karen. Je connais un nouveau jeu où tout le monde peut jouer. Même Sarie. Et même Kristy.

– Quoi ? ont demandé les garçons en chœur.

Ils ne paraissaient pas franchement convaincus car, en général, ils se méfiaient des idées de Karen. Elle inventait toujours des jeux avec des poupées, des sorcières ou des trucs de filles. Tout ce dont ils avaient horreur, quoi !

– On peut jouer à faire comme si on travaillait dans des bureaux, a expliqué Karen sans se démonter.

– Des bureaux ? a répété Cornélia.

– Oui. On utiliserait un de vos bureaux et on le décorerait comme un vrai bureau de grand. Avec des papiers, des crayons, une agrafeuse, des trombones...

– Et si on prenait le vieux téléphone qui ne marche plus ? a proposé Lenny, qui semblait s'être pris au jeu. Ça fera vraiment vrai, puisque c'est un vrai. On n'aura qu'à faire comme s'il marchait.

Kristy n'en croyait pas ses oreilles. Ils avaient bien l'air de vouloir jouer tous ensemble. Avant qu'elle ne s'en rende compte, ils étaient déjà montés dans leurs chambres. Sarie les suivait comme elle pouvait. Elle a été ralentie par l'escalier qu'elle escaladait marche par marche.

Les enfants avaient décidé de s'installer dans la chambre de Cornélia. Très vite, ils l'ont aménagée comme un vrai bureau.

– Et si on faisait une salle d'attente ? a suggéré David Michael.

– Ouais ! Tous les bureaux ont une salle d'attente, avec des magazines à lire.

Lenny a aussitôt rapporté une autre chaise pour la placer à côté de celle de sa sœur. Il a tiré une table basse et l'a mise devant. Pendant ce temps-là, Cornélia était descendue prendre une pile de journaux. Elle les a disposés sur la table.

– J'ai aussi des albums pour les enfants, et des livres en mousse pour Sarie, si elle doit attendre.

– Mais alors, c'est la salle d'attente d'un médecin, a constaté Kristy.

Cornélia, Lenny, David Michael et Karen se sont consultés du regard.

– J'ai pas envie de jouer au docteur, a dit Lenny. C'est un jeu de bébé.

– En plus, on n'aurait pas besoin de bureau, a ajouté Karen. Mais d'un stéthoscope, d'une grande table pour faire allonger les patients et de trucs de ce genre.

– Ouais, a enchaîné Lenny. Nous, on joue à un jeu de grands, pas au docteur. On joue à... On joue à travailler dans une agence pour l'emploi. Ouaip !

– Une agence pour l'emploi ? a répété Cornélia perplexe.

– Mais oui. J'ai vu ça dans un film à la télé. Il y avait deux filles qui cherchaient du travail. Elles sont allées dans une agence, et un type leur a demandé ce qu'elles savaient faire. Une des filles lui a dit : « Et vous, qu'est-ce que vous pouvez nous proposer comme travail ? » Il leur a répété que ça dépendait de ce qu'elles savaient faire. Et elles ont finalement atterri dans une fabrique de chocolat.

– Waouh ! C'est génial ! s'est écriée Karen.

– Bon, alors qui fait quoi ? a demandé Kristy.

Après de longues discussions et beaucoup de concessions, les rôles ont été attribués. Ils s'étaient mis d'accord pour dire que l'agence appartenait à Cornélia et Karen. Elles devraient rester derrière le bureau pour accueillir les gens. Lenny, David Michael et Kristy feraient les demandeurs d'emploi. Sarie jouerait à être la fille de Kristy.

– Bon, a lancé Cornélia. On commence. L'agence est ouverte.

– C'est moi qui vais passer en premier, a décidé David Michael. J'ai vraiment besoin de trouver un travail. C'est une question de vie et de mort.

– De vie ou de mort, l'a corrigé Kristy.

Elle n'a pas pu s'empêcher de penser à la situation de mon père. Lui aussi avait un besoin urgent de trouver du travail.

David Michael s'est levé et s'est dirigé vers le bureau, pendant que Kristy, Lenny et Sarie restaient assis dans la salle d'attente.

– Bonjour. Je m'appelle David Michael Parker, et je cherche du travail. C'est très très important.

– Bien, a fait Karen. Qu'est-ce que vous cherchez comme travail ?

– Ça dépend. Qu'est-ce que vous avez à me proposer ?

Il s'est alors mis à pouffer. Les autres n'ont pas pu garder leur sérieux non plus. Sarie s'est mise à rire aussi, même si elle ne savait pas pourquoi. Quand le fou rire s'est calmé, Cornélia a repris :

– Voyons voir ce que j'ai comme offres.

Elle a pris un classeur et en a tiré une feuille qu'elle a fait semblant de parcourir.

– J'ai une place de professeur remplaçant. Vous avez déjà enseigné ?

David Michael a secoué la tête.

– Vous savez cuisiner ? J'ai un restaurant qui recherche un chef cuisinier.

– Je sais faire des tartines grillées... et du chocolat chaud.

– Bravo ! a dit Cornélia. Vous avez le travail.

– Merci, merci. Grâce à vous, je vais pouvoir nourrir mes enfants et leur acheter de nouveaux habits.

Les enfants s'amusaient bien, mais tout ça rappelait à Kristy notre situation, à ma famille et moi. Elle se demandait si mon père aussi serait obligé d'aller dans ce genre d'agence et s'il serait obligé d'accepter un emploi pour lequel il était surqualifié. Est-ce qu'il allait finir serveur dans un restaurant, alors qu'il avait été à l'université et qu'il avait un diplôme d'avocat ?

Kristy m'a dit plus tard qu'elle avait l'estomac noué rien que d'y penser. Heureusement que le jeu n'a pas duré toute la journée. Elle a été soulagée de voir apparaître le soleil, et d'entendre les enfants dire qu'ils voulaient jouer dehors.

Ils sont sortis dans le jardin.

– Hé ! Il fait assez chaud pour aller se baigner, a dit David Michael.

– Tu as raison, a renchéri Karen. Et si on allait dans la piscine d'Amanda et de Max ?

Cornélia n'avait pas l'air enthousiaste.

– Tu veux vraiment aller chez Amanda et Max, Karen ?

Amanda est un peu plus âgée que Karen, mais elles s'entendent bien. Ce ne sont pas les meilleures amies du monde, mais elles aiment bien jouer ensemble quand Karen vient chez son père. Cornélia habite juste à côté de chez Amanda, mais les deux filles ne s'apprécient pas trop, et ne vont jamais l'une chez l'autre. C'est pour ça que Cornélia avait l'air triste quand Karen lui a répondu :

– Oui. Il fait super beau. Allez, viens, ça va être chouette.

– Non, merci. Je n'aime pas trop Amanda, tu sais bien.

– Mais tu aimes bien te baigner, non ?

– Oui, mais pas au point d'aller chez Amanda.

David Michael a jeté un coup d'œil à Lenny, et lui a demandé :

– Et toi, tu vas venir avec moi, hein ?

– Non. Moi non plus je n'aime pas trop Amanda et Max. Et toi non plus d'ailleurs, tu ne les aimes pas. Comment ça se fait que tu veux aller chez eux ?

– Ben... Ben... Parce que... j'ai envie de me baigner.

– Bon, vas-y, alors.

– Il a raison, a dit Cornélia. Vous n'avez qu'à y aller sans nous. Ce n'est pas grave.

– Puisque c'est comme ça, d'accord. On va y aller sans vous, a répondu sèchement Karen.

Kristy a senti qu'il fallait intervenir :

– Vous n'allez pas me dire que vous vous disputez à propos de la piscine ?

– On ne se dispute pas, lui a dit Karen.

Kristy aurait juré le contraire. David Michael et Karen sont partis en laissant les Papadakis tout dépités. Cornélia est restée à côté de Kristy, les larmes aux yeux. Lenny est monté dans la chambre de sa sœur pour enlever toute trace de l'agence pour l'emploi.

Elles l'ont suivi et l'ont aidé à ranger la chambre.

– C'est trop injuste ! a sangloté Cornélia.

– Je suis désolée qu'ils soient partis, a soupiré Kristy.

– C'est pas ça qui est injuste, a aussitôt répondu Cornélia. Je sais que Karen a envie de se baigner. Et je sais qu'elle s'entend bien avec Amanda. J'aurais préféré qu'elle reste ici pour jouer avec moi, mais elle a le droit d'avoir d'autres copines. Mais pour David Michael, c'est autre chose. Je sais qu'il n'aime pas les Delaney. Et il va quand même chez eux, juste pour la piscine. C'est ça qui est injuste. Amanda et Max vont croire qu'il vient pour jouer avec eux.

Lenny était en train de trier les magazines et les livres pour enfants, il a approuvé de la tête puis, tout en continuant à ranger, il a ajouté :

– C'est vrai. Moi, je n'irais jamais chez quelqu'un juste parce qu'il a une piscine. Ce n'est pas sympa pour lui. Je suis d'accord avec Cornélia.

– Est-ce que beaucoup d'enfants vont à la piscine chez les Delaney ? a demandé Kristy.

– Plein, lui a répondu Cornélia. Du coup, Amanda et Max sont persuadés que tout le monde les aime.

– Et combien parmi eux sont vraiment leurs amis ? a voulu savoir Kristy.

– Pas beaucoup, je suppose, a soupiré Lenny.

– Et vous pensez que les autres ne viennent que pour profiter d'eux ?

– Ouais.

Kristy s'est dit qu'elle ne pouvait pas laisser la situation continuer comme ça. Mais comment faire ? Elle avait bien vu les choses venir, mais jamais elle n'aurait pensé que ça irait aussi loin. Ni que son frère et sa sœur y participeraient, tout du moins pas David Michael. Pour Karen, c'était différent, parce qu'elle aimait vraiment bien Amanda. Mais elle n'aurait pas dû laisser tomber Cornélia comme une vieille chaussette.

Dès que Kristy est rentrée chez elle après le baby-sitting, elle m'a appelée pour tout me raconter.

J'étais de nouveau chez les Delaney pour garder les enfants. On était mercredi après-midi. Il faisait beau, et nous étions dehors. J'étais assise au bord de la piscine – en maillot de bain, cette fois – en train de siroter un Coca.

J'aurais pu me prendre pour une princesse. Les pieds dans l'eau, je pouvais admirer devant moi une petite pelouse qui menait aux courts de tennis. Et si je me retournais, il y avait cette immense maison à l'allure de château, avec une fontaine en forme de poisson dedans. Un vrai conte de fées. Sauf que j'étais payée pour être dans ce conte de fées. Le château n'appartenait pas à mes parents, qui n'étaient ni roi ni reine. La fontaine dorée n'était pas à nous. La piscine, la jolie pelouse, et les courts de tennis non plus. Pas même le chat à quatre cents dollars qui se prélassait à côté de moi au soleil.

Mais j'avais le droit de rêver, non ?

Alors, j'ai rêvé que j'étais une vraie princesse. Tout en gardant un œil sur Amanda, Max, Timmy, Angie et Huck, bien sûr. Quelque chose m'a tirée de mes rêveries. Il ne se passait pourtant rien de particulier, et les enfants jouaient tranquillement dans l'eau. Mais j'avais le pressentiment que quelque chose se préparait.

Angie s'entraînait toujours à plonger. Elle commençait d'ailleurs à bien s'en sortir, à force de monopoliser le plongeoir. Les garçons glissaient sur le toboggan en faisant les fous et en criant à chaque descente « Attention ! Voilà une bombe ! » ou « Chaud devant ! » Amanda était installée sur une bouée énorme en forme de tortue, les pieds dans l'eau. Elle était plongée dans le deuxième tome de *Harry Potter*.

J'ai tendu l'oreille quand Max a proposé aux autres :

– Et si on faisait les otaries plutôt que les bombes ? On pourrait glisser sur le ventre en tapant dans nos mains !

Alors je me suis dit que je m'inquiétais certainement pour rien. Ils en avaient juste assez de faire les bombes.

Amanda a refermé son roman et a dit en s'étirant :

– Ce livre est super !

– Tu l'as déjà fini ?

– Ouais. Et je l'ai commencé hier seulement.

Elle s'est avancée vers moi en battant des pieds et m'a tendu le livre. Puis, elle a sauté de la bouée sur le rebord de la piscine pour venir s'installer à côté de moi.

– Hé ! Angie ! a-t-elle crié. J'ai fini de lire. Tu viens jouer avec moi ?

Angie venait de sortir la tête de l'eau après un plongeon plutôt réussi. Elle avait les cheveux plaqués sur le visage.

Elle s'est bouché le nez et a mis sa tête en arrière dans l'eau pour remettre ses cheveux en place. Puis, elle s'est de nouveau dirigée vers le plongeoir en se contentant de répondre :

– Non, j'ai une compétition de plongeon la semaine prochaine !

Je n'ai pas pu m'empêcher de lui demander :

– Tu es venue ici pour t'entraîner ou pour jouer avec Amanda ?

Amanda m'a regardée avec des yeux ronds. Elle avait l'air impressionnée par mon intervention. Elle s'est levée et a crié à l'attention de son amie :

– Ouais, c'est vrai, ça ! Tu es venue ici pour moi ou pour la piscine ?

Angie a rougi jusqu'aux oreilles et elle a bafouillé :

– Heu...

Heureusement pour elle, mon attention a été détournée par Max juste à ce moment. Il en avait assez de jouer dans la piscine, et venait se sécher près de moi.

– Qu'est-ce qui se passe, Max ?

– J'ai envie de jouer un peu au tennis maintenant.

Timmy avait entendu, et il a lancé :

– Pas nous !

Il parlait visiblement pour Huck et lui. Ce dernier s'est élancé du haut du toboggan en criant :

– Chaud devant !

Je me suis tournée vers Amanda.

– Et toi, qu'est-ce que tu as envie de faire ?

Je savais que tout ça allait mal tourner. On en avait parlé avec Kristy, et Lucy avait déjà mentionné le problème dans son compte rendu. J'ai regardé Amanda dans les yeux. Elle n'avait plus du tout l'air de la petite fille snob que j'avais gardée la première fois.

– Tu veux encore te baigner ?

Elle a secoué la tête.

Voilà. Je me suis retrouvée dans la même situation que Lucy. J'étais là pour m'occuper des Delaney, et ils ne voulaient plus se baigner. Mais il y avait encore trois enfants dans la piscine. J'ai dû me résoudre à faire comme Lucy.

– Bon ! Angie ! Huck ! Timmy ! Sortez de l'eau ! Il est temps de faire autre chose maintenant. Vous pouvez jouer au tennis avec Max, ou... ou...

Amanda m'a donné un petit coup de coude. Je me suis penchée vers elle, et elle m'a parlé à l'oreille. Je me suis relevée, et j'ai continué à voix haute :

– Ou faire un théâtre de marionnettes avec Amanda.

Mes propositions ont été accueillies par un concert de grognements.

– Mais j'ai de nouvelles poupées ! a plaidé Amanda.

– Et alors ? a rétorqué Angie. Moi aussi.

– Bon, de toute façon, tout le monde sort de l'eau, ai-je répété.

Angie, Timmy et Huck se sont exécutés en râlant.

– Quelle rabat-joie !

– Ouais ! Quelle casse-pieds !

Amanda et Max m'ont regardée d'un air reconnaissant. Amanda est allée jusqu'à me remercier ! Pendant que les autres se séchaient, Max a proposé aux garçons :

– J'ai plein de raquettes. Vous pourrez choisir celle qui vous plaît.

Amanda s'est approchée d'Angie.

– Tu viens, mes nouvelles poupées sont dans ma chambre.

Mais Timmy, Huck et Angie ne les ont même pas regardés.

Ils sont allés droit vers la sortie, sans dire un mot.

Amanda en est restée bouche bée. Max les regardait partir en serrant les poings.

– Je n'y crois pas ! s'est écriée Amanda. Je n'en reviens pas !

J'ai passé mon bras autour de ses épaules. Puis autour de celles de Max.

– Bon, et si on allait s'asseoir une minute ?

Je les ai poussés vers les chaises longues, mais Max s'est dégagé de mon étreinte.

– Je vais quand même jouer au tennis. Je jouerai contre le mur.

Il est parti dans la maison se changer et chercher une raquette. Amanda est restée avec moi. Elle avait envie de parler.

– Comment ça se fait qu'Angie ne veuille pas jouer avec moi ? Je croyais qu'on était amies… heu… C'est parce qu'elle trouve que je veux la commander ?

« Pauvre Amanda », me suis-je dit. C'était vrai qu'elle pouvait parfois être pénible à vouloir jouer les chefs. C'était vrai aussi qu'il fallait qu'elle reçoive une bonne leçon. Mais elle avait compris maintenant et elle faisait attention.

– Non, tu n'as pas voulu la commander, cette fois-ci. Sinon, tu aurais dit : « Angie, maintenant, tu sors de l'eau et tu joues avec moi au théâtre de marionnettes ! »

– C'est toi qui as dit ça ! m'a-t-elle fait remarquer en souriant.

– Oui, j'ai dû dire quelque chose comme ça.

– Mais alors, si je n'ai pas voulu la commander, pourquoi elle est partie ? Je voudrais que les autres viennent ici pour jouer avec Max et moi, pas pour la piscine !

– Je comprends.

– Tu sais quoi ?

– Non.

– Je ne sais pas si les enfants nous aiment bien, Max et moi. Je me demande s'ils ne préfèrent pas la piscine. Je ne sais pas quoi penser...

Sur ces mots, elle s'est mise à pleurer. Entre deux sanglots, elle a continué :

– Ce sont nos amis ou pas ? Tu crois qu'ils m'aiment bien ?

J'ai pris Amanda dans mes bras, et je lui ai caressé les cheveux pendant qu'elle pleurait. Je me suis dit que, après tout, être une princesse, ce n'était pas si bien.

Ce n'était pas drôle d'avoir à se demander tout le temps si les gens vous aiment pour vous ou pour ce que vous pouvez leur apporter. Comme par exemple, les laisser jouer dans votre piscine, avec vos super nouveaux jouets, ou leur prêter de l'argent, ou leur présenter d'autres enfants riches.

Ce n'était certes pas une partie de plaisir que d'avoir un père au chômage mais, au moins, je savais à quoi m'en tenir avec mes amies. Il était évident que Jessica m'aimait pour moi. Ces derniers temps, je n'avais rien d'autre à lui offrir que ma présence, et elle était restée à mes côtés. Rien n'avait changé entre nous.

J'avais de la peine pour Amanda et, en même temps, je l'enviais d'avoir une piscine, une très belle maison et un chat à quatre cents dollars. Moi aussi, j'avais découvert qui étaient mes vraies amies.

– Tu sais quoi ? ai-je demandé à Amanda

– Quoi ?

– J'ai appris plein de choses très importantes quand mon père a perdu son travail.

– C'est vrai ?

– Oui. J'ai vu qui me soutenait et qui me laissait tomber. Ceux qui me soutiennent sont mes amis. Les autres sont...

– Tes ennemis ?

– Non, pas des ennemis. Mais des gens en qui je ne peux pas avoir confiance. Parce qu'ils font plus attention à ce que j'ai qu'à ce que je suis.

– Oh.

– Tu sais, j'ai réfléchi. Même si nos familles sont très différentes, on a le même genre de problèmes. Tu te demandes à qui tu peux faire confiance. Est-ce que tes amis t'aiment parce que tu as une piscine, ou est-ce qu'ils t'aiment parce que c'est toi ?

– Je n'en sais rien.

– Je suis sûre que tu vas savoir faire le tri.

– Tu crois ? Comment je vais faire ?

– Eh bien, tu n'as qu'à commencer par dire que tu n'as plus le droit de laisser des amis venir jouer dans la piscine quand il y a une baby-sitter. Tu n'as qu'à dire que c'est une nouvelle règle. Et puis tu verras bien qui continuera à venir jouer avec toi.

– Oui, c'est une bonne idée. Merci.

Amanda avait cessé de pleurer. Elle a essuyé une dernière larme et esquissé un sourire. Elle a réfléchi un instant, puis m'a dit d'un air joyeux :

– Et tu sais ce que je vais faire aussi ? Je leur dirai ce que je pense, à ceux qui ne viendront plus ! Je suis contente que tu sois ma baby-sitter, tu sais, Mallory !

J'ai réalisé qu'Amanda se fichait dorénavant de savoir si mon père gagnait beaucoup d'argent ou pas. On était complices maintenant. On avait monté un plan ensemble. J'espérais juste que certains enfants au moins continueraient à venir jouer avec Amanda et Max.

12

Cette journée de baby-sitting m'a fait réflé-chir. Le soir, dans mon lit, je n'arrivais pas à dormir. Je pensais à ma conversation avec Amanda. Il fallait que je suive le conseil que je lui avais donné.

Sans oublier d'y ajouter une touche personnelle. Elle avait raison de vouloir dire ce qu'elle pensait à ceux qui ne viendraient plus jouer avec elle.

Ma chambre était plongée dans le noir. Les rideaux étaient tirés, mais une des fenêtres était restée ouverte. Je me suis enfouie sous mes couvertures et j'ai tendu l'oreille pour écouter les bruits de la nuit. J'ai entendu les derniers criquets dans les arbres, une voiture qui passait dans la rue, et mes parents fermer la porte d'entrée à clé avant d'aller se coucher. Vanessa dormait à poings fermés. Elle faisait de petits bruits bizarres dans son sommeil.

Ma décision était prise. Je n'allais plus me laisser faire par celles qui s'étaient moquées de moi. On verrait bien qui aurait le dernier mot ! Rachel et Valérie n'avaient même pas cherché à me comprendre. Il avait suffi que Nathalie et Janet se moquent de moi pour qu'elles fassent pareil. Et tout ça, parce que mon père avait perdu son travail ! Je n'allais quand même pas me laisser faire sans rien dire. Mais je me suis ensuite demandé si ça valait vraiment la peine de se battre. Après tout, j'avais mes amies du Club des baby-sitters. Et qu'est-ce que j'allais bien pouvoir leur dire, à ces filles ? Je ne pouvais quand même pas aller les voir et leur dire : « Vous n'êtes plus mes amies » ou « Si vous étiez mes amies, vous ne me traiteriez pas comme ça ! »

Le lendemain matin, j'étais toujours fermement décidée à ne plus me laisser marcher sur les pieds, même si je ne savais pas encore comment j'allais m'y prendre.

J'en ai parlé à Jessica pendant le déjeuner. On était à la cafétéria. Jessi a acheté un plat chaud puis elle est venue me rejoindre à une table. J'avais apporté un sandwich de la maison. Maman nous avait dit qu'il était plus économique de nous préparer nous-mêmes de quoi manger plutôt que de l'acheter à la cafétéria. Bien évidemment, nos déjeuners n'avaient rien d'extraordinaire. C'était toujours plus ou moins la même chose tous les jours : un sandwich et des fruits. Mais aucun d'entre nous ne s'était plaint parce qu'on savait qu'il fallait faire des efforts pour soutenir nos parents.

J'avais choisi une table à l'écart des autres. Je voulais parler à Jessica en privé. Quand elle s'est assise en face de moi en posant son plateau, j'ai comparé nos repas. Le mien faisait vraiment tristounet à côté de sa pizza au fromage et de sa salade composée.

– Bon appétit ! Ça a l'air délicieux.

– Merci. Bon appétit aussi. Alors, de quoi voulais-tu me parler ?

J'ai jeté un coup d'œil autour de nous. Janet, Nathalie et les autres étaient venues s'asseoir à la table d'à côté, alors je me suis penchée vers Jessi pour qu'on ne nous entende pas.

– Je veux donner une bonne leçon à Valérie et aux autres. Surtout à Nathalie et à Janet. C'est elles qui ont commencé à se moquer de moi.

– Comment tu vas faire ?

– Ben, je ne sais pas encore. C'est bien pour ça que je t'en parle. Il faudrait que tu m'aides.

Jessi m'a regardée d'un air perplexe. Elle a avalé une bouchée de pizza, et m'a demandé :

– Tu veux leur faire quelque chose, ou bien tu veux les mettre dans le pétrin ?

– Je ne sais pas.

En fait, ce n'était pas grave si je n'avais pas encore mis de stratégie au point. Les événements ont décidé pour moi. Vous allez voir comment.

Jessica et moi avons continué à nous creuser la tête pendant tout le repas pour savoir quelle attitude adopter, quand on a entendu mon nom. C'était Nathalie et Janet qui recommençaient à dire du mal de moi.

– Jessi, ne te retourne pas. Fais comme si de rien n'était, mais je crois qu'elles parlent encore de moi.

Mais Jessica n'a pas pu s'empêcher de jeter un coup d'œil par-dessus son épaule.

– Je t'avais dit de ne pas les regarder !

– Mais elles nous regardent.

– Ce n'est pas grave. Continue de manger, mais ne dis rien. Je vais essayer d'écouter ce qu'elles se disent.

Jessica a hoché la tête, et s'est replongée dans son assiette. J'ai essayé de me concentrer sur la table d'à côté pour suivre leur conversation.

– Il a dû faire quelque chose de mal, a dit Janet.

– Peut-être que c'est parce qu'il est trop bête, a suggéré Rachel en gloussant.

Les autres se sont mises à rire aussi.

– Oui, moi je crois surtout que le père de Mallory était nul, a dit à son tour Nathalie.

J'étais sidérée ! J'ai regardé Jessi qui en était restée bouche bée.

– Si tu ne fais rien, m'a-t-elle murmuré, c'est moi qui vais le faire. On ne peut pas les laisser dire des choses pareilles !

– Ne t'en fais pas. Je vais m'en occuper.

Je me suis levée.

– Tu vas te battre avec elles, Mallory ?

– Mais non. Je ne ferais pas le poids, elles sont quatre. Mais j'ai ma petite idée, tu vas voir.

Je me suis dirigée vers leur table et je me suis plantée entre Nathalie et Janet. A côté d'elles, il y avait Rachel et Valérie. Elles ont toutes levé les yeux sur moi.

– Au cas où vous seriez aveugles, je vous signale que je suis à la table juste à côté de vous.

Je leur ai montré la place vide en face de Jessi, puis j'ai continué :

– Il faut que je vous dise aussi que je ne suis pas sourde.

J'ai entendu tout ce que vous avez dit sur mon père. Je suppose que c'est ce que vous vouliez, non ?

Nathalie a ouvert la bouche, mais je ne lui ai pas laissé le temps de répliquer, j'ai poursuivi :

– Ça ne m'étonne pas de vous, d'ailleurs. C'est tout à fait dans votre genre !

– Comment ça, dans notre genre ? a demandé Valérie.

– Oui, dans votre genre. Le genre langue de vipère, quoi ! Mais, il faut que vous sachiez une chose : vous pouvez dire ce que vous voulez, je m'en fiche complètement. Vous pouvez raconter n'importe quoi sur ma famille, vous moquer de moi ou dire du mal de mon père, ça m'est égal. Et vous savez pourquoi ? Parce que je ne vous aime pas. Et donc, je me fiche de ce que vous pensez. Je sais qui sont mes vraies amies, et c'est tout ce qui compte pour moi. Elles ne m'ont pas laissée tomber, elles. Même quand mon père a perdu son travail. Parce que, pour elles, ce n'est pas ça l'important. Au passage, autant vous dire que mon père n'a pas été viré parce qu'il faisait mal son travail. Il se trouve que son entreprise a des problèmes financiers et qu'elle a dû licencier une partie du personnel, dont mon père. Ça n'a rien à voir avec ses compétences. Et puis, de toute façon, ça ne vous regarde pas. Alors, occupez-vous de vos affaires ! Quant à vous deux, Rachel et Valérie, vous n'êtes plus mes amies. Et vous, les deux autres, vous ne l'avez jamais été. (Je me suis retournée vers Rachel et Valérie.) Autre chose : ça m'étonnerait que Nathalie et Janet soient vraiment vos amies, parce qu'elles ne savent pas ce que c'est que l'amitié. Tout ce qu'elles savent faire, c'est utiliser les gens. Si j'étais vous, je me méfierais.

Sur ces mots, j'ai tourné les talons et je suis retournée à ma place comme si de rien n'était. Une fois assise, je n'ai pas pu m'empêcher de jeter un coup d'œil dans leur direction pour voir leur tête. Je n'ai pas été déçue. Elles paraissaient complètement sonnées. Je les avais laissées littéralement sans voix. Elles ne se sont, bien sûr, pas excusées. Mais je n'en attendais pas tant.

– Waouh, Mallory ! s'est exclamée Jessica. Je n'arrive pas à croire que tu aies pu faire ça.

– Moi non plus.

Je me suis rendu compte que je tremblais des pieds à la tête. Mais je ne regrettais rien. Je savais que j'avais eu raison. Je supposais que Rachel et Valérie ne m'adresseraient plus jamais la parole. Mais au moins, elles n'oseraient plus s'attaquer à moi.

Le lendemain, je suis allée comme prévu garder les Delaney. Je suis arrivée chez eux juste avant qu'Amanda et Max ne rentrent de l'école. Je n'ai pas eu à attendre longtemps avant d'entendre Amanda crier :

– Mallory ! Mallory ! Tu es là ? Devine quoi !

– Je suis dans la cuisine ! Qu'est-ce qu'il y a ?

Quand elle m'a vue, elle s'est jetée dans mes bras.

– Ton idée a marché ! Max l'a essayée aussi, hein, Max ?

– Ouais.

– On a dit à tout le monde qu'on n'avait plus le droit d'aller dans la piscine quand il y avait une baby-sitter. Après, j'ai invité Angie, Karen et Mégane à venir cet après-midi jouer à la marelle.

– Et moi, j'ai invité Timmy et Huck à faire une partie de basket-ball.

– Eh bien, tout le monde va venir, sauf Angie. Karen a même dû demander à sa mère de l'amener ici en voiture.

– Comment se fait-il qu'Angie ne vienne pas ? ai-je demandé pendant que je les aidais à se débarrasser de leur cartable.

Amanda et Max se sont attablés devant les verres de lait et les biscuits que je leur avais préparés. Entre deux bouchées, Amanda m'a raconté :

– Elle m'a dit qu'elle n'avait pas envie de venir. Ce n'est pas très sympa, hein ?

J'ai approuvé d'un signe de tête. Elle a continué :

– De toute façon, je ne l'aimais pas trop. Maintenant, je sais qui sont mes vraies amies. Max aussi. Tu avais raison, Mallory. Les vrais amis ne viennent pas pour la piscine, mais pour nous.

Je leur ai fait un grand sourire. J'étais fière d'eux.

Quand ils ont eu fini leur goûter, ils m'ont aidée à débarrasser. « De mieux en mieux », me suis-je dit. Leurs amis n'ont pas tardé à venir. Les garçons se sont mis d'un côté de la cour et les filles de l'autre. Max et ses copains ont commencé à jouer au basket, pendant que les filles dessinaient une marelle à la craie. L'après-midi s'est déroulé tranquillement. Les enfants avaient l'air contents, et personne n'a parlé d'aller dans la piscine. Sauf Amanda qui m'a prise à part et m'a confié :

– Maintenant que je sais qui sont mes vraies amies, je vais leur dire que les règles de la piscine ont de nouveau changé. J'ai envie de nager. Ça me manque.

13

Vendredi

Aujourd'hui, j'ai gardé mon frère et ma sœur pendant que ma tante Cécilia faisait les courses. Ça s'est bien passé, comme d'habitude. Becca et p'tit Bout sont vraiment mignons. Vanessa et Charlotte sont venues à la maison jouer avec Becca. Hé, Mallory, tu sais ce que fait ta sœur Vanessa à l'école pour gagner un peu d'argent ? Tu dois certainement être au courant. J'ai été un peu surprise quand Becca me l'a dit, mais finalement, je trouve ça plutôt marrant.

Les filles ont passé l'après-midi à jouer aux agents secrets. C'est Vanessa qui leur a appris comment y jouer. Et p'tit Bout s'est beaucoup amusé aussi. Il vient de trouver une nouvelle occupation : grimper les escaliers! Bien sûr, je reste derrière lui, parce qu'il ne tient pas trop sur ses jambes. Ce qui fait que j'ai passé une grande partie de l'après-midi à monter et descendre les marches. Quand il a enfin voulu passer à autre chose, j'étais sur les rotules. Qu'est-ce qu'il ne faut pas faire, hein?

Je ne savais pas du tout ce que Vanessa avait bien pu trouver à faire. Quand je l'ai su par Jessica, moi aussi, j'ai été surprise. Et, à la réflexion, j'ai aussi trouvé ça drôle. Voilà comment Jessica a découvert le trafic de ma sœur.

Tante Cécilia se préparait à sortir faire des courses, et P'tit Bout venait de se réveiller de sa sieste quand Jessica et Becca sont rentrées de l'école. Tout le monde était dans la cuisine. Avant de partir, tante Cécilia leur a fait, comme d'habitude, quelques recommandations :

– Jessi, c'est toi qui t'occupes de ton frère et de ta sœur pendant mon absence. Becca, tu écoutes ta sœur, et tu es sage, d'accord? (Comme si elle avait l'habitude de faire des bêtises!) Je vais aller au centre commercial. S'il y a un problème, Jessica, tu appelles les voisins ou tes parents, d'accord?

Jessi est une baby-sitter confirmée, elle n'a pas besoin qu'on lui rappelle les principes de base. Mais elle s'est contentée de répondre :

– D'accord. Tout se passera bien, ne t'inquiète pas.

– Bon, à tout à l'heure, les enfants.

Dès qu'elles ont entendu la voiture s'éloigner, Jessica et Becca se sont écriées :

– Super! Un après-midi sans tante Cécilia!

– Ouais ! Qu'est-ce que tu veux comme goûter ? Puisque tu-sais-qui n'est pas là, on peut manger ce qu'on veut !

Becca s'est servi un verre de jus d'orange et des biscuits, tandis que Jessica se coupait une grosse part de gâteau au chocolat qu'elle a accompagnée d'un verre de lait. Jessi a installé P'tit Bout dans sa chaise de bébé et a posé devant lui un biberon de jus de fruit et des gaufrettes à la vanille.

Becca s'est étirée.

– C'est la belle vie ! Je préférais quand c'était toi, Jessica, qui nous gardais. C'était le bon vieux temps...

– Ça me manque aussi. Peut-être que tante Cécilia finira par se faire des amies dans le quartier, et qu'elle sortira plus souvent.

Becca s'est soudainement redressée sur sa chaise. Elle a posé le biscuit qu'elle tenait sur la table.

– Oh, non..., a-t-elle soupiré.

– Qu'est-ce qui ne va pas ? s'est inquiétée Jessi. Ton biscuit n'est pas bon ? Tu t'es cassé une dent ?

– Non. Je viens de penser à Vanessa. Et je me dis que ce n'est pas juste.

– Qu'est-ce qui n'est pas juste ?

– Ben, on est là à se régaler et à se plaindre de tante Cécilia, alors que Vanessa est bien plus à plaindre que nous. Tu sais, à cause de son père. Ils n'ont plus beaucoup d'argent, alors ils ne peuvent plus se permettre d'acheter des sucreries comme nous.

Oui, Jessica voyait tout à fait ce qu'elle voulait dire.

– Mais peut-être que les choses vont bientôt changer, a continué Becca d'une voix plus gaie.

– Ah bon ? Comment ça ?

– Parce que Vanessa et ses frères et sœurs ont trouvé un moyen de gagner de l'argent.

– Ah oui, Mallory m'en a parlé. Mais tu ne vas pas me dire que Vanessa a réussi à vendre ses poèmes à un magazine ?

– Vendre ses poèmes à un magazine ? Non. Mais elle se fait appeler Miss Vanessa, coiffeuse-styliste. Elle s'est installée dans la cour de récré.

Jessica a failli s'étrangler avec son lait.

– Quoi ? Elle se fait appeler Miss Vanessa, et elle coiffe les enfants dans la cour de l'école ?

– Ouaip !

– Et elle est douée ? a demandé Jessica en essayant de ne pas éclater de rire.

– Il faut croire. Elle a fait une tresse indienne à Emma aujourd'hui. Et un très joli chignon à Tess. Comme Tess a les cheveux longs et épais, elle les a relevés en laissant de petites mèches retomber sur le côté. C'était vraiment super.

– Super réussi ou super raté ? a demandé Jessi d'un air taquin.

– Super réussi, voyons.

– Eh bien, je suis contente que Vanessa s'en sorte aussi bien.

– Moi aussi. Parce qu'il y en a qui se sont moqués d'elle et de son père. Ils s'en sont même pris aux triplés, à Margot et à Claire. Tu te rends compte ?

– Ouais. Mallory aussi s'est fait embêter à l'école… Et si tu invitais Vanessa à venir à la maison ?

– Je peux ?

– Bien sûr. Vas-y.

Becca a aussitôt téléphoné à la maison. C'est papa qui a décroché.

– Est-ce que je peux parler à Miss Vanessa? a-t-elle demandé le plus sérieusement du monde.

Vanessa était ravie d'aller chez les Ramsey. Quand elle est arrivée chez eux, elle a proposé à Becca d'appeler aussi Charlotte. Ce qu'elle a fait sans attendre. Il faut dire que c'est sa meilleure amie depuis longtemps. Une fois que Charlotte les a rejointes, Vanessa leur a appris comment jouer aux A.S.

– Aux « aèsses »? Qu'est-ce que c'est? a demandé Becca.

– Aux A. S. pour « agents secrets ». C'est un super jeu, vous allez voir.

Quand Jessi m'a dit qu'elles avaient joué aux A.S., j'ai poussé un grand soupir. J'avais espéré que mes frères et sœurs oublieraient ce jeu débile. Manifestement, non. C'était Jordan qui l'avait inventé. Il fallait espionner soit de vraies personnes soit des personnages imaginaires. Le chef des agents secrets – en général, Jordan lui-même – confiait des missions à ses agents. Des missions secrètes, bien sûr. Elles étaient faciles au début, puis elles devenaient de plus en plus dures. Quand un agent avait rempli avec succès sa mission, il recevait un badge de couleur. Il y avait dix couleurs en tout, correspondant à un degré de difficulté différent. Rose pour les missions les plus faciles et noir pour les plus difficiles, un peu comme au karaté, mais avec plus de couleurs. Quand on avait gagné les dix badges, on était élu meilleur agent secret.

Jessi s'est demandé qui les filles allaient bien pouvoir espionner, mais elle n'est pas intervenue dans leur jeu. Elle leur a juste demandé de ne pas faire de bêtises comme d'aller espionner aux fenêtres des voisins, et elle les a laissées tranquilles. Puis, elle s'est occupée de P'tit Bout qui ne demandait qu'à descendre de sa chaise.

– Alors, mon chou. A quoi tu as envie de jouer, toi, aujourd'hui ?

P'tit Bout ne sait pas encore parler, mais il comprend très bien ce qu'on lui dit, et sait parfaitement se faire comprendre. Il a pris Jessi par la main et l'a entraînée dans le couloir pour se planter au pied des escaliers.

– Tu veux grimper jusqu'en haut, c'est ça ?

– Haut.

Il s'est jeté sur la première marche et a commencé son ascension laborieuse. Il montait marche par marche, en se hissant comme il le pouvait. Jessica s'est dit qu'il risquait de mettre des heures pour arriver à l'étage. Une fois en haut, il s'est aussitôt retourné et a lancé à sa sœur :

– Bas !

Marche après marche, Jessica le suivait patiemment en reculant. Une fois en bas, il a dit d'un air décidé :

– Haut !

« Oh, là, là... je ne m'en sortirai jamais », a pensé Jessica.

Elle était arrivée à la moitié de l'escalier quand un bruit a attiré son attention derrière elle. Tout en tenant P'tit Bout par les mains, elle a jeté un coup d'œil par-dessus son épaule. Rien. Retour à l'escalade des marches.

Un nouveau bruit.

Elle s'est retournée. Cette fois-ci, elle a aperçu un truc rouge qui disparaissait derrière une porte et s'est rappelé que Charlotte portait un pull rouge ce jour-là.

– Ha ! ha ! s'est-elle exclamée en faisant semblant de s'adresser à P'tit Bout. Tu sais quoi ? Je crois qu'on est en train de nous espionner. Il y a un agent secret en mission dans les parages.

– Bas ! a dit le bébé en guise de réponse.

Jessi et P'tit Bout ont fait demi-tour dans les escaliers. Elle a alors aperçu sa petite sœur disparaître elle aussi derrière une porte.

Vingt longues minutes plus tard, P'tit Bout en a enfin eu assez de monter et descendre les escaliers. Jessica l'a alors emmené regarder un dessin animé. Il y avait les Télétubbies à la télévision. Elle a fait semblant de ne pas remarquer Vanessa accroupie derrière la porte en train de griffonner des notes dans un petit carnet.

Jessica était certaine que les filles – il fallait avouer néanmoins qu'elles avaient été plutôt discrètes – les avaient espionnés, elle et P'tit Bout. Elle en a eu la confirmation à cinq heures alors que Vanessa et Charlotte allaient rentrer chez elles.

– Moi, j'ai gagné un badge bleu, a annoncé fièrement Charlotte. J'ai rempli trois missions secrètes.

– Et moi, quatre, a dit Becca. J'ai un badge vert.

– Où sont vos badges ? a demandé Jessica.

– C'est Jordan qui doit les faire, a expliqué très sérieusement Vanessa. C'est lui le meilleur agent.

Charlotte est partie. Vanessa est restée quelques minutes de plus, elle voulait remercier Jessi et Becca :

– Merci de m'avoir invitée. Ça m'a fait très plaisir.

Je savais exactement ce que ma sœur pensait à ce moment-là. Elle était soulagée de voir qu'elle avait encore des amies.

Jessica m'a dit qu'elle n'avait jamais vu Vanessa aussi gaie que quand elle est partie à vélo. Et moi, je peux vous dire qu'elle sautillait littéralement de joie quand elle est rentrée.

Au moment où elle a ouvert la porte d'entrée, le téléphone s'est mis à sonner. Papa a répondu. Ces derniers temps, il se précipite sur le téléphone chaque fois qu'il sonne.

– Allô. C'est lui-même… Bonjour, monsieur, oui… oui… Vraiment ?… Mardi ? Bien sûr… D'accord. Merci. Au revoir.

– C'était qui, papa ? ai-je demandé, intriguée.

– Rien d'autre que le vice-président de Metro-Works ! Il veut me rencontrer mardi pour un entretien. Il a dit qu'il avait bien reçu mon CV et qu'il était intéressé. Il a même appelé mon ancien patron qui lui a dit beaucoup de bien de moi.

– Mais, papa, c'est génial !

Je me suis jetée dans ses bras tellement j'étais contente. Il m'a fait un grand sourire et m'a dit :

– Attention, il ne faut pas crier victoire tout de suite. Ce n'est pas gagné d'avance, tu sais. C'est juste un entretien.

– Tu as raison, papa. Je croise les doigts.

J'ai tout de suite appelé Jessica pour lui annoncer la bonne nouvelle :

– Papa a un entretien pour un travail ! Il a rendez-vous mardi.

– C'est génial !

– Mais il ne faut pas crier victoire tout de suite…

Papa avait raison, mais j'étais tellement contente, que j'aurais voulu fêter la victoire sans attendre.

L'entretien de papa était prévu pour mardi. Je crois qu'on avait tous autant le trac que lui. Un peu comme s'il devait passer un concours hyper prestigieux. On était tous survoltés.

Quand le grand jour est arrivé, je n'ai pas réussi à penser à quoi que ce soit d'autre de toute la journée, même en cours. Dès que la dernière sonnerie a retenti, je me suis précipitée à la maison. Je n'ai même pas attendu Jessica pour faire une partie du chemin avec elle, comme d'habitude. J'ai gardé les doigts croisés pendant tout le trajet. Je m'étais persuadée que, si je le faisais, j'aurais une bonne nouvelle en rentrant.

J'ai ouvert la porte d'entrée et j'ai laissé tomber en vrac toutes mes affaires. Pas le temps de les ranger.

– Papa ! Papa ?

J'ai aussitôt aperçu sa tête dans l'encadrement de la porte de la cuisine.

– Mallory, c'est toi ?

Je me suis ruée sur lui.

– Alors ? Tu l'as eu ?

Je retenais ma respiration en attendant sa réponse. Je croisais les doigts à m'en faire mal.

– Tu veux parler du poste ?

– Ben oui, de quoi tu veux que je parle ?

– Je ne sais pas encore, ma chérie.

– Quoi ? Comment ça, tu ne sais pas encore ? Mais quand est-ce que tu auras la réponse ?

– Aucune idée. Je dois y retourner jeudi pour passer un autre entretien.

– Ah, ben d'accord ! On n'a pas fini !

Papa m'a souri. Il avait l'air amusé de me voir complètement déconfite.

– Quoi ? Tu en as assez de devoir manger l'abominable cuisine de ton père ?

Je lui ai rendu son sourire.

– Je vois que tu prends bien les choses, c'est déjà ça !

Deux jours après, papa est retourné à Metro-Works pour son deuxième entretien. J'ai encore passé la journée à me ronger les ongles. Je me suis, bien évidemment, précipitée à la maison dès la fin des cours. Mais cette fois-ci, j'ai demandé d'entrée :

– Alors, tu commences quand ?

Papa était dans la cuisine avec Claire et lui préparait un goûter. Il a levé les yeux vers moi et m'a adressé un petit sourire contrit.

– Peut-être après le troisième entretien, qui sait? a-t-il soupiré.

– Un troisième entretien? Mais c'est du délire! Il est prévu quand?

– Demain.

– Papa, pourquoi dois-tu passer tous ces entretiens? C'est bon signe ou pas?

– C'est plutôt bon signe, ma chérie. Ça veut dire qu'ils pensent que je pourrais leur convenir. Si je dois passer autant d'entretiens, c'est pour rencontrer tous les gens importants de la société.

– Et pourquoi tu ne les as pas tous vus d'un coup? Ça serait quand même plus simple, non? Même pour eux. Ils perdraient moins de temps et ils ne joueraient pas avec nos nerfs, comme ça.

– Peut-être qu'ils aiment bien torturer un peu leurs futurs employés, qui sait? a répliqué papa en rigolant.

– Tu es sûr de vouloir travailler pour des gens qui torturent leurs employés?

Papa a souri et m'a dit plus sérieusement:

– *Ne mords pas la main qui te nourrit!*

J'ai dû appeler Kristy pour lui demander ce que mon père avait bien voulu dire. C'était elle la mieux placée pour m'expliquer ça. Comme Jim (son beau-père) adore les vieux proverbes, elle les connaît tous aussi, à force. *Ne mords pas la main qui te nourrit* veut dire que quand tu as vraiment besoin de quelque chose, il vaut mieux éviter de critiquer les gens qui peuvent te le donner. «Bon, me suis-je dit, attendons de voir comment va se passer le troisième entretien.»

Le lendemain, je n'ai pas pu rentrer chez moi tout de suite

après les cours. Je devais, comme tous les vendredis, faire du baby-sitting chez les Delaney, puis aller à la réunion du club. Mais j'ai quitté la chambre de Claudia à six heures pile. J'ai foncé chez moi à toute allure. En moins de sept minutes, j'étais à la maison. Record battu. Jamais je n'avais été aussi rapide. A la seconde même où je suis rentrée, j'ai senti que c'était dans la poche. Toute la famille était réunie dans le salon. Il ne manquait que moi. Ils ont accueilli mon entrée avec un grand sourire.

J'ai croisé les doigts (on ne sait jamais), et j'ai demandé :

– Tu l'as eu, hein, papa ?

Il m'a fait oui de la tête.

Je me suis jetée dans ses bras en criant. L'instant d'après, tout le monde s'embrassait. Claire sautillait comme une folle.

– Hourra ! Je vais avoir ma Barbie !

Une fois le calme revenu, je me suis assise à côté de papa et je lui ai demandé de me raconter comment ça s'était passé.

– Eh bien, a-t-il commencé. Je suis engagé comme avocat pour la Metro-Works. C'est un peu le même travail que j'avais avant, même si le poste est moins important. Le salaire est plus bas aussi, mais j'ai de bonnes chances d'avoir une promotion au bout d'un an. En attendant, maman devra continuer de travailler à mi-temps. On verra plus tard comment s'arranger pour les baby-sittings.

– Maintenant, a enchaîné maman, on va fêter la bonne nouvelle. Papa nous a préparé… un vrai festin !

Mes frères et sœurs et moi, nous nous sommes regardés, inquiets.

– C'est papa qui a cuisiné ? a demandé Adam.

– Hé ! Je ne me défends pas si mal en cuisine, maintenant ! a-t-il dit. Je vous ai mitonné un bon petit plat : des choux de Bruxelles, des épinards et du foie.

– Oh, beurk ! s'est écrié Adam.

– Adam ! l'a grondé maman.

– Bon, dis-nous ce que tu nous as fait, en réalité, a demandé Nicky.

– Hamburgers, pommes de terre au four et salade verte, a annoncé alors papa.

– Je crois même qu'il y a une surprise pour le dessert, a ajouté maman d'un air mystérieux.

– Ah ! Je préfère ça ! s'est écrié Jordan.

On a mis la table dans le salon, comme pour les grandes occasions. Même si on n'allait manger que des hamburgers, maman a sorti le beau service en porcelaine, les couverts en argent, et la belle nappe blanche de Noël. Une fois le dîner servi, Byron a demandé :

– Papa ? Quand est-ce que tu commences ton nouveau travail ?

– Pas ce lundi, mais le prochain. J'ai un peu plus d'une semaine pour profiter encore de la maison. Et maintenant que j'ai trouvé un travail, je vais pouvoir me détendre et me reposer un peu.

– Ouais, ça te fera du bien, ai-je ajouté. Tu sais, on s'inquiétait tous pour toi.

– On s'inquiétait pour plein d'autres choses aussi, est intervenue Vanessa. C'est pour ça que Mallory a créé le club des Pike, pas vrai, Mallory ?

– Oui.

J'ai dû expliquer à mes parents ce qu'était le club des Pike. (Entre nous, mes frères, mes sœurs et moi avions décidé de continuer à nous réunir de temps en temps, même si la crise était passée.)

– Qu'est-ce qui vous inquiétait ? a voulu savoir maman.

– On s'inquiétait pour l'argent, a expliqué Margot. On avait peur de perdre la maison.

– De perdre la maison ! s'est exclamé papa.

– Ben oui, a dit Claire. A cause du réduit.

– Elle veut dire « crédit », a corrigé Jordan. Mallory nous a expliqué qu'on devait de l'argent à la banque tous les mois pour payer la maison.

– Et que si on ne payait plus, la banque nous reprendrait la maison, a enchaîné Margot.

– C'est vrai, a confirmé papa. Et je crois que c'est comme ça que certains se retrouvent à la rue. Mais nous n'aurions pas eu ce problème parce que mon ancienne société m'a dédommagé pour la perte de mon emploi. En fait, quand une entreprise licencie des employés, elle est obligée de leur verser un dédommagement.

Les triplés m'ont lancé un regard noir.

– Ben, je ne savais pas ça, moi, leur ai-je dit en guise d'excuse.

– On a dû faire tout ça à cause de toi ! s'est exclamé Jordan

– Je ne vous ai pas forcés à faire quoi que ce soit. Vous étiez d'accord.

Maman est intervenue pour couper court à notre dispute :

– Je veux que vous sachiez que votre père et moi, nous sommes fiers de vous. Vous vous en êtes très bien sortis.

– Merci, ai-je dit. Ça n'a pas toujours été facile.

– Je sais. Vous avez travaillé dur pour gagner de l'argent.

– Ce n'est pas ce qui a été le plus dur. On a aussi eu des problèmes à l'école.

– Ouais, a renchéri Adam.

– Quels problèmes ? s'est étonné papa. Vous n'avez pourtant pas eu de mauvaises notes.

– Pas ce genre de problèmes là, a expliqué Vanessa. On voulait dire des problèmes avec les autres à l'école. Ils... euh...

– Ils ont été méchants, a complété Claire.

– C'est vrai ?

– Ouais ! Ils se moquaient de nous parce qu'on n'avait pas d'argent pour payer les sorties scolaires ou pour nous acheter de quoi manger à la cafétéria, a expliqué Byron.

– Certains sont même allés plus loin, ai-je renchéri.

Je leur ai raconté toute l'histoire avec Nathalie, Janet, Rachel et Valérie. Papa et maman m'ont écoutée attentiv ment. Maman était surprise.

– Rachel et Valérie ? Mais je croyais qu'elles...

– Je sais, je sais. Tu pensais que c'était mes amies. Moi aussi. Mais je me suis rendu compte que pas du tout. Et j'ai compris plein d'autres choses.

– Humm, peut-être que je devrais perdre mon travail plus souvent ! m'a taquinée papa.

– Ah non ! s'est écriée Claire.

Il y a eu un silence. Puis maman a dit :

– Vous êtes pleins de ressources, les enfants.

– On est pleins de quoi ? a demandé Margot.

– Pleins de ressources. Ça veut dire que vous avez eu beaucoup de bonnes idées pour gagner de l'argent.

J'ai poussé un grand soupir.

– Je ne pense pas avoir été particulièrement brillante. Je me suis contentée de faire du baby-sitting, ce que je faisais déjà avant. La seule différence, c'est que je vous ai donné ce que j'ai gagné.

– Moi, je pense que nous, on a vraiment été pleins de ressources, a annoncé fièrement Jordan en parlant au nom des triplés.

– C'est vrai ! On a eu des tas d'appels pour l'agence ABJ, s'est vanté Adam.

– On a promené des chiens, on a tondu des pelouses, et on a même repeint les chaises de jardin de la maman de Carla, a expliqué Byron.

– On va continuer à faire tourner l'agence, a ajouté Jordan.

– Et moi, a dit à son tour Nicky, je vais continuer à distribuer les journaux.

– Je n'arrive toujours pas à croire qu'il ait été embauché, a murmuré Adam.

J'étais assise à côté de lui, et j'en ai profité pour lui donner un coup de coude sous la table. Il était un peu vexé de voir que Nicky, qui avait deux ans de moins que lui, avait réussi à se trouver du travail tout seul, comme un grand. En plus, il gagnait plus d'argent qu'eux trois avec leur agence. D'habitude, les triplés prennent Nicky un peu de haut, et ils se moquent toujours de lui. Mais là, leur petit frère leur avait donné une bonne leçon, sans même le vouloir.

269

– Et le stand CM aussi, c'était une bonne idée, hein oui ?
a demandé Claire.

– Très bonne, l'a rassurée maman.

– On a seulement gagné onze dollars et soixante cents,
pourtant. Ce n'est pas beaucoup. On a vendu de la limonade et des brownies, mais on n'a pas eu beaucoup de
clients.

– Vous vous êtes donné beaucoup de mal, a dit papa.
C'est ça qui compte.

– Vanessa, a dit maman, tu es bien silencieuse. As-tu
vraiment gagné autant d'argent en vendant tes poèmes ? Si
c'est le cas, j'aimerais bien voir les magazines qui t'ont
publiée.

Elle est devenue rouge tomate. Elle était persuadée que
personne n'était au courant pour Miss Vanessa, même pas
les triplés, Nicky, Margot et Claire, qui sont pourtant dans
la même école qu'elle.

– Eh bien... hum..., a-t-elle bafouillé. Je... j'ai...

On l'a tous regardée d'un air intrigué.

– C'est-à-dire que je n'ai pas vraiment publié mes
poèmes.

– Ah bon ? s'est étonnée maman.

– Non. J'ai...

Comme je savais tout à propos de Miss Vanessa, et
qu'elle avait l'air de s'empêtrer dans ses explications, j'ai
tout raconté à sa place. J'ai essayé de mettre en valeur son
talent et son ingéniosité, mais tout le monde était mort de
rire.

Même papa et maman n'ont pas pu s'empêcher de
sourire.

– Quelle bonne idée ! s'est exclamée maman.

– Je n'y aurais pas pensé... Bravo ! a ajouté papa.

– Peut-être que Vanessa tiendra un salon de coiffure quand elle sera grande ! a dit Adam en gloussant.

Je lui ai redonné un coup de coude sous la table. Il a compris qu'il fallait arrêter de se moquer de Vanessa.

Le repas était délicieux. Quand on a eu fini nos assiettes, maman a annoncé joyeusement :

– C'est l'heure du dessert !

– Youpi ! s'est exclamé Nicky.

– J'espère que c'est quelque chose de bon ! ai-je dit en me léchant les babines.

– Je crois que tu ne vas pas être déçue, m'a dit maman.

Elle est partie dans la cuisine, et en est revenue en apportant un énorme gâteau. C'était un gâteau qui venait de la pâtisserie. Il était nappé de chocolat et il y avait écrit dessus « Félicitations » en pâte d'amande. Il avait l'air succulent ! On n'en a pas laissé une miette (ce n'est pas dur quand on est dix !).

Une fois que la table a été débarrassée et la cuisine nettoyée, maman nous a dit :

– La fête n'est pas finie ! Et si on regardait les films et les vidéos de la famille ?

– Est-ce qu'on peut faire du pop-corn ? a demandé Claire.

– Bien sûr, on va en préparer.

On s'est tous rassemblés dans la salle de jeux, avec du pop-corn dans un grand saladier et une carafe de limonade. On s'est installé confortablement pendant que papa préparait le projecteur. On a d'abord regardé le film du mariage de nos parents. Maman avait une jolie robe blanche et papa n'avait pas l'air super à l'aise dans son costume noir. Puis on les a vus devant leur première maison, puis à côté de leur première voiture.

– Oh, le vieux tas de ferraille ! a commenté Jordan.

Ensuite, on m'a vue marcher à quatre pattes, les triplés en train de manger assis en rang d'oignons, et Vanessa qui peignait avec les doigts. Il y a même eu un film où on faisait tous un défilé de mode à la maison ! On a beaucoup ri en se revoyant imiter la démarche des mannequins. Après ça, on a rangé le projecteur, et on a regardé des vidéos. Il y avait Nicky, Margot et Claire déguisés en lapins pour Pâques, un lendemain de Noël où tout le monde ouvrait ses cadeaux, et plein d'autres souvenirs encore.

Quand je suis allée me coucher ce soir-là, je ne m'étais pas sentie aussi détendue depuis longtemps. Je me suis endormie aussitôt.

– C'est la fête ! ! ! a lancé Lucy.
J'ai sauté de joie. On était samedi soir, et Lucy, Carla, et Mary Anne étaient devant chez moi. C'était la première fois que toutes mes amies du Club des baby-sitters passaient une nuit chez moi.

On avait déjà fait plein de soirées pyjamas chez Kristy et les autres, mais jamais encore chez Jessica ou chez moi. J'espérais que tout allait bien se passer. J'étais tout excitée.

Je les ai invitées à entrer.

– Venez, on va s'installer dans la salle de jeu. Ma chambre est trop petite pour qu'on y tienne toutes. On sera mieux en bas.

On a commencé à dérouler nos sacs de couchage. Chacune avait apporté le sien. Et on a attendu que les autres arrivent. Kristy, Jessica et Claudia n'ont pas tardé. A six heures et demie, on était toutes les sept assises sur nos sacs de couchage.

– Qu'est-ce qu'on va manger ? Je meurs de faim ! s'est exclamée Claudia.

– Mon père va rapporter des plats tout prêts en rentrant du travail.

– Cool ! a dit Lucy en sortant une trousse à maquillage de son sac. Comment ça se passe à son nouveau bureau ?

– Bien. Il nous a dit que ses collègues étaient sympas et que tout se passait bien. Ce n'est pas tout à fait le même poste qu'avant, mais il aime bien ce qu'il fait.

– Au moins, il a un emploi, m'a rappelé Jessica.

– Ouais, et c'est le principal. Maintenant, maman ne travaille plus qu'un jour ou deux par semaine.

– Au fait, a commencé Mary Anne, est-ce que… ?

– Beurk ! l'a coupée Kristy. On m'a aspergée de… c'est visqueux, en tout cas. Beurk !

Elle avait une grosse tache verte et gluante sur son T-shirt.

– Adam ! ai-je crié.

Aucune réponse.

Je me suis tournée vers Kristy.

– Ne t'inquiète pas. Ça doit juste être un peu de shampooing. Ça partira au lavage, et je ne pense pas que ça laisse de trace.

– Qu'est-ce qui s'est passé ? J'ai entendu une espèce de pouic-pouic, et voilà !

– C'est Adam qui s'amuse avec son pistolet à eau. Il a dû le remplir de shampooing.

Mes amies se sont mises à rire, mais je ne le prenais pas

aussi bien qu'elles. Je ne voulais pas que les triplés gâchent ma soirée avec leurs bêtises.

– Adam ! Byron ! Jordan ! ai-je hurlé.

– C'était peut-être Nicky, a suggéré Carla.

– Non, je suis presque certaine que c'était Adam. Hé ! Adam ! Si tu...

Pouic pouic.

– Beurk ! Il m'a eue cette fois. J'en ai plein les cheveux ! a gémi Claudia.

– Ça suffit comme ça, ai-je décidé.

Je me suis levée et j'ai emmené Claudia et Kristy dans la salle de bains. J'étais sur le point de monter voir Adam et de le gronder, quand la porte d'entrée s'est ouverte. C'était papa qui rentrait avec... le dîner !

– Ouais ! A manger ! s'est écriée Claudia.

Papa a salué mes amies et il nous a montré ce qu'il avait rapporté avant même d'enlever son manteau. Je lui ai dit qu'Adam nous embêtait avec son pistolet à shampooing, et il m'a promis de s'en occuper. A sa voix, je me suis dit que mon frère n'allait certainement pas recommencer !

On a pris les sandwichs, les pizzas et les sodas, et on est reparties s'installer dans la salle de jeu. Pendant qu'on dînait, Kristy nous a raconté sa journée de baby-sitting avec Amanda et Max Delaney.

– Ils vont bien ? ai-je demandé.

Cela faisait plus d'une semaine que mon mois de baby-sitting chez eux était fini. Je ne les avais pas revus depuis.

– Ouais, super.

– Encore des problèmes avec la piscine ?

Kristy a souri.

– Non. Finis les problèmes avec la piscine. Amanda avait invité Karen et Max avait invité Huck. Ils avaient amené leurs maillots mais, quand ils ont vu qu'Amanda et Max n'avaient pas l'intention de se baigner, ils n'ont rien dit. Ils ont joué à autre chose.

– Est-ce que d'autres enfants sont venus sans avoir été invités ?

– Non. Je crois que le règlement de la piscine a subi quelques changements.

– En tout cas, Amanda et Max se sont rendu compte qu'ils ne pouvaient pas s'acheter des amis.

J'ai fait une pause. Puis j'ai ajouté :

– Vous ne devinerez jamais ce qui m'est arrivé cet après-midi !

– Quoi ? Raconte-nous, m'ont suppliée les filles en chœur.

– Rachel m'a appelée.

– Rachel ? s'est étonnée Jessica. Cette petite peste ?

– Ouais, et tu sais quoi ? Elle savait qu'on faisait une soirée pyjama et, sans vraiment me le demander, elle a essayé de se faire inviter. Je crois que Valérie était avec elle, parce que je l'ai entendue parler tout bas à quelqu'un. Elle couvrait le combiné avec sa main, mais j'ai bien compris qu'elle n'était pas seule.

– Qu'est-ce que tu lui as dit ? a voulu savoir Lucy.

– Je lui ai bien fait comprendre que je n'invitais à cette soirée que mes vraies amies. Elle a essayé de me passer de la pommade, en me disant qu'elle était désolée et que tout ça, c'était du passé maintenant. Alors je lui ai demandé si elle disait ça parce que mon père avait retrouvé du travail.

Ça lui a cloué le bec. Elle ne savait plus quoi dire. Je lui ai conseillé d'appeler ses « amies » Nathalie et Janet. Et j'ai raccroché. Je lui ai carrément raccroché au...

– Hé ! m'a coupée Kristy. J'ai une idée. Et si on faisait des blagues au téléphone à Nathalie et Janet ? Elles ont bien mérité qu'on se moque un peu d'elles.

– D'accord, ai-je dit en pouffant de rire. On n'a qu'à faire la blague des messages.

– Ouais ! s'est écriée Kristy. Et puis on fera aussi celle de la ferme aux cochons.

– De la ferme aux cochons ?

– Vous verrez, vous allez comprendre tout de suite, a répondu énigmatiquement Mary Anne.

Quand on a eu fini de manger et de tout nettoyer, on est allées dans la cuisine pour passer les coups de téléphone.

– Par qui on commence ? a demandé Carla. Et qui commence ?

– On s'occupe d'abord de Nathalie, a répondu Kristy sans hésiter. Elle est pire que Janet, et la blague des messages va vraiment la rendre folle. Mallory ne doit surtout pas faire le premier appel. Il faut plutôt qu'elle le fasse en dernier, ça sera plus drôle.

– C'est moi qui vais commencer alors, a décidé Jessica en s'emparant du téléphone.

Grand silence pendant qu'elle composait le numéro. Elle nous a fait un signe de la main pour nous dire que Nathalie venait de décrocher, et elle a demandé :

– Allô, est-ce que Sissy est là ?

Pause. Puis d'un air innocent :

– Non ? Elle n'est pas là ? Il n'y a pas de Sissy ?

277

Elle a raccroché. Nous avons toutes éclaté de rire.

Puis, ça a été le tour de Kristy, Lucy, Mary Anne, Claudia, et Carla de l'appeler et de demander à parler à Sissy. Ça nous a bien pris une demi-heure ! Carla nous a dit que Nathalie avait l'air particulièrement agacée après son appel. Bien. C'était à moi maintenant de passer le dernier appel. J'ai pris le combiné et j'ai appuyé sur la touche « bis ».

– Qu'est-ce qu'il y a encore ? ai-je entendu à l'autre bout du fil.

– C'est Sissy, ai-je répondu. Il y a eu des messages pour moi ?

– Mallory Pike ! s'est exclamée Nathalie. C'est bien toi, Mallory ?

– Non, c'est Sissy.

Puis j'ai raccroché. J'étais morte de rire. Et je n'étais pas la seule !

Ensuite, Kristy a dit :

– Bon, maintenant, c'est au tour de Janet. Qui est-ce qui va faire le coup de la ferme aux cochons ?

A la grande surprise de tous, c'est Mary Anne qui s'est proposée :

– Moi. Et je vais imiter l'accent du Sud de Logan. Ça sera encore plus drôle.

Je ne connaissais pas le numéro de Janet, alors on a dû le chercher dans l'annuaire. Après ça, Mary Anne a pris le téléphone d'un air théâtral et a attendu qu'on se taise. Visiblement, ce n'était pas Janet qui avait décroché. Mary Anne a demandé de sa voix normale :

– Bonjour, est-ce que je pourrais parler à Janet, s'il vous plaît ?

Elle a attendu un peu, en nous faisant un signe de tête pour nous faire comprendre que tout se déroulait bien. Puis, elle a pris son accent du Sud :

– Bonjour. Mam'zelle O'Neal ? Je suis mam'zelle Patterson de la ferme porcine d'Atlanta. Les deux cents porcelets que vous avez commandés sont prêts. Par quelle voie voulez-vous qu'on vous les fasse parvenir ? Par train ou par bateau ?

Janet a dû répondre quelque chose comme : « Je ne vois pas de quoi vous parlez. Je n'ai jamais commandé de porcelets. »

Mary Anne, qui habituellement ne sait pas mentir, s'est révélée très bonne comédienne. Elle a pris une voix tremblante et a insisté :

– Mais si, j'ai le bon de commande sous les yeux. Deux cents porcelets à l'attention de mam'zelle O'Neal, à Stonebrook, dans le Connecticut.

On n'a pas su ce que Janet pouvait bien répondre, mais Mary Anne lui a tenu la jambe avec son histoire de porcelets pendant dix bonnes minutes. Elle s'est amusée à faire semblant d'être vraiment très ennuyée par l'annulation de la commande, prétendant que son patron allait la mettre à la porte parce qu'elle allait faire perdre à la ferme les deux mille dollars que lui devait Janet. Elle a fini par pleurer en disant qu'elle allait se faire disputer par son patron et qu'elle était sûre maintenant de perdre son travail. Mary Anne a été vraiment épatante ! On était toutes pliées de rire. On riait tellement qu'on a dû quitter la cuisine pour que Janet ne nous entende pas.

– Bien ! ai-je dit quand Mary Anne a eu raccroché. Je crois qu'on s'est bien vengées de ces petites pestes.

On est retournées dans le salon.

– Tout le monde en pyjama ! a lancé Lucy.

– Non, si on faisait une descente dans le frigo plutôt ? a proposé Claudia.

– Mais on vient juste de manger ! a fait remarquer Jessica.

J'étais en train de me dire que j'avais bien envie de rappeler Nathalie pour lui redemander si elle avait reçu des messages pour Sissy, quand papa est venu nous voir. Il avait le pistolet à shampooing d'Adam dans les mains. Il me l'a tendu.

– Tiens, regarde un peu ce que j'ai trouvé dans la salle de bains, caché sous le lavabo. Je suis sûr que tu en feras un bon usage !

Il m'a adressé un clin d'œil complice, et il est reparti.

Je me suis tournée vers mes amies avec un grand sourire.

– Bien, bien. Je crois savoir ce qu'on peut faire avec cet engin...

– Ouais ! ont approuvé les filles.

On a fait une opération commando dans la chambre des triplés, et on les a bien eus ! Puis on est redescendues dans la salle de jeu, sans oublier de vider le frigo au passage. On s'est installées dans nos duvets, avec de quoi grignoter à portée de main, et on a papoté toute la nuit.

C'était la plus chouette soirée pyjama de toute ma vie.

LUCY
aux urgences

L'auteur voudrait remercier le Dr Claudia Werner
pour l'aide qu'elle lui a apportée.

J'ai levé les yeux de mon travail pour regarder Charlotte Johanssen, la petite fille que je gardais. Elle a huit ans.
Elle venait juste de finir de parcourir le journal local et elle était à présent en train de lire le New York Times.

– Ooooh ! s'est-elle exclamée.

– Qu'y a-t-il ?

– Ils disent que, à New York, une femme a pris un pistolet et qu'elle...

– Stop ! me suis-je écriée. Je ne veux pas savoir ! Et pourquoi lis-tu ça, d'abord ?

– Je ne sais pas. C'est là, dans le journal.

Je pense qu'il ne fallait pas gronder Charlotte parce qu'elle avait lu un journal d'adultes. Mais devait-elle pour autant lire ces horribles faits divers ? Et à voix haute ?

– Mince ! s'est exclamée Charlotte. Ici, ils racontent qu'il y a eu un incendie dans un hôtel très chic pendant la nuit et...

– Charlotte ! Je ne veux pas le savoir... Compris ?

– Compris. En fait, je cherchais les articles scientifiques. Ah, voilà ! Hé, Lucy, il y en a un sur le diabète...

– C'est vrai ?

Cela m'intéressait, parce que je souffre de cette maladie. S'il y a trop de sucre dans mon sang, ça peut être très grave pour moi. Il existe différents types de diabète et différents types de traitement. Certaines personnes se contentent d'un régime pauvre en sucre. D'autres ont besoin d'une injection tous les jours. C'est mon cas. Je sais que se faire soi-même des piqûres paraît dur, mais cela me sauve la vie. Pour faire baisser le taux de sucre dans mon sang, je m'injecte de l'insuline, une substance que mon pancréas (une glande) ne produit pas en assez grande quantité. Malheureusement, cela ne fonctionne pas toujours. L'insuline naturelle est plus efficace.

Avant que les médecins ne sachent comment procéder, je pense que les personnes atteintes de diabète souffraient beaucoup. Aujourd'hui, ils connaissent le traitement, c'est une chance. Cependant, je n'ai pas tant de chance que ça, car j'ai une forme grave de diabète. Ma mère m'a appris récemment que j'avais ce que l'on appelle un diabète instable. Cela signifie que ma maladie est difficile à réguler. Je dois me faire des injections d'insuline tout en suivant un régime strict. Et je dis bien strict. Ma mère m'aide à compter les calories. C'est compliqué. Nous ne comptons pas simplement le nombre de calories. Nous devons équilibrer les protéines, les glucides et les lipides. De plus, je dois contrôler mon sang. Pour cela, je pique le bout de mon doigt, je fais sortir une goutte de sang, je la dépose sur une bandelette réactive, puis je place la bandelette dans un appareil qui mesure automatiquement ma glycémie (c'est-à-dire le taux de sucre dans mon sang). Un nombre s'affiche alors sur l'appareil ; il m'indique si mon taux de sucre est trop élevé (parce que j'ai mal compté et mangé quelque chose qui contient trop de sucre naturel, comme un fruit, ou alors parce que je n'ai pas assez d'insuline), trop faible (je n'ai pas assez de sucre dans mon sang, il en faut toujours un peu) ou juste comme il faut.

Ces derniers temps, les chiffres affichés n'étaient pas bons. J'avais plus faim et plus soif que d'habitude et j'étais fatiguée. J'avais eu aussi quelques angines et d'autres petits problèmes de santé. Cependant, je n'avais rien dit à ma mère au sujet des tests sanguins. Elle a eu beaucoup de problèmes à régler ces derniers mois. (Mes parents viennent de divorcer, mais je vous en parlerai plus tard.) Je ne veux pas qu'elle se fasse du souci pour moi. D'ailleurs, j'ai treize ans et je sais que mon corps subit beaucoup de modifications chimiques. C'est le cas de tout le monde à l'âge de la puberté. Peut-être que l'insuline, comme les autres substances chimiques de mon corps, était en train de se modifier – en réagissant différemment à mon régime et à mes injections. C'est ce que j'avais envie de croire mais ce n'était que ma propre théorie. Pour vous dire la vérité, je ne voulais pas inquiéter ma mère, parce que j'étais déjà très inquiète.

– Que dit cet article, Charlotte ? ai-je demandé.

– Oh, il est un peu ennuyeux, m'a-t-elle répondu en parcourant la page. Il n'y a rien sur le traitement du diabète. Ça dit simplement que les scientifiques ont besoin d'argent pour faire des recherches sur la maladie.

Charlotte a replié le journal. Puis elle l'a rouvert et a commencé à regarder les titres.

Elle est vraiment intelligente. Elle est fille unique et ses parents passent autant de temps que possible avec elle – mais, en fait, cela fait peu. Ils travaillent dur tous les deux, surtout sa mère, qui est médecin. Un jour, les instituteurs de Charlotte ont demandé aux Johanssen si leur fille pouvait sauter une classe – ses parents étaient d'accord. Il s'agissait d'une décision importante. C'est une bonne élève, mais elle est timide et elle a du mal à se faire des amis.

Elle a tendance à être un peu trop sérieuse aussi, c'est pourquoi je lui ai proposé :

– Dis, Charlotte, tu ne veux pas qu'on lise quelque chose de plus drôle que le journal ?

– D'accord... Est-ce que je peux regarder ce qu'il y a dans ton coffre à jouets ?

Le coffre à jouets est une boîte où j'ai mis mes anciens jouets, livres et jeux, ainsi que du matériel de dessin. Je l'apporte avec moi lorsque je fais des baby-sittings. J'aurais aimé que ce soit mon idée mais ce n'est pas le cas. C'est une invention de Kristy Parker, présidente et fondatrice du Club des baby-sitters (auquel j'appartiens) ; mais je vous en parlerai plus tard, tout comme du divorce de mes parents.

Charlotte fouillait dans le coffre à jouets. Elle a pris le premier livre qu'elle a vu.

– Oh, *Le Petit Prince*, a-t-elle dit, d'un ton déçu. On l'a déjà lu.

Puis elle a sorti *Peter Pan*.

– Chouette, un nouveau livre !

– Veux-tu que je te le lise ?

Évidemment, Charlotte pouvait parfaitement le lire toute seule, mais il n'y a rien de mieux que de se faire lire une histoire, quel que soit l'âge que l'on a.

– Ouaaaais ! s'est-elle écriée, en sautant sur ses pieds.

Nous nous sommes alors installées sur le divan et Charlotte s'est blottie contre moi tandis que je commençais à lire. Je l'ai observée à plusieurs reprises, elle paraissait vraiment captivée.

Charlotte et moi pourrions presque être sœurs, non parce que nous nous ressemblons (ce n'est pas le cas), mais parce que nous sommes très proches. Elle a même habité chez moi quelques jours parce que ses parents avaient dû s'absenter. Je ne devrais peut-être pas le dire, mais c'est la petite fille que je préfère garder et je suis également sa baby-sitter préférée.

En plus, j'aimerais vraiment avoir un frère ou une sœur. Mais, comme Charlotte, je suis fille unique. Et depuis le divorce de mes parents, je vis surtout avec ma mère.

C'est peut-être le bon moment pour vous parler du divorce. Mais attention, c'est compliqué ! Bon, allons-y. J'ai grandi à New York. Mon père a un très bon job là-bas. Mais l'année dernière, la société pour laquelle il travaille l'a muté à Stamford, dans le Connecticut. Mes parents ont donc cherché une maison et en ont trouvé une à Stone-brook, pas loin de Stamford. Puis, cette année, son entre-prise a de nouveau transféré papa à New York. Cela ne m'a pas trop dérangée. J'étais entrée dans le Club des baby-sitters et je m'étais fait des amies dans le Connecticut, mais j'avais aussi envie de retourner à New York où je me sentais chez moi. Cependant, alors que nous n'étions revenus que depuis quelques mois, mes parents ont commencé à ne plus s'entendre. Ils se disputaient tout le temps. Et brusquement, ils ont divorcé. Le pire, c'est que mon père est resté à New York tandis que ma mère a voulu retourner dans le Connecticut (elle aime Stonebrook). Ils m'ont laissée décider où je voulais habiter – en d'autres termes, avec quel parent je voulais vivre. Ça a été terrible de devoir prendre une telle décision. J'ai finalement choisi de vivre dans le Connecticut en promettant à mon père de venir le voir pendant les week-ends et les vacances – chaque fois que je le pourrais. Je ne m'en suis pas mal sortie mais, ces derniers temps, comme je suis fatiguée, irritable et que je ne me sens pas très bien, je ne suis pas allée à New York aussi souvent que papa l'aurait voulu. Je consacre toute mon énergie au baby-sitting, à l'école et à mes devoirs. Rien que de penser au voyage jusque là-bas, cela m'épuise.

J'ai aussi l'impression que mon père et ma mère se sont un peu servis de moi. Je sais que c'est terrible de dire ça de ses propres parents, mais c'est vrai. Et je leur en veux un peu, c'est pour ça que je n'ai pas envie de bouger du Connecticut. Je n'essaie pas de punir mon père, j'essaie juste de vivre comme une enfant normale, qui n'a qu'une maison. Chaque fois que je monte dans le train et que je me déplace pour voir mon père, cela me rappelle le divorce. Je n'aime pas me considérer comme une fille de divorcés, même si les parents de la moitié de mes amis le sont aussi.

Bon, je m'éloigne du sujet. Je disais que j'ai l'impression que ma mère et mon père se servent de moi. Je veux dire par là que je leur sers d'intermédiaire. Par exemple, lorsque je rentre de New York, maman veut généralement savoir ce que papa « devient ». Et je vais vous dire ce qu'elle veut vraiment savoir : si papa sort avec quelqu'un. Papa fait de même lorsque je lui rends visite.

Qu'est-ce que je suis censée faire ? Tout d'abord, je ne connais pas la réponse à leurs questions. Ensuite, si je le sais et que je le dis, est-ce que c'est bien ? Si l'un de mes parents appelle l'autre et lui répète que j'ai dit qu'il était sorti avec untel l'autre soir, je risque d'avoir des ennuis, non ?

– Lucy ? Ça va ? Tu t'es arrêtée de lire.

– Oh, Charlotte, je suis désolée. J'avais la tête ailleurs. Voyons, où en étais-je ?

– Ici, a-t-elle répondu, en indiquant du doigt l'endroit sur la page.

– D'accord.

J'ai recommencé à lire. Cette fois, je suis restée concentrée. Charlotte et moi étions tellement captivées par l'histoire que, lorsque sa mère est rentrée, elle nous a fait sursauter !

Après avoir été payée (et aussi après avoir prêté *Peter Pan* à Charlotte, trop impatiente de connaître la fin), j'ai demandé au Dr Johanssen si je pouvais lui parler en privé.

– Bien sûr, Lucy.

Nous nous sommes assises dans la cuisine.

– C'est mon diabète, ai-je avoué. Je suis tout le temps fatiguée, j'ai toujours faim et...

J'ai fini par lui dire que les derniers contrôles de mon taux de sucre n'étaient pas normaux.

J'avais peur que le Dr Johanssen me gronde de ne pas avoir tenu compte de tout cela. Ce n'est pas mon médecin, mais c'est un médecin, et elle m'avait dit que je pouvais lui poser des questions. Cependant, elle ne s'est pas fâchée.

– Je pense que tu devrais faire des examens rapidement, Lucy, m'a-t-elle dit. Tu fais beaucoup de choses, tu as une vie un peu stressante et tu souffres d'une forme de diabète compliquée. Pourquoi ne demandes-tu pas à ta mère d'appeler ton médecin à New York ? Ou bien prends rendez-vous avec lui, puisque tu vas voir ton père dans quelques jours.

– D'accord, ai-je répondu. Merci.

– Et viens me voir quand tu veux.

J'ai alors dit au revoir à Charlotte et je suis partie. J'avais l'intention de rentrer et de me mettre à jour dans mon travail scolaire. Mais j'avais trop faim. J'aurais pu dévorer un cheval. Même deux. Soudain, je n'avais plus envie de rentrer à la maison. J'avais envie d'aller voir ma meilleure amie, Claudia Koshi. J'avais besoin de lui parler. Besoin de me changer les idées.

Claudia et moi, nous sommes devenues amies au début de la cinquième, le premier jour de classe, lorsque nous nous sommes rentrées dedans (on ne regardait ni l'une ni l'autre où on allait).

Nous avons alors réalisé que nous étions habillées de la même façon, c'est-à-dire que nous portions toutes deux des vêtements à la mode. Cela nous a en quelque sorte rapprochées. Puis, lorsque Kristy Parker, une des amies de Claudia, a fondé le Club des baby-sitters, elle m'a demandé si je voulais en faire partie. J'ai accepté et j'ai sympathisé avec elle et avec sa meilleure amie, Mary Anne Cook. Cependant, Claudia reste ma meilleure amie. (Ici, dans le Connecticut, car à New York, c'est Laine Cummings. On se voit lorsque je rends visite à mon père.) Quoi qu'il en soit, comme c'est souvent le cas des meilleures amies, Claudia et moi, nous nous ressemblons beaucoup par certains côtés et nous sommes très différentes par d'autres. Nous nous ressemblons dans le sens où nous sommes toutes les deux très sophistiquées pour nos treize ans (j'espère que cela ne va pas vous sembler trop prétentieux, mais je pense que c'est la vérité). Nous portons des vêtements très à la mode, des pantacourts, des bottes, des pulls moulants, des chapeaux et des bijoux fantaisie. Claudia qui est une véritable artiste fabrique elle-même certains de ses bijoux. Nous nous intéressons beaucoup aux garçons (j'ai la réputation de leur courir après) et nous ne tenons pas en place ! Nos points communs s'arrêtent là.

Pour tout le reste, nous sommes très différentes. J'ai les yeux bleus et les cheveux cuivrés car ma mère m'autorise à me faire faire des reflets. Claudia, qui est américano-japonaise, a de superbes yeux en amande, d'un noir de jais, une peau mate parfaitement lisse et de longs cheveux noirs et soyeux. Alors que je suis à peu près coiffée tout le temps de la même façon, Claudia, elle, change de tête en permanence. Elle se fait des tresses, se coupe quelques mèches, se noue les cheveux en une grosse queue de cheval, etc. Elle adore également les attacher avec des rubans, acheter ou fabriquer des barrettes originales, ou se mettre tous les foulards ou bandeaux possibles et imaginables autour de la tête. D'autre part, alors que je suis la fille unique d'une famille plutôt éclatée, Claudia, elle, a une famille classique. Elle a grandi ici, à Stonebrook, et vit avec ses parents et Jane, sa grande sœur. Cette dernière est un véritable génie. Je veux dire qu'il s'agit d'une surdouée, dont le Q.I. est supérieur à 150. Elle va au lycée de Stonebrook, mais suit également des cours à l'université. Vous vous rendez compte ? A l'université alors qu'elle n'a que seize ans ! Je ne comprends pas pourquoi elle continue d'aller au lycée. Si elle arrêtait, cela irait sûrement mieux pour Claudia. En effet, elle est intelligente, mais ce n'est pas une très bonne élève. Elle est surtout mauvaise en orthographe. Je pense que l'école ne l'intéresse tout simplement pas. En revanche, elle se passionne pour tout ce qui touche à l'art. Dans ce domaine, elle excelle. Comme je l'ai déjà dit, elle fabrique des bijoux. Elle fait aussi de la peinture, du dessin et de la sculpture. Elle a même reçu quelques prix dans des concours locaux. Sinon, elle adore les romans policiers d'Agatha Christie. Ses parents trouvent qu'elle ferait mieux de lire des auteurs classiques – sa mère est bibliothécaire ! Mais Claudia aime les enquêtes policières. Elle continue donc à acheter des livres d'Agatha Christie qu'elle cache dans sa chambre, avec les friandises qu'elle adore grignoter et dont elle ne peut se passer. Sa chambre est une vraie caverne d'Ali Baba. Vous pouvez dénicher une poignée de boules de gomme dans une boîte portant l'inscription « PINCES », tomber sur une tablette de chocolat en ouvrant un tiroir à la recherche d'un stylo. Si vous demandez à Claudia le dernier livre qu'elle a lu, elle le tirera des plis d'un édredon posé au bout de son lit. Elle est drôle, généreuse et talentueuse. C'est dommage qu'elle n'ait pas davantage confiance en elle.

En revanche, Kristy Parker ne manque pas d'assurance malgré ce qu'elle a vécu l'année dernière. Si ma situation familiale vous semble confuse, la sienne risque de vous paraître très embrouillée. Kristy, la présidente du Club des baby-sitters, habitait autrefois en face de chez Claudia. Elle vivait là avec sa mère, et ses trois frères : Samuel et Charlie, qui vont au lycée, et David Michael, qui a sept ans. Leur père les a quittés lorsque Kristy avait six ou sept ans. Il est parti, tout simplement, en laissant la mère de Kristy élever seule quatre enfants. Ce qu'elle a fait. Elle s'est vite ressaisie et a trouvé un bon emploi dans une entreprise de Stamford.

Puis, quelques mois avant que Kristy n'entre en cinquième, elle a commencé à sortir avec Jim Lelland, un millionnaire. Ce dernier était le premier homme auquel elle se soit intéressée après le départ de son mari. Du coup, Kristy a eu un peu de mal à l'accepter. Jim a deux enfants, Karen et Andrew, qui ont respectivement sept et quatre ans.

La mère de Kristy l'a épousé durant les vacances d'été, avant que Kristy n'entre en quatrième. Après le mariage, Jim a fait venir toute la famille dans son immense maison, à l'autre bout de la ville. Bien sûr, cela n'a pas plu à Kristy, bien que chacun des enfants ait sa chambre, y compris Karen et Andrew, qui viennent rendre visite à leur père un week-end sur deux.

Et ce n'est pas fini : Jim et la mère de Kristy ont récemment adopté une petite fille. Elle s'appelle Emily Michelle, elle a deux ans et demi et vient du Vietnam. Elle est adorable. Bien sûr, il faut que quelqu'un s'occupe d'elle quand ses parents sont au travail. Mamie, la grand-mère de Kristy, est donc venue s'installer chez eux. Tout ce petit monde (sans oublier les animaux domestiques – un chat, un chien et deux poissons rouges), constitue une famille extravagante, folle et... merveilleuse ! (Kristy a fini par l'admettre elle-même.)

Kristy a la langue bien pendue. C'est un véritable garçon manqué. Elle ne s'intéresse pas le moins du monde aux vêtements et porte presque tout le temps un jean, un col roulé, un sweat ou un T-shirt et des baskets. Elle est parfois coiffée d'une casquette de base-ball. Elle est jolie, mais je ne pense pas qu'elle le sache.

Lorsqu'on la connaît mieux, on découvre que derrière son côté exubérant se cache une personne bienveillante, attentive et organisée qui regorge de bonnes idées et de créativité. Inutile de vous dire que Kristy, comme tous les membres du club, adore les enfants.

En fait, Mary Anne Cook, la meilleure amie de Kristy, lui ressemble un peu. Elles sont toutes les deux petites pour leur âge, elles ont des cheveux bruns et des yeux noisette. Mais malgré cette ressemblance physique, elles sont extrêmement différentes l'une de l'autre. Alors que Kristy est extravertie, Mary Anne est timide. Elle a du mal à s'exprimer ou à donner son opinion en public, bien qu'elle ait fait de gros progrès depuis le jour où nous avons fait connaissance. Elle est sentimentale et pleure facilement. Mieux vaut éviter d'aller voir un film triste avec elle.

Mary Anne habitait autrefois juste à côté de chez Kristy. (Cependant, elle aussi a déménagé. Je vous expliquerai pourquoi dans une minute.) Sa famille n'avait rien à voir avec celle de Kristy. Elle était en effet beaucoup plus paisible (sans frères pour faire les fous) car elle ne comptait que deux membres : Mary Anne et son père. En effet, sa mère est morte lorsqu'elle était encore assez petite. D'ailleurs, Mary Anne s'en souvient à peine. Elle a donc été élevée par son père qui a été très sévère avec elle. Non pas qu'il soit méchant, mais il a une certaine idée de l'ordre, de la propreté et de l'organisation. Je pense aussi qu'il a voulu prouver qu'il pouvait parfaitement s'occuper tout seul de l'éducation d'une petite fille. C'est sans doute pour cette raison qu'il a mis en place des règles très strictes et ne lui a pratiquement laissé aucune liberté. Lorsque je l'ai rencontrée pour la première fois, elle ressemblait vraiment à une toute petite fille bien qu'elle ait le même âge que moi. Tout cela a changé lorsqu'elle a pu montrer à son père qu'elle était aussi grande que ses amies. Il est alors devenu plus tolérant et Mary Anne a pris un peu d'assurance.

Au milieu de la cinquième, une nouvelle élève, Carla Schafer, qui vivait jusque-là en Californie, a traversé tout le pays pour s'installer à Stonebrook. Carla qui, elle aussi, est à présent membre du Club des baby-sitters, est venue vivre ici avec sa mère et son petit frère, David, après le divorce de ses parents. (Vous commencez à être habitués, non ?) Sa mère a choisi de s'établir à Stonebrook parce qu'elle y a grandi et que ses parents (donc les grands-parents de Carla) y habitent.

Carla a les cheveux les plus blonds que j'aie jamais vus. Ils sont de plus extrêmement longs. Elle a les yeux d'un bleu lumineux et est vraiment très belle. Elle déteste les hivers froids du Connecticut, adore les étés chauds, les produits sains et l'exercice physique. Autre détail, elle aime les histoires de fantômes. Or sa mère a acheté une vieille ferme dans laquelle se trouve un passage secret qui pourrait bien être hanté. Carla est assez sûre d'elle, elle se moque de ce qu'on peut penser d'elle et s'habille d'une façon originale et décontractée.

Peu de temps après son arrivée à Stonebrook, Carla est devenue l'amie de Mary Anne. Maintenant, elles sont demi-sœurs. Vous vous demandez peut-être comment c'est arrivé ? Eh bien, elles y sont pour quelque chose. En effet, elles regardaient un vieil album du lycée de Stonebrook lorsqu'elles ont découvert que le père de Mary Anne et la mère de Carla étaient sortis ensemble dans leur jeunesse, mais s'étaient perdus de vue après avoir quitté le lycée. Elles se sont alors débrouillées pour que leurs parents se croisent à nouveau. Mme Schafer et M. Cook ont commencé à se fréquenter et, au bout d'un certain temps, ils se sont mariés ! Ensuite, Mary Anne, son père et son chat, Tigrou, ont emménagé dans la maison de Carla. (David, son frère, ne s'est jamais habitué au Connecticut, il est retourné en Californie où il vit avec son père.) Maintenant, Mary Anne et Carla vivent sous le même toit, ce qui n'est pas toujours évident. Mais, dans l'ensemble, tout se passe bien.

Alors que Claudia, Kristy, Mary Anne, Carla et moi-même avons toutes treize ans et sommes en quatrième, les deux autres membres du Club des baby-sitters n'ont que onze ans et sont en sixième. Elles s'appellent Jessi (diminutif de Jessica) Ramsey et Mallory Pike (que l'on appelle Mal) et ce sont elles aussi deux meilleures amies. Jessi et Mal sont toutes deux les aînées de leurs familles respectives, elles adorent lire (surtout les histoires de chevaux), aiment aussi écrire (Mallory plus que Jessi) et ont le sentiment que leurs parents les traitent comme des bébés alors qu'elles sont suffisamment grandes pour faire du baby-sitting et bien d'autres choses. Je me souviens de mes onze ans. Ce n'était pas franchement exaltant !

Jessi est issue d'une famille de taille moyenne. Elle vit avec ses parents, sa tante Cécilia, sa sœur de huit ans,

Rebecca (la meilleure amie de Charlotte Johanssen), et son petit frère John Philip qui n'est encore qu'un bébé. Et devinez où elle habite ? Dans mon ancienne maison ! Celle où je vivais avant de retourner à New York et avant que mes parents ne divorcent. Avant de s'y installer, sa famille habitait dans le New Jersey. Jessi est une excellente danseuse. Je l'ai vue se produire sur scène. Elle prend des cours dans une école de danse de Stamford dans laquelle elle a été admise après avoir passé une audition. Elle a de longs cils noirs, de grands yeux marron, des jambes qui n'en finissent pas et une peau chocolat.

Mal, elle, est issue d'une famille nombreuse. Elle a sept frères et sœurs plus jeunes, dont trois sont des triplés (trois garçons). Elle est passionnée par l'écriture et par le dessin. Elle aimerait un jour écrire et illustrer des livres d'enfants. En ce moment, elle n'est pas vraiment à son avantage. Elle a certes de beaux cheveux roux ondulés, mais elle porte des lunettes et un appareil dentaire. Les parents de Mal ne veulent pas qu'elle mette des lentilles. Cependant, ils lui ont finalement permis de se faire percer les oreilles (les Ramsey ont laissé Jessica en faire autant), il y a donc de l'espoir. Quant à l'appareil dentaire, elle ne le gardera pas éternellement.

Voilà donc notre club au complet : mes amies Kristy, Carla, Mallory, Jessi, Mary Anne, et Claudia, ma meilleure amie, avec qui j'avais cruellement besoin de parler. Elle n'habite pas loin de chez Charlotte et j'espérais qu'elle était chez elle.

3

Claudia était bien chez elle et nous avons pu discuter. Sa chambre est très accueillante. C'est sans doute pour cela que le Club des baby-sitters s'y réunit.

Je suppose qu'il faut que je vous explique maintenant ce qu'est le Club des baby-sitters dont j'ai parlé plusieurs fois. Le club est une idée de Kristy. Elle a pensé à le créer au début de la cinquième. A cette époque, Kristy et Mary Anne habitaient des maisons voisines, en face de chez Claudia. Kristy et ses grands frères gardaient à tour de rôle David Michael après l'école. C'était très bien tant que l'un d'eux était libre chaque après-midi, ce qui bien sûr n'était pas toujours le cas. Un soir où Kristy, Charlie et Samuel s'étaient rendu compte qu'aucun d'eux n'était libre le lendemain, leur mère a dû passer un nombre incalculable de coups de fil afin de trouver quelqu'un pour garder

David Michael. Kristy s'est dit que c'était vraiment dommage que sa mère ne puisse pas joindre tout un groupe de baby-sitters en un seul appel. C'est alors qu'elle a eu l'une de ses idées de génie : et si elle créait un club de baby-sitting avec ses amies ! Si elles se réunissaient plusieurs fois par semaine, les parents pourraient leur téléphoner et joindre plusieurs baby-sitters en même temps. L'une d'elles serait forcément libre et les parents seraient contents. Kristy a alors téléphoné à Claudia et à Mary Anne, et elles ont décidé de lancer le Club des baby-sitters.

Les filles ont réalisé immédiatement qu'il serait utile d'avoir un quatrième membre. Claudia a parlé de moi, parce que l'on se connaissait déjà et que j'avais fait beaucoup de baby-sitting à New York. C'est ainsi qu'a commencé le club. Enfin, à peu près. Au début, nous avions beaucoup à faire. Nous avons d'abord décidé de nous réunir trois après-midi par semaine dans la chambre de Claudia (elle a son propre téléphone), les lundis, mercredis et vendredis, de cinq heures et demie à six heures. Les parents pourraient alors nous appeler et joindre ainsi quatre baby-sitters expérimentées. Mais comment seraient-ils informés de nos réunions ?

– Et si on faisait de la publicité ? a suggéré Kristy.

C'est ce que nous avons fait. Nous avons parlé à pratiquement tout le monde du Club des baby-sitters. Nous avons déposé des prospectus dans les boîtes aux lettres. Nous avons même fait paraître une annonce dans le *Stonebrook News*. Et, dès notre première réunion, nous avons reçu des appels. Cela a continué ainsi. En réalité, nous en avons eu tellement que le club a dû s'agrandir. Carla nous a rejointes quand elle est arrivée dans le Connecticut. Puis, lorsque j'ai dû retourner à New York, Kristy a demandé à Mallory et Jessica si elles voulaient devenir membres. Lorsque je suis revenue, j'ai réintégré le club. Je suis alors devenue le septième membre et je pense, le dernier. La chambre de Claudia ne peut accueillir plus de sept personnes. S'il y avait plus de membres, il faudrait trouver une solution pour les installer au plafond.

Notre club marche très bien. Kristy y veille. C'est notre présidente. Chaque membre a une fonction particulière. Kristy est présidente parce que le club était son idée. Ça paraît normal. De plus, elle est douée pour ce genre de choses. Et avec les bonnes idées qu'elle a toujours, elle continue à trouver de nouvelles manières de promouvoir le club ou de le faire fonctionner encore plus efficacement. Parfois, elle s'emballe, mais nous lui faisons alors tout de suite comprendre qu'elle est allée trop loin.

Claudia est vice-présidente. C'est normal, parce que les membres du club envahissent sa chambre trois fois par semaine, mangent ses friandises et utilisent son téléphone. De plus, les parents appellent parfois Claudia en dehors des heures de réunion et elle doit s'occuper elle-même de leur trouver une baby-sitter.

Mary Anne est la secrétaire du club. Elle est soigneuse et très organisée. Je pense qu'elle travaille plus dur que n'importe qui pendant les réunions. Sa tâche consiste à tenir à jour l'agenda du club. Elle y note tout sur nos clients : leurs noms, adresses, numéros de téléphone, les sommes qu'ils ont payées et des renseignements particuliers sur leurs enfants. Et surtout, elle y inscrit le programme des gardes.

Cela signifie qu'elle doit connaître tous nos emplois du temps : les leçons de danse de Jessica, les cours de dessin de Claudia ou les rendez-vous chez l'orthodontiste de Mallory. Je ne pense pas que Mary Anne ait jamais fait d'erreur d'emploi du temps.

Je suis la trésorière du club. Ce n'est pas pour me vanter, mais je suis très bonne en maths. C'est une chose naturelle chez moi. Je peux additionner les nombres en un temps record dans ma tête. Ma tâche consiste à recueillir les cotisations pour le club auprès de chaque membre tous les lundis, à placer l'argent dans notre caisse (une enveloppe en papier kraft) puis à le distribuer si besoin est. A quoi nous sert-il ? A beaucoup de choses. A aider Claudia à payer sa facture téléphonique mensuelle, à payer Samuel pour conduire et ramener Kristy à nos réunions, maintenant qu'elle habite trop loin pour venir par ses propres moyens, à financer à l'occasion une fête du club et à réapprovisionner les coffres à jouets lorsque nous manquons de crayons ou de coloriages.

Carla, elle, est suppléante. Cela signifie qu'elle peut assumer le travail de n'importe quel membre absent d'une réunion. Elle doit donc connaître les tâches de chacun. Je sais que cela paraît difficile, mais ça ne l'est pas tant que ça. De toute façon, les membres du club sont rarement absents.

Jessica et Mallory sont nos baby-sitters juniors. C'est parce qu'elles ont onze ans et qu'elles n'ont pas le droit de faire du baby-sitting le soir, à moins de garder leurs propres frères et sœurs. Elles sont cependant d'une grande aide. En assurant de nombreux baby-sittings l'après-midi, elles permettent aux membres plus âgés de travailler le soir.

Bon. Voyons. Je peux vous dire d'autres choses sur le fonctionnement du club…

Au cas où un appel arrive et qu'aucune de nous n'est libre (cela arrive parfois), Kristy a inscrit deux membres intérimaires. Ce sont des baby-sitters fiables qui n'assistent pas aux réunions mais qu'on peut appeler en cas de besoin pour ne pas décevoir nos clients. Il s'agit de Louisa Kilbourne, une amie que Kristy a rencontrée dans son nouveau quartier, et de Logan Rinaldi, le petit ami de Mary Anne.

Enfin, Kristy a eu une autre idée : tenir un journal de bord où chaque membre raconte comment s'est passé son baby-sitting. Nous sommes supposées le lire une fois par semaine pour nous tenir au courant de ce qui se passe chez nos clients et pour voir comment nos amies ont résolu les difficultés. Personne n'aime écrire dans le journal de bord (excepté Mallory), mais il faut admettre qu'il est très utile.

– Hum !

C'était la fin de l'après-midi. Claudia et moi avions terminé notre discussion et nos amies étaient toutes arrivées. Kristy était assise bien droite, pour paraître aussi grande que possible, dans le fauteuil de Claudia. Elle portait sa casquette et, comme d'habitude, son crayon coincé derrière l'oreille.

– Hum !

Kristy s'est de nouveau raclé la gorge. Elle n'avait pas pris froid mais nous faisait remarquer qu'il était cinq heures trente et une d'après le réveil de Claudia, l'horloge officielle du club, et qu'elle avait déjà annoncé l'ouverture de la réunion il y a une minute.

Que faisions-nous ? Jessica et Mallory étaient assises par terre et s'amusaient à faire des pliages en papier. Claudia, Mary Anne et moi étions alignées sur le lit, adossées contre le mur. Carla était assise à califourchon sur la chaise de bureau, à l'envers, le menton appuyé sur le dossier.

Claudia avait sorti une tablette de chocolat et la faisait passer. Cette odeur me rendait folle. Heureusement, je n'étais pas la seule à ne pas en manger. Carla n'en a pas voulu. A la place, elle a grignoté quelques crackers. J'en ai pris aussi, mais ils n'ont pas réussi à calmer les gargouillis de mon estomac affamé – trop affamé pour cette heure de la journée.

Cependant, lorsque Kristy a commencé à se racler la gorge, nous nous sommes tournées vers elle. Il était temps. Le téléphone a sonné. Carla a décroché.

– Ici, le Club des baby-sitters... Bonjour, docteur Johanssen... Mardi prochain ? Je vais demander à Mary Anne de vérifier. Je vous rappelle tout de suite... D'accord. Au revoir.

Carla a raccroché et s'est tournée vers nous.

– Il faudrait quelqu'un pour garder Charlotte mardi prochain de sept heures à dix heures.

Pendant que Mary Anne consultait l'agenda, Jessica et Mallory grognaient dans leur coin. C'était le soir et elles ne pourraient pas prendre ce baby-sitting. Elles étaient déçues.

– Bon, a dit Mary Anne en levant les yeux. Lucy, Kristy et Carla sont libres.

– J'ai un contrôle d'histoire le lendemain, a annoncé Carla. Il vaut mieux que je reste à la maison pour réviser.

– Tu peux y aller, Lucy, a ajouté Kristy. Tu habites plus près.

J'ai accepté. Mary Anne l'a noté dans l'agenda et Carla a téléphoné au Dr Johanssen pour lui dire que je garderais Charlotte. Nous programmons toujours nos baby-sittings ainsi. Avec diplomatie. (Généralement, en tout cas. Nous nous disputons rarement.)

Le reste de la réunion a été bien rempli. Le téléphone a beaucoup sonné. A six heures, Kristy s'est levée, annonçant que la réunion était terminée.

Nous l'avons toutes imitée. Mallory et Jessica ont recommencé à jouer avec leurs pliages. Kristy a jeté un coup d'œil par la fenêtre pour voir si Samuel était arrivé. Carla et Mary Anne se sont dépêchées de sortir et Claudia les a suivies. Elle devait aider à préparer le dîner.

Comme personne ne regardait, j'ai ouvert le tiroir de la coiffeuse dans lequel Claudia avait caché le chocolat.

J'en ai pris une tablette et je l'ai fourrée dans mon sac.

4

Dring, dring !
Le téléphone sonnait dans la chambre de ma
mère. Je me suis demandé avec agacement
pourquoi elle ne répondait pas. Puis, je me
suis rappelé qu'elle était chez les Pike.

(La maison de Mallory se trouve derrière la nôtre. Les fenêtres de derrière de nos deux maisons se font face.) Maman m'avait dit qu'elle serait de retour dans une demi-heure environ.

Il fallait donc que je réponde.

– Flûte ! me suis-je exclamée en me redressant.

Nous étions mercredi soir. J'étais allongée sur mon lit et j'essayais de trouver l'énergie nécessaire pour commencer mes devoirs. En vain.

Dring, dring !

Le téléphone sonnait avec insistance. Après m'être péniblement levée, je me suis précipitée dans la chambre de maman.

– Allô ? ai-je dit en plaçant l'écouteur contre mon oreille.

– Bonjour, ma P'tite Boule.

Mon père me donnait toujours ce nom de bébé.

– Bonjour, papa !

J'ai essayé de prendre un ton gai afin de ne pas avoir l'air épuisée.

– Qu'est-ce que tu fais ? Tu es prête pour ce week-end ?

– Bien sûr.

Je devais aller chez lui le week-end suivant. (Mince ! J'avais comme de bien entendu oublié de téléphoner au médecin.) Il fallait que je parte à New York vendredi après-midi. J'allais donc manquer la réunion du Club des baby-sitters. Carla devrait servir de trésorière à ma place ce jour-là.

– Quel train prends-tu ?

– Celui qui arrive à six heures.

– Très bien. Je t'attendrai près du bureau d'information.

– Mais, papa... Tu n'as pas besoin de venir me chercher. Je peux prendre un taxi.

Nous avons pratiquement la même discussion chaque fois que je me rends à New York.

– Tu mettrais trop de temps. J'ai réservé une table au restaurant pour six heures et demie.

– Mais j'aurai toutes mes affaires avec moi, lui ai-je fait remarquer en essayant de ne pas avoir une voix trop geignarde. Je n'ai aucune envie de traîner tout ça au restaurant.

– Ne t'en fais pas. Tu pourras laisser tes affaires au vestiaire avec nos manteaux. Nous pourrons ainsi dîner tranquillement avant de rentrer à la maison.

– D'accord, ai-je répondu en soupirant intérieurement.

Je sentais que mon père avait prévu beaucoup de choses pour le week-end. C'est parfois bien, mais beaucoup moins lorsque je suis très fatiguée comme en ce moment et que, en plus, j'ai une montagne de devoirs à faire. J'avais justement l'intention de travailler un peu à New York. Bon, ce n'était pas bien grave. Je pourrais faire mes devoirs dans le train. Papa avait effectivement prévu beaucoup de choses. Il avait acheté des billets pour aller voir une comédie musicale à Broadway, le samedi soir. Il savait les expositions que l'on pouvait voir dans presque tous les musées de New York. Il comptait aussi aller dans je ne sais combien de restaurants. (Je ne crois pas que mon père fasse la cuisine lorsqu'il est seul. Son réfrigérateur est toujours désespérément vide.)

– Est-ce que je pourrai voir Laine ?

– Bien sûr. Elle peut venir avec nous au musée d'Art moderne. (C'est le musée préféré de Laine.)

– Papa ? Peut-être pourrions-nous laisser tomber le musée, samedi après-midi ? Laine pourrait simplement venir à la maison. Nous nous contenterons de discuter ensemble.

– Est-ce vraiment ainsi que tu veux passer ton samedi ?

– Juste l'après-midi, papa, ai-je répondu en bâillant.

– Tu as l'air terriblement fatiguée, ma chérie.

– Oui, un peu. J'ai beaucoup de travail.

J'étais presque sur le point de lui dire : « Est-ce qu'on

pourrait tout annuler pour ce week-end ? Comme ça, je pourrai rester à la maison, me reposer et faire mes devoirs. » Mais je savais qu'il aurait été très déçu.

– Eh bien, il va falloir que tu te couches tôt, a dit mon père. Nous avons un week-end chargé en perspective.

« Ne m'en parle pas ! » ai-je pensé.

– Entendu, lui ai-je cependant répondu.

– Je viendrai donc te chercher à la gare à six heures.

– D'accord, ai-je dit en étouffant un autre bâillement.

Il y a eu une pause. Puis, papa m'a demandé si maman était là.

– Non, ai-je répondu sans détour.

Je pensais au week-end qui m'attendait et j'essayais mentalement de mobiliser un peu d'énergie.

– Et où est-elle ? a demandé papa d'un ton suspicieux.

Bon sang ! Le voilà qui recommençait.

– Elle est chez les Pike.

– A cette heure-ci ?

– Papa, il n'est que huit heures et demie.

– Mais, qu'est-ce qu'elle fabrique là-bas ? Et pourquoi es-tu toute seule à la maison ?

Mon Dieu. J'ai essayé d'éluder ce qui allait suivre en disant que j'étais capable de rester seule à la maison depuis un certain nombre d'années et que je faisais parfois du baby-sitting.

– Lucy, tu comprends très bien ce que je veux dire. Pourquoi ta mère passe-t-elle la soirée chez les Pike sans toi ?

– Parce qu'elle est amie avec Mme Pike.

Pourquoi faut-il toujours que je prenne la défense d'un de mes parents ? Que se passerait-il si ma mère sortait le soir avec un ami ? Elle en a bien le droit. De toute façon, mes parents sont divorcés.

– Qu'est-ce que c'est que cette histoire ? m'a demandé mon père.

– C'est très simple : Mme Pike s'est acheté une nouvelle robe et voudrait savoir ce que maman en pense.

– Pourquoi ?

– Parce qu'elle a l'intention de s'acheter un chapeau pour aller avec ou quelque chose dans ce genre. Je n'en sais rien.

Cette conversation commençait vraiment à m'énerver.

– Tu es sûre qu'elle est chez les Pike ?

– Mais, papa... !

– Bon, d'accord. C'était juste une question.

Et moi, je me demandais ce qui se passerait si je disais un jour à mon père que maman était sortie avec un homme, qu'il l'avait emmenée dîner au restaurant, qu'il était vraiment beau, avait un très bon emploi et avait préféré rester célibataire en attendant de rencontrer la femme idéale, maman en l'occurrence. Ou si je disais à ma mère, un dimanche soir, lorsqu'elle me cuisine pour savoir ce que j'ai fait avec mon père à New York durant le week-end : «Maman, si tu voyais la nouvelle copine de papa. Elle est vraiment très jolie. Elle est extrêmement riche : tu te rends compte, elle a un appartement avec une terrasse sur le toit en plein centre de New York ! Elle sait bien cuisiner et elle est très douée pour le bricolage. »

Si jamais je leur disais cela, est-ce qu'ils m'en voudraient ? Je préférais ne pas le savoir.

– Lucy ?

– Hein ?

– Tu ne m'as pas répondu. Je te demandais comment ça allait à l'école.

– Oh... Bien.

– Et le Club des baby-sitters?

– Ça va bien aussi.

J'ai alors entendu la porte d'entrée s'ouvrir et se refermer.

– Maman est de retour! me suis-je exclamée.

Voilà, je pouvais prouver à mon père que j'avais dit la vérité.

– Tu peux me la passer une minute?

– Bien sûr. A vendredi. Au revoir, papa! Ne raccroche pas, je te passe maman.

Je suis allée en haut des escaliers et j'ai crié :

– Maman! Papa est au bout du fil. Il veut te parler.

Puis je me suis précipitée dans sa chambre sans lui laisser le temps de me chuchoter à l'oreille, d'un ton désespéré, qu'elle n'avait aucune envie de parler à mon père. Si j'étais obligée de reprendre le téléphone pour excuser maman, papa serait persuadé que quelque chose se tramait.

Dans la chambre de ma mère, j'ai fait une des deux choses que je n'aurais pas dû faire, je sais. J'ai écouté leur conversation.

Quand elle a décroché le téléphone dans la cuisine, papa lui a aussitôt demandé si elles avaient choisi un chapeau. Il pensait se montrer astucieux en disant cela. Si maman ne comprenait pas de quoi il parlait, il en conclurait qu'elle était sortie avec un mystérieux inconnu.

– Un chapeau? a-t-elle répété. Pour Mme Pike? Oui. Pourquoi?

– Oh, rien.

Papa n'avait plus vraiment grand-chose à dire à présent. Il s'est donc entretenu avec maman de ce qu'il comptait faire avec moi pendant le week-end. J'ai attendu qu'ils se disent au revoir. Puis, lorsque chacun d'eux a raccroché, j'ai à mon tour reposé le combiné. Ensuite, je me suis glissée dans ma chambre.

J'étais allongée sur mon lit. Mon estomac gargouillait et j'avais terriblement soif, alors que nous avions fini de dîner peu de temps auparavant. Cependant, je n'avais pas envie de descendre dans la cuisine. Je préférais attendre que ma mère se calme. Elle est toujours énervée quand elle vient de parler à mon père.

Mais il fallait aussi que je mange quelque chose... n'importe quoi. J'ai donc traversé ma chambre sur la pointe des pieds, fermé doucement la porte, puis je me suis approchée de mon bureau, toujours sur la pointe des pieds. J'ai ouvert un tiroir, soulevé une pile de papiers, puis ouvert une vieille trousse d'où j'ai tiré une grosse barre chocolatée.

« Ah, du sucre ! » ai-je pensé.

J'ai déchiré un coin de l'emballage et, pendant une seconde, je me suis contentée de humer l'odeur enivrante du chocolat.

J'étais fatiguée. Fatiguée et malade. Et j'étais fatiguée d'être malade et fatiguée. Je ne connaissais personne qui soit obligé de suivre un régime aussi strict que le mien. Carla ne mangeait jamais de sucreries, mais elle n'aimait pas ça, c'était un choix. Moi, cela m'était interdit.

J'avais depuis longtemps envie de goûter du chocolat. J'avais arrêté d'en manger depuis que les médecins avaient découvert que j'étais diabétique. La tablette de chocolat de Claudia m'avait semblé venir d'un autre monde. Lorsque je l'avais dégustée, j'avais eu l'impression que je mangeais du chocolat pour la première fois de ma vie.

J'ai donc avalé la barre en entier.

Puis, je me suis sentie coupable.

Je n'arrivais pas à résister.

5

Le lendemain, après l'école, j'ai de nouveau gardé Charlotte. Elle n'était pas aussi calme que d'habitude. Elle voulait à tout prix faire quelque chose, fabriquer quelque chose elle-même.

– Tu veux peindre ? ai-je proposé en regrettant de n'avoir pas emporté mon coffre à jouets.

– Non. Quelque chose de plus difficile.

Charlotte et moi étions assises en face l'une de l'autre à la table de cuisine des Johanssen. Elle était de plus en plus pensive.

– Que dirais-tu d'une sculpture en papier mâché ? ai-je suggéré.

Charlotte a alors pris un air songeur. Enfin, elle a lentement secoué la tête et elle a avoué qu'elle aimerait faire des chocolats.

Des chocolats? Vraiment? Pourquoi diable Charlotte voulait-elle faire des chocolats? Ce serait une véritable torture pour moi.

– Pas de sculpture en papier mâché? ai-je insisté sans conviction.

– Non, des chocolats. S'il te plaît, Lucy... Nous avons tous les ingrédients. Et Becca pourrait venir m'aider. On s'amuserait bien. On pourrait dire qu'on est les chefs d'un célèbre restaurant et que les gens font des kilomètres pour venir manger nos chocolats.

Qu'aurais-je pu répondre?

– D'accord. Téléphone à Becca, ai-je dit, en cachant ma déception.

– Merci, merci, merci!

Charlotte s'est précipitée sur le téléphone.

– Bonjour, Becca, c'est moi.

Cela m'a fait sourire, car seuls les bons amis peuvent se dire cela.

– Lucy est là. Elle me garde. Elle a dit que je pouvais faire des chocolats. Tu veux bien venir m'aider?... Alors à tout de suite.

En attendant l'arrivée de Becca, Charlotte a rassemblé les ingrédients sur la table de la cuisine : du sucre, du chocolat... Hum! Hum!

– Salut! a lancé Charlotte, tout excitée, lorsque Becca est entrée dans la cuisine. Je suis le chef Charlotte et tu es le chef Becca. Nous travaillons au grand hôtel des Étoiles. Nous sommes des cuisinières célèbres.

– Célèbres dans le monde entier? a demandé Becca en nouant son tablier.

– Célèbres dans toute la galaxie. Connues sur toutes les planètes.

– Formidable !

– Les chocolats sont notre spécialité, a poursuivi Charlotte. N'est-ce pas, Lucy ?

– Oui, et c'est une spécialité spéciale sur Saturne, ai-je dit en souriant.

– Non, sur Mars, s'est écriée Becca.

– O.K., sur Mars. Mais pourquoi ? ai-je demandé.

– Parce qu'on pourrait dire qu'on voyage jusque là-bas et qu'on est des Martiennes qui fabriquent du chocolat. Ou bien on pourrait faire des Mars.

Charlotte s'est mise à glousser.

– Attends ! Je sais ! Ne commence pas. Je reviens tout de suite !

Elle est partie comme une flèche. Becca et moi, nous nous sommes regardées. Que pouvait-elle bien faire ?

Nous l'avons su en moins d'une minute. Elle est revenue en galopant dans la cuisine, portant une paire d'antennes pailletées, oscillant sur sa tête. Elle en a tendu une autre paire à Becca.

– Mets-les ! Maintenant, on ressemble vraiment à des Martiennes qui fabriquent des chocolats.

– Génial ! s'est exclamée Becca.

Les deux Martiennes se sont alors mises au travail. Au début, j'aurais aimé avoir mon appareil photo. Je n'avais jamais vu ça : Becca et Charlotte, avec leurs antennes et d'immenses tabliers autour de la taille, plongées jusqu'aux coudes dans la pâte chocolatée. Mais rapidement, cela ne m'a plus amusée.

Cette odeur de chocolat… Je n'arrivais pas à penser à autre chose qu'à cette délicieuse odeur. Une torture… J'espérais que ça ne se voyait pas trop sur mon visage. Mais, de toute façon, les filles ne faisaient pas attention à moi.

– Regarde ! Nous survolons la Lune, a dit Becca.

– Oui. On devrait s'arrêter là. Sais-tu que la poussière de Lune peut remplacer le sucre ? Prenons-en.

– Oh, non ! On est allées trop loin !

– Arrête la fusée !

Les deux filles discutaient tout en mélangeant le chocolat dans un saladier en plastique à l'aide de cuillères en bois.

– Hiiiiii ! a hurlé Becca, imitant un bruit de freinage.

Elle a alors placé son bras au-dessus de sa tête, comme pour se protéger d'un choc. Malheureusement, il s'agissait du bras qui remuait le chocolat, si bien qu'elle a aussi levé la cuillère et projeté du chocolat sur le mur.

– Oh ! Oh ! a-t-elle dit. Je ne l'ai pas fait exprès. Désolée.

– Je sais que tu ne l'as pas fait exprès. Ce n'est rien, l'ai-je rassurée.

Je me suis levée péniblement et je me suis dirigée vers l'évier, en leur disant de continuer à faire la cuisine pendant que je nettoyais.

– Merci, a dit Becca, poussant un soupir de soulagement.

Tandis que je nettoyais le mur avec une éponge, elles poursuivaient leur voyage imaginaire dans l'espace.

– Nous sommes les célèbres Martiennes qui fabriquent des chocolats ! s'est écriée Charlotte.

– Est-ce que nous avons atteint Mars maintenant ? a demandé Becca.

– Pas tout à fait. Notre vaisseau spatial est… Oh, non !

On se dirige droit vers une énorme pluie d'étoiles filantes ! On va s'écraser !

Je me suis retournée. Ma petite Charlotte, généralement si calme, faisait beaucoup de bruit. J'ai failli lui demander de se calmer, puis j'ai décidé de ne pas le faire. Elle se laisse rarement aller comme ça. Cela lui faisait peut-être du bien. Je n'ai donc rien dit, je me suis retournée vers le mur et j'ai continué à nettoyer.

– Une pluie d'étoiles filantes ? a répété Becca. Qu'est-ce que c'est ?

– C'est... attends ! On y est !... Boum, badaboum ! Notre vaisseau est bombardé par les étoiles filantes. L'une d'elles arrive sur notre pare-brise. Baissez-vous !

A ce moment-là, j'ai entendu un bruit sourd. Dans leur excitation, complètement emportées par leur imagination, les fillettes s'étaient jetées par terre. Et leur saladier de chocolat avait suivi le même chemin.

Il y en avait partout.

– Oooh ! a gémi Charlotte.

Les filles se sont levées et m'ont regardée. Je m'étais tournée vers elles. J'ai soupiré.

– Est-ce qu'on peut recommencer ? a demandé Charlotte d'une toute petite voix.

– Oui, si vous nettoyez ce désordre. Et si vous promettez maintenant d'être des filles de la Terre, qui font des chocolats dans une jolie cuisine du Connecticut. Sans antennes.

– C'est promis, Lucy, ont répondu en chœur Charlotte et Becca.

Elles ont enlevé leurs antennes. Je leur ai tendu un rouleau de Sopalin et l'éponge que j'avais utilisée et elles se sont mises au travail. Lorsque la cuisine a été nettoyée, elles ont repris leur recette. Calmement.

Enfin, les chocolats ont été terminés.

– Est-ce qu'on peut les goûter ? a demandé Charlotte. Je sais que c'est bientôt l'heure du dîner, mais est-ce qu'on peut toutes les deux en avoir un ?

J'ai souri et je leur ai donné deux chocolats.

– Mmmmh ! se sont-elles extasiées, les yeux fermés.

J'ai pensé à ce que je donnerais pour en avoir un seul.

– Hé ! s'est écriée Becca. Devinez ce qu'il y a à la télé maintenant ?

– Quoi ? a demandé Charlotte.

– Ce super feuilleton sur les extraterrestres.

– J'ai envie de le regarder ! s'est exclamée Charlotte. Mais il faut aider Lucy à ranger la cuisine, a-t-elle ajouté avec beaucoup moins d'enthousiasme.

Cela n'avait rien d'étonnant. Ranger n'est pas ce qu'il y a de plus amusant.

– Allez regarder votre feuilleton, ai-je dit. Je rangerai la cuisine.

De toute façon, je n'aurais pas aimé qu'elles le fassent, car elles auraient pu faire des bêtises.

Les filles sont parties en courant, me laissant nettoyer et ranger les ustensiles. J'ai préparé un sachet de chocolats pour Becca. J'en ai ensuite enveloppé deux dans une serviette et les ai mis dans mon sac.

Dans ma chambre ce soir-là, je me suis efforcée de travailler. Comment avais-je pu prendre autant de retard dans mes devoirs ? Pourtant mes professeurs n'avaient pas encore prévenu ma mère. Si j'arrivais à rattraper mon retard, elle ne le saurait probablement jamais.

Cependant, j'avais du mal à rester concentrée. D'ailleurs, j'avais de nouveau faim. J'ai pensé aux chocolats qui se trouvaient dans mon sac. Et puis je n'ai plus eu que cette idée en tête. J'ai fini par ouvrir mon sac, prendre les chocolats et les manger. Hmmm, miam! Je ne pouvais plus me passer de chocolat maintenant. J'avais déjà acheté une barre de chocolat à l'école et je l'avais mangée en cachette dans les toilettes. Puis il y avait eu cette autre barre chocolatée... et des Maltesers...

Je me suis demandé ce qui était en train de m'arriver... Et puis j'ai réalisé que je n'avais pas encore préparé mes affaires pour aller chez mon père. J'étais supposée partir demain après l'école. Il fallait donc que je fasse mon sac maintenant. Quelle corvée! Je me suis levée avec lenteur, je me suis dirigée vers mon armoire et j'en ai tiré mon sac. J'ai entendu le téléphone sonner mais maman était là et elle a décroché dans sa chambre. Comme ce n'était apparemment pas pour moi, j'ai commencé à remplir mon sac.

Je ne pensais plus à ce coup de fil quand j'ai soudain entendu ma mère dire:

– Tu la gâtes trop, je ne plaisante pas!

C'était sûrement papa. Je ne pouvais pas imaginer que ma mère parle à quelqu'un d'autre de cette façon. Et la personne dont elle parlait, c'était certainement moi.

Je me suis glissée dans le couloir et je me suis approchée sur la pointe des pieds de la chambre de ma mère. J'ai pu entendre la fin de sa conversation. Se forçant à baisser le ton, car elle avait dû réaliser qu'elle parlait fort, ma mère a dit:

– N'achète pas autant de choses à Lucy ce week-end. Et laisse-la souffler. Elle est très fatiguée, ces temps-ci. Elle aurait besoin d'un week-end calme... Comment ?... C'est ce que je disais. Elle n'a pas besoin de manger dans quatre ou cinq restaurants ni d'aller au théâtre et au musée dans le même week-end.

Il y a eu un long silence. Puis ma mère a dit d'un ton sec :

– Je ne suis pas jalouse de ce que tu fais pour Lucy. Laisse-la juste se reposer un peu... Trèèès bien ! a-t-elle ajouté, comme pour signifier à mon père qu'il faisait ce qu'il voulait, mais qu'elle le désapprouvait.

Génial ! Je ne pouvais plus supporter d'être déchirée entre mes deux parents.

Je suis retournée sans faire de bruit dans ma chambre. Je devais faire mon sac et terminer mes devoirs.

J'ai achevé de préparer mes affaires. Puis j'ai mis mes livres de côté. Je me suis allongée sur mon lit, encore tout habillée.

J'avais terriblement mal à la tête.

6

J'avais fait mes bagages et j'étais prête à partir. Mais je n'avais pas la moindre envie d'aller à New York. Ce n'était pas seulement à cause de mes parents.

En fait, c'était un peu tout à la fois : cela, mais aussi l'école et mon état. A vrai dire, j'étais ce jour-là plus préoccupée par mon travail de classe que par n'importe quoi d'autre. Mes résultats étaient en chute libre. J'étais surprise que personne au collège – par exemple, mon professeur principal – n'ait encore téléphoné à ma mère. Les maths étaient la seule matière où je n'avais pas baissé. Dans toutes les autres, mes notes avaient chuté.

La veille, tard dans la nuit, alors que je n'arrivais pas à m'endormir, je m'étais dit : « Si ça se trouve, le collège a téléphoné mais maman ne m'a rien dit uniquement pour ne pas m'inquiéter ! Et si j'étais très malade et que tout le monde le sache sauf moi ? » Je deviens paranoïaque, n'est-ce pas ? J'ai de telles pensées uniquement parce que je ne me sens pas bien et que je n'en ai pas parlé à maman, du coup, je culpabilise.

Vendredi, après les cours, alors que nous nous étions rassemblées dans le couloir, j'ai dit à mes amies que j'étais désolée, mais que je ne pourrais pas venir à la réunion du club aujourd'hui.

– Bien sûr, nous comprenons, a dit Kristy.

– Oh... Qu'est-ce que j'aimerais t'accompagner à New York ! a dit Mary Anne d'un ton mélancolique. Tu en as de la chance !

Mary Anne rêve de vivre un jour à New York et elle n'arrête pas de lire des guides touristiques pour connaître la ville dans ses moindres recoins.

– Et tu vas aller au restaurant ?

– Oui, mon père déteste faire la cuisine, ai-je répondu.

– Oh, la chance !

– Hé, Lucy ! Voilà ta mère ! a crié Claudia. Passe un excellent week-end. Téléphone-moi dimanche soir, quand tu seras de retour et raconte-moi tout.

– Non, attends plutôt lundi ! s'est exclamée Mary Anne. Tu nous raconteras ton week-end durant la réunion. Nous voulons tout savoir en détail.

– Dis plutôt que *tu* veux tout savoir, a murmuré Kristy, mais Mary Anne ne l'a pas entendue.

– Ce que tu as mangé, comment c'était servi, qui tu as vu. Il y aura sûrement des célébrités.

Mary Anne continuait de parler, tout excitée :

– Si tu vois quelqu'un de vraiment connu, essaie de me

rapporter quelque chose en souvenir, un reste par exemple, d'accord?

– Tu veux dire un bout de pain dans lequel on a mordu?

– Oui!

– Mary Anne, c'est franchement dégoûtant! s'est exclamée Jessi.

Kristy a aussitôt renchéri en disant que, si elle devenait un jour célèbre, il ne faudrait surtout pas laisser Mary Anne fureter près d'elle.

Maman avait déjà eu le temps de klaxonner deux fois.

– Je ferais mieux d'y aller, ai-je soupiré. Nous allons être en avance, mais je déteste faire attendre maman. Je vous verrai lundi.

Nous nous sommes dit au revoir. Tandis que mes amies s'éloignaient, je me suis précipitée vers maman. J'avais une pile de livres avec moi car je comptais travailler durant le week-end.

– Coucou! Tu as pris mon sac?

– Il est sur la banquette arrière. Tu es prête pour le week-end? m'a-t-elle demandé en me jetant un regard en biais. Tu es un peu pâlotte.

– Je suis juste fatiguée. Je n'ai pas beaucoup dormi la nuit dernière. Et toi, ça va? Tu n'as pas eu de problèmes pour quitter ton travail plus tôt aujourd'hui?

– Aucun, m'a répondu maman en souriant.

Environ une demi-heure plus tard, mon train est entré dans la gare de Stonebrook où nous l'attendions. Maman sirotait son café tandis que je finissais mon Coca light.

– Amuse-toi bien, ma chérie! m'a-t-elle crié alors que je montais dans le train après l'avoir embrassée.

– Ne t'en fais pas, ai-je répondu.

Je me suis installée et j'ai agité la main à la fenêtre alors que le train s'ébranlait, jusqu'à ce que maman ait disparu. J'ai ensuite regardé autour de moi. Le train n'était pas trop bondé et mon wagon n'était qu'à moitié rempli. Tant mieux. Il n'y aurait pas trop de bruit. Je pourrais peut-être vraiment travailler un peu. J'ai placé mon sac de voyage par terre, sous mes jambes, j'ai coincé mon sac à main contre la vitre pour plus de sûreté et j'ai mis mon cartable sur le siège libre à côté de moi. J'ai ensuite pris mon manuel de français et je l'ai ouvert à la leçon où j'avais rencontré des difficultés. (C'était un certain nombre de chapitres avant celui où nous nous étions arrêtés la dernière fois en classe.)

– Le plus-que-parfait, ai-je marmonné en me mettant à lire.

Tout à coup, j'ai entendu le haut-parleur : « Entrée en gare de Pennington. Pennington, deux minutes d'arrêt ! »

Pennington ! Nous avions déjà parcouru plus de la moitié du chemin ! Je m'étais endormie et j'avais ainsi perdu plus d'une heure de travail.

J'ai bâillé et je me suis étirée. Beurk ! Je me sentais horriblement mal. Rien d'étonnant à ce que je me sois endormie. J'avais peut-être encore attrapé quelque chose. Mon Dieu, comme j'avais soif ! J'avais peut-être de la fièvre... Peu importe. Je ne savais qu'une chose : j'avais terriblement envie de boire. J'étais en train d'ouvrir mon sac lorsque je me suis souvenue qu'il n'y avait pas de wagon-restaurant dans le train. Tant pis. Je n'avais pas besoin de limonade, de l'eau suffirait.

J'ai regardé derrière moi. Par chance, il y avait des toilettes dans le wagon. Il y aurait certainement de l'eau courante et des verres en plastique. Ce n'était pas vraiment le cas. Je veux dire par là que mes suppositions ne se sont révélées qu'à moitié fondées. Les toilettes, qui, soit dit en passant, ne sentaient pas très bon, comportaient bien un lavabo avec un beau jet d'eau froide. Il y avait même un bout de savon rose très sale et une pile de serviettes en papier. Mais pas de verre en plastique à l'horizon.

J'ai alors pensé au stupide petit verre en plastique pliant que maman a l'habitude d'emporter en vacances pour parer à ce genre de situations. Je la taquinais toujours à ce propos. Maintenant, j'aurais payé pour l'avoir.

Finalement, en fronçant le nez, je me suis lavé les mains avec le bout de savon sale. Il me semblait que c'était mieux que de ne pas les laver du tout. Une fois cette opération terminée, je les ai placées sous le robinet d'eau froide de façon à former une coupe. Ensuite, je me suis mise à boire... à boire et encore à boire. Oh. A ce moment-là, rien, même le chocolat, n'aurait pu me paraître meilleur.

Puis j'ai regagné ma place.

Cinq minutes après, j'avais de nouveau soif.

Jusqu'à l'arrivée du train à New York, je me suis encore levée six fois pour aller me désaltérer. Quand j'ai aperçu papa à côté du bureau d'information, je lui ai tout de suite demandé si je pouvais acheter une limonade. Il m'a examinée de près tandis qu'il prenait mon sac.

– Comment te sens-tu, ma chérie ?

– Pas très bien, ai-je admis, pensant que je ne pouvais pas le cacher plus longtemps.

– Tu veux quand même aller au restaurant ?

– Je meurs de faim. J'ai une faim de...

– Tu n'as pas mangé ? m'a interrompue mon père.

– Si, ce matin et à midi. (Je n'ai pas parlé du paquet de M&M's que j'avais avalé en cachette dans les toilettes.) Mais j'ai encore faim. Le seul problème c'est que je suis fatiguée aussi. J'aimerais beaucoup aller au restaurant, mais je ne suis pas sûre que... Je veux dire que je ne sais pas si...

Papa m'a encore une fois coupé la parole :

– On ne va pas aller au restaurant. Je vais commander le repas chez un traiteur. On va prendre un taxi et filer directement à la maison, m'a-t-il dit en se précipitant vers la sortie.

– Est-ce que je peux prendre une limonade d'abord ?

– Tu ne peux pas attendre qu'on soit à la maison ?

J'ai fait non de la tête.

– Bon, d'accord.

Papa avait l'air préoccupé et regardait autour de lui pour trouver un kiosque où l'on vende des boissons. Il m'a acheté une grande bouteille de limonade basses calories. J'avais fini de la boire avant que nous ayons atteint son appartement.

Ce soir-là, papa a commandé deux sortes de salades et quelques sandwichs chez un traiteur qui se trouve à proximité de la maison. Nous avons dîné dans la cuisine, ce qui était bien plus reposant que de manger au restaurant. Je m'étais mise en jean. Nous nous sommes installés à table et nous avons mangé en discutant.

Je pensais téléphoner à Laine mais, vers neuf heures, je me suis sentie si fatiguée que j'ai dit à papa que je voulais aller me coucher.

Il a eu l'air surpris.

– Déjà ?

– Oui, je suis complètement épuisée.

Assoiffée aussi, mais ça, je ne l'ai pas dit.

Cependant, c'était difficile de le cacher à papa. Son appartement n'est pas si grand que cela. Il n'y a qu'une salle de bains et elle est plus proche de sa chambre que de la mienne. Il m'entendait donc chaque fois que je me levais pour aller boire. (En tout cas, au moins, il y avait du savon propre et un verre qui m'était destiné.)

A un moment, dans la nuit, j'ai trouvé papa qui m'attendait à la porte de la salle de bains.

– Tu n'as pas l'air d'aller bien, m'a-t-il dit. J'aurais mieux fait de ne rien commander chez le traiteur.

– Non, je n'ai pas mal au ventre. J'ai juste terriblement soif. Je bois tout le temps et, après, j'ai besoin d'aller aux toilettes.

Mon père a froncé les sourcils.

– Tu devrais vérifier ton taux de sucre.

– Maintenant ? (Il était trois heures et demie du matin.) Pas question. Je tombe de sommeil. Demain.

J'ai filé aussi vite que possible dans ma chambre.

Mais le lendemain matin, alors que je buvais comme une folle, papa ne m'a même pas suggéré de vérifier mon taux de sucre. Il m'a simplement dit :

– Il est temps d'appeler le médecin, non ?

J'ai hoché la tête. J'allais vraiment très mal. Je ne pouvais plus le nier.

Papa s'est rué sur le téléphone. Comme il n'arrivait pas à joindre le médecin tout de suite, il m'a mise dans un taxi et nous nous sommes rendus dans l'hôpital le plus proche

Dimanche

Hier soir, j'ai gardé Charlotte Johansen. Au début, j'ai eu peur qu'elle ait envie de jouer aux martiens, mais elle n'en a pas parlé, elle voulait jouer au Memory. J'étais d'accord. Je suis bonne à ce jeu et Charlotte aussi, alors nous avons été à égalité. Ce dont j'aurais dû me soucier, c'était de Lucy. J'ai été très surprise de recevoir un coup de fil de Mme MacDouglas.

Ce samedi avait été une bonne journée pour Claudia. C'est du moins ce qu'elle m'a dit la première fois que nous avons pu nous parler après mon admission à l'hôpital. Un taxi nous avait conduits papa et moi au plus proche service d'urgences.

C'était un grand hôpital, cependant, comme j'ai fréquenté beaucoup d'hôpitaux, je peux vous dire que, de toute façon, la nourriture n'est jamais bonne. A côté, celle de notre cantine paraît avoir été préparée par un grand chef! A l'hôpital, tout est emballé individuellement : une tranche de pain sous plastique, du jus de fruits dans une tasse en plastique avec un couvercle en aluminium, etc. Après le repas, mon assiette est complètement recouverte de plastique, d'aluminium et de papier. Quel gâchis!

« Si dans un hôpital une seule personne produit autant de déchets, ai-je pensé après mon repas, quelles peuvent en être les conséquences pour notre environnement? »

Hum! Hum! Je m'éloigne du sujet. Je vous parlerai de l'hôpital plus tard. En fait, c'est de Claudia et de sa journée dont je voulais vous parler.

Tout avait commencé par un cours de poterie. A la fin de ce cours, Mme Baher, son professeur, avait choisi l'œuvre de Claudia (je crois qu'elle avait fait un vase) et demandé au reste des élèves de la regarder à titre d'exemple avant de partir. Claudia n'était pas peu fière!

L'après-midi, elle avait révisé un contrôle d'orthographe. Lorsque Jane l'avait interrogée, Claudia avait eu dix-sept bonnes réponses sur vingt.

Puis Claudia s'était rendue chez les Johanssen. Elle craignait que Charlotte veuille encore jouer au chef martien, car la lecture de mon dernier compte-rendu lui avait fait un peu peur. Mais dès que ses parents ont été partis, Charlotte a voulu jouer à son nouveau jeu.

– Tu as un nouveau jeu ? a demandé Claudia.

– Oui, un Memory.

Charlotte a poussé sa baby-sitter vers le salon.

– Assieds-toi, je vais aller le chercher dans ma chambre.

Elle s'est élancée dans les escaliers et est réapparue un instant plus tard avec une boîte de cartes carrées qu'elle a posées sur le sol entre elle et Claudia.

Claudia a jeté un coup d'œil sur l'une des cartes.

– Ah, oui. On n'y a encore jamais joué.

– Je te l'avais dit. Regarde, au lieu de trouver deux cartes identiques, il faut assembler les mamans animaux avec leurs bébés. Une chatte avec son chaton, une oie avec son oison. Tu as compris ?

– Oui.

– Tu vas voir, a ajouté Charlotte. J'ai battu maman deux fois aujourd'hui !

– Vraiment ? Tu es formidable…

– Merci. Bon, on va installer les cartes, maintenant.

Il a fallu quelques minutes à Charlotte et à Claudia pour mélanger les cartes, les retourner puis les aligner sur le tapis.

Après cela, Charlotte, avec grandeur d'âme, a laissé Claudia commencer la première.

Elle a retourné deux cartes au hasard.

– Un chiot et un poussin. Raté ! s'est écriée Charlotte.

Claudia a remis les deux cartes en place puis la fillette a joué. Elle n'a pas trouvé de paire non plus.

Le jeu a continué. La partie était serrée. Charlotte est très intelligente et Claudia a une bonne mémoire visuelle. C'est peut-être pour cela qu'elle aime tant le dessin.

Les deux filles étaient à égalité à neuf points partout lorsque le téléphone a sonné.

– Je vais répondre, a dit Charlotte.

– D'accord, mais n'oublie pas qu'il ne faut pas dire que tes parents ne sont pas à la maison. Dis simplement...

– Je sais. Je dois dire qu'ils sont occupés pour l'instant, puis prendre un message.

– Parfait, miss.

– Attention, surtout n'en profite pas pour regarder les cartes pendant que je suis partie, hein ?

– Promis. Croix de bois, croix de fer...

Charlotte s'est précipitée dans la cuisine. Peu après, elle est revenue dans le salon.

– Claudia, a-t-elle annoncé d'une voix paniquée, c'est Mme MacDouglas. Elle veut te parler. On dirait qu'elle a pleuré.

– Tu en es sûre ?

Sans attendre de réponse, elle s'est précipitée dans la cuisine et a pris le téléphone.

– Madame MacDouglas ?

Ma mère avait en effet la voix de quelqu'un qui vient de pleurer. Rien d'étonnant puisque c'était le cas.

Mon père l'avait appelée une ou deux heures plus tôt pour lui dire ce qui s'était passé. Dès qu'il avait raccroché, ma mère s'était complètement effondrée. Puis elle avait préparé deux valises : une pour elle et une pour moi.

Elle avait pensé venir immédiatement à New York, mais papa l'en avait dissuadée. Ce n'était pas parce qu'il ne voulait pas la voir., mais parce qu'elle n'aurait pas assez de temps pour faire les valises avant le dernier train pour New

York. Et papa pensait que maman était bien trop bouleversée pour conduire pendant deux heures en pleine nuit.

Elle avait donc décidé de venir le lendemain matin. Je le sais parce que papa était assis dans ma chambre d'hôpital lorsqu'il l'a appelée. Je n'ai pas pu m'empêcher d'écouter la fin de la conversation.

Pas étonnant que maman ait craqué. Papa et elle, tout comme moi, savons qu'avec mon type de diabète, je peux tomber malade même si je suis strictement mon régime. Mais nous préférons ne pas y penser.

Maman se sent mieux lorsqu'elle s'occupe (c'est ce qu'elle dit). Elle a donc préparé les valises. Elle savait que je n'avais pris que ce qu'il fallait pour le week-end, aussi a-t-elle mis des sous-vêtements, des pyjamas, ma robe de chambre et quelques autres affaires dans un sac. Puis elle a rangé la penderie.

Ensuite, elle a téléphoné à Claudia. Elle savait que toutes mes amies devaient être tenues au courant de ce qui s'était passé. Elles seraient prises de panique si elles ignoraient où nous étions passées, ma mère et moi. Mieux valait leur apprendre tout de suite que j'étais à l'hôpital.

– C'est toi, Claudia ? a dit ma mère lorsque celle-ci a pris le téléphone.

Maman ne savait pas comment lui annoncer la nouvelle.

– Oui, c'est moi. Tout va bien ?

– Non, pas exactement. Je suppose qu'il vaut mieux que je te le dise. Lucy vient d'être hospitalisée à New York.

– Oh, là, là, là, là ! Non ! s'est écriée Claudia. Que s'est-il passé ?

Elle m'a dit plus tard que, au début, elle n'avait pas pensé à mon diabète, mais aux horribles nouvelles qu'elle entend à la télévision tous les soirs. Tous ces meurtres et toutes ces agressions qui se produisent à New York.

Moi, je pense que c'est exagéré, car les gens peuvent être agressés ou tués n'importe où, et pas seulement dans les grandes villes, quand même !

– Le taux de sucre de Lucy est monté en flèche, lui a annoncé ma mère.

Claudia a alors poussé un soupir de soulagement. Elle m'avait imaginée poignardée en pleine rue ou quelque chose comme ça.

– Elle est très malade, a cependant ajouté ma mère. Les médecins ne savent pas pourquoi son taux de sucre est si élevé. Ils sont en train d'essayer de le stabiliser. Puis ils vont devoir lui faire subir des examens. Beaucoup d'examens, apparemment. Elle restera sans doute à l'hôpital pendant un certain temps... J'ai pensé que tu voudrais le savoir.

– Oh, oui... Je suis contente que vous ayez téléphoné. Je veux dire, je suis désolée que Lucy soit malade, a balbutié Claudia. Mais je voudrais savoir... Est-ce que je peux l'appeler là-bas ?

– Bien sûr. Pas ce soir, parce qu'elle a besoin de repos, mais je sais qu'elle sera ravie de parler à ses amies demain. Et, si elle est encore à l'hôpital le week-end prochain, ce dont je ne suis pas sûre, tu pourras aller lui rendre visite, si tes parents sont d'accord.

Claudia a alors approuvé avec un léger tremblement dans la voix. Elle a noté le numéro de téléphone que ma

mère lui a donné. Puis maman a dit qu'elle partait le lendemain pour New York et lui a demandé de prendre mes
devoirs (quelle drôle d'idée !). Enfin, elle lui a promis
qu'elle la tiendrait au courant.

Lorsque Claudia a raccroché, elle savait ce qu'il lui
restait à faire : annoncer la nouvelle à Charlotte. Et il
faudrait le faire en douceur, car elle m'aime beaucoup.

– Charlotte...

La petite fille était restée près de la porte de la cuisine
pendant tout ce temps. Elle savait que quelque chose n'allait pas. Claudia lui a dit qu'il fallait qu'elles aillent discuter
dans le salon.

Elles se sont assises toutes les deux sur le canapé.

– Je suppose que le mieux est que je te le dise simplement. Lucy est à l'hôpital à New York.

Charlotte a eu l'air horrifiée.

– Le *serial killer* l'a attrapée ? a-t-elle interrogé d'une
voix angoissée.

– Le quoi ?

– Le *serial killer*. On parlait de lui dans le journal. Il suit
les filles puis...

– Oh, non ! l'a interrompue Claudia. Ce n'est pas ça.
Lucy est malade. C'est son diabète.

Et brusquement, à peu près comme elle l'avait prédit,
Charlotte s'est effondrée. Elle a fondu en larmes. La seule
chose que Claudia pouvait faire était de la prendre dans ses
bras. Elle ne pouvait pas lui dire que tout irait bien, parce
qu'elle n'en était pas sûre.

Néanmoins, une fois que Charlotte a été calmée, elles
ont mis quelques affaires de côté pour moi : un journal de

mots croisés, un dessin de Charlotte et quelques autres objets. Claudia a promis de me les envoyer dès lundi.

Pendant le reste de la soirée, la petite fille a demandé si j'allais mourir, et ce qui se passerait si je devais rester à New York avec mes médecins et ne jamais revenir ici.

La pauvre Claudia a dû répondre à ses questions puis, plus tard, appeler les autres membres du club pour leur annoncer la mauvaise nouvelle.

8

Dimanche, à midi, maman a fait irruption dans ma chambre d'hôpital. J'y étais depuis près de vingt-quatre heures. Papa était resté avec moi tout le temps.

Il ne m'avait laissée seule que quelques heures, tôt le matin, le temps d'aller chez lui, d'essayer de dormir un peu et de se changer. Je lui avais dit qu'il n'avait pas besoin de rester avec moi mais il m'avait affirmé qu'il y tenait. Et, au fond, je préférais. Cela peut vous sembler difficile à comprendre si vous n'avez jamais séjourné dans un hôpital. (A part bien sûr, au moment de votre naissance, mais ça ne compte pas puisque vous ne vous en souvenez pas.) Le fait est que, en dépit des efforts des médecins, des infirmières et du reste du personnel, la plupart des hôpitaux sont des lieux très peu accueillants. Ils paraissent toujours sinistres. C'est du moins mon impression. Je me moque des clowns qui viennent rendre visite aux jeunes malades et des posters qui ornent les murs. Un hôpital reste un hôpital. Je vais vous expliquer ce que je reproche à ce genre d'établissement.

D'abord, les médecins et les infirmières sont si nombreux qu'il est impossible de tous les connaître. (J'espérais que le spécialiste qui s'occupe habituellement de moi serait là, mais il était en vacances pour deux semaines. Il n'était même pas à New York.)

Ensuite, vous vous demandez comment les médecins et les infirmières font pour savoir qui vous êtes. Êtes-vous d'ailleurs vraiment une personne pour eux – Lucy MacDouglas en l'occurrence – ou juste « la patiente de la chambre 322 » ?

Et enfin, il est impossible d'avoir la moindre intimité. Toute la journée, vous passez entre les mains de personnes que vous n'avez parfois jamais vues auparavant. Toute la nuit, des infirmières viennent voir comment vous allez, au moins une fois par heure. Il y a toujours un rai de lumière qui inonde votre lit. Et, pour couronner le tout, vous entendez crisser les savates en caoutchouc du personnel qui entre constamment dans votre chambre. Parfois, un bruit de pas retentit près de votre lit, et vous comprenez alors qu'il s'agit de l'infirmière de garde qui vient pour prendre votre température ou faire je ne sais quoi.

Pour toutes ces raisons et pour bien d'autres encore, j'étais contente que papa soit resté avec moi. Il savait que j'étais Lucy MacDouglas, sa fille, un être humain et pas seulement « la patiente de la chambre 322 ». Il pouvait prendre ma défense. Hum... je m'éloigne une fois de plus du sujet.

Comme je vous l'ai déjà dit, maman est entrée dans ma chambre, dimanche, vers midi.

– Maman ! me suis-je exclamée en la voyant.

Je ne sais pas pourquoi j'étais si surprise. Elle avait prévenu papa de son arrivée et il m'avait dit qu'elle allait venir à New York aujourd'hui et qu'elle y resterait jusqu'à la fin de mon hospitalisation.

– Bonjour, ma chérie.

Elle avait les yeux brillants mais elle ne pleurait pas. Elle s'est penchée vers moi, m'a embrassée et a posé un gros canard noir et duveteux à côté de moi.

– Je voulais t'apporter Daffy Duck, mais je ne l'ai trouvé dans aucune boutique surtout que je n'avais pas beaucoup de temps, désolée.

Il faut vous dire que j'adore Daffy Duck. J'arrive même à imiter sa voix.

– Merci beaucoup, je n'avais pas encore de canard dans ma collection de peluches.

Les yeux de maman se sont éclaircis et elle m'a souri.

Je lui ai également souri, en posant tour à tour mon regard sur elle, puis sur papa, puis à nouveau sur elle. Quand nous étions-nous retrouvés pour la dernière fois tous les trois ensemble ? Je ne m'en souvenais plus, mais c'était de toute façon une sensation formidable. Notre famille était de nouveau réunie.

Mais pas pour longtemps.

Dès que maman a ôté son manteau et s'est assise, papa a bondi de sa chaise en disant qu'il prendrait bien un café. Enfin, je crois. Il a quitté la chambre si vite que je n'en suis pas sûre.

Nous sommes restées seules, maman et moi. Avant qu'elle n'ait eu le temps de me demander comment je me sentais et ce que les médecins faisaient, je lui ai dit que j'espérais qu'elle n'avait pas trouvé ma chambre trop en désordre.

Maman a eu l'air perplexe et a jeté un coup d'œil autour d'elle.

– Tu viens juste d'arriver, Lucy. Tu n'as pas eu le temps de mettre la pagaille, m'a-t-elle dit.

Je me suis mise à rire.

– Mais non, je parle de ma chambre chez papa. Tu as probablement eu du mal à trouver le lit. J'ai laissé des vêtements partout. Ta valise...

Maman m'a interrompue :

– Ma chérie, je ne vais pas occuper ta chambre. Je loge chez ton amie Laine. J'ai une chambre à part.

– Tu vas habiter chez les Cummings ! Mais pourquoi ?

– Parce que ta tante et ton oncle sont absents, m'a-t-elle expliqué calmement. (J'ai de la famille à New York, mais je ne la vois pas très souvent.)

– Mais pourquoi tu ne viens pas chez papa ?

– Lucy, nous sommes divorcés, ton père et moi.

– Je sais. Mais vous pouvez passer un moment sous le même toit, quand même, lui ai-je fait remarquer d'un ton maussade.

– Non, ce n'est pas possible, a répondu maman.

Je pensais qu'elle allait ajouter quelque chose, mais elle s'est ravisée et s'est tue. J'ai donc préféré changer de sujet.

– Regarde mon bras, lui ai-je dit en lui montrant l'intérieur de mon coude couvert de deux sparadraps. Ils me font tout le temps des prises de sang. Et, chaque fois que je vais aux toilettes, je dois uriner dans une boîte en plastique car ils font en permanence des analyses. Si tu savais ce que c'est ennuyeux... As-tu déjà parlé aux médecins ?

– Pas encore. Cependant ton père l'a fait. Depuis hier, nous ne savons rien de nouveau sur ton état, m'a-t-elle répondu.

Je suppose que c'était pour cette raison que les médecins et les infirmières s'affairaient encore plus qu'à l'accoutumée dans ma chambre. Outre les prises de sang et les analyses d'urine, ils vérifiaient le bon fonctionnement de mes reins. Ils avaient aussi augmenté ma dose d'insuline. Mais cela ne semblait pas donner beaucoup de résultats.

Maman m'a dit qu'il fallait peut-être attendre encore un peu.

J'ai hoché la tête. Cependant, j'étais inquiète.

Quand papa est revenu au bout d'une heure et demie (la pause-café avait duré longtemps !), maman a bondi hors de ma chambre, aussi vite que papa précédemment, en disant que c'était à son tour d'aller prendre un café.

– Papa, tu n'as pas besoin de rester avec moi, ai-je dit une fois maman sortie.

– Je sais...

– Vraiment. Ça va mieux maintenant. Je crois que j'ai besoin de dormir. Je suis plutôt fatiguée. Pourquoi ne vas-tu pas te reposer un moment à la maison ?

– Bon...

– J'ai besoin de mon carnet d'adresses et d'un tube de dentifrice, ai-je insisté.

– Dans ce cas, je vais aller y faire un tour. A tout à l'heure, ma P'tite Boule, m'a-t-il dit en partant.

Je n'avais pas vraiment besoin de mon carnet d'adresses ni

d'un tube de dentifrice, mais je voulais rester seule un moment pour réfléchir. J'ai retourné mon oreiller et j'ai posé confortablement ma tête dessus. Puis je me suis mise à penser à maman et papa.

Avant d'avoir pu pousser très loin mes réflexions, j'ai examiné ma chambre. Elle était semblable à toutes les chambres d'hôpital que j'avais connues, sauf que je n'avais personne avec moi. Il m'est déjà arrivé d'occuper une chambre avec une autre personne, voire avec trois autres personnes du même âge. C'était quand même mieux. Au moins, je n'avais pas à supporter la présence d'autres malades et de ceux qui venaient leur rendre visite.

Au centre trônait un lit. C'est l'élément le plus important dans une chambre d'hôpital ! C'était un lit inclinable. Durant la journée, la partie supérieure était relevée de façon à ce que je puisse me tenir assise. Il y avait des draps et deux fines couvertures blanches dessus. Je pense que c'est la même entreprise qui fournit tous les hôpitaux du pays en matière de literie. Soit dit en passant, les draps portaient un tampon sur lequel figurait le nom de l'hôpital où je me trouvais. J'avais du mal à comprendre pourquoi. Vous croyez qu'un malade irait voler des draps dans le seul but de garder un souvenir impérissable de son séjour à l'hôpital ?

Quoi qu'il en soit, outre mon lit, il y avait deux chaises pour les visiteurs, une table réglable qui me permettait de manger en étant confortablement installée sur mon lit, une commode et une télévision. Cette dernière était solidement accrochée dans un angle de la chambre, tout près du plafond. Pourquoi était-elle fixée ainsi ? Il doit être difficile de partir avec un poste de télévision sans se faire remarquer. Je veux dire par là qu'un téléviseur n'est pas exactement le genre de chose que l'on peut mettre dans une poche ou dissimuler sous son manteau. Bon, j'arrête. J'étais tout de même contente qu'il y en ait une même si, placée comme elle l'était dans l'angle, j'étais sûre d'attraper un torticolis.

J'ai regardé par la fenêtre. Un édifice gris se dressait de l'autre côté de la rue. Je n'aurais pu dire s'il s'agissait de bureaux ou d'un entrepôt. Il n'offrait de toute façon aucun intérêt. Cependant, une chambre avec vue est toujours préférable à une chambre dont la fenêtre donne sur un mur aveugle.

J'ai aperçu deux pigeons qui descendaient en piqué juste à côté de la vitre. Et, pour la première fois, ma présence à l'hôpital a commencé à m'inquiéter (je veux dire que je me suis vraiment sentie angoissée). Et si j'étais malade à cause du chocolat et du sucre que j'avais mangés récemment ? Peut-être. Cependant, j'avais commencé à me sentir mal bien avant d'avoir arrêté mon régime. Mais le chocolat n'avait pas dû arranger les choses. Est-ce que mon état était grave ? Pourquoi fallait-il que je change de dose d'insuline ? Jusqu'alors, le fait de savoir que je souffrais d'un diabète instable ne m'avait pas trop préoccupée. Tant que l'insuline faisait son effet, cela allait. Mais à présent, elle semblait moins efficace. Que se passerait-il si les médecins augmentaient la dose et si j'allais mieux pendant un moment, jusqu'au jour où il faudrait encore augmenter les injections d'insuline ? Et si cela devenait impossible ? Si... je mourais ?

J'avais lu un livre sur une petite fille diabétique qui n'avait pas assez d'insuline et qui en était morte. Je savais également que c'était extrêmement rare. Mais si c'était justement mon cas ?

Je me suis alors dit qu'il valait mieux arrêter ce jeu de suppositions stupides.

Cependant, je n'y parvenais pas. Je me sentais prisonnière de ma chambre avec ses quatre murs d'un blanc sévère. Que se passerait-il si les médecins ne trouvaient aucun remède à ma maladie...

– Hé, Lucy.

Une voix familière a résonné à mes oreilles.

J'ai tourné mon regard vers la porte. Laine Cummings se tenait sur le seuil.

– Salut ! Entre donc et prends place sur une de ces chaises inconfortables, Laine ! me suis-je exclamée.

Elle m'a adressé un large sourire en s'effondrant littéralement à mon chevet.

– Ouf, un peu de repos !

Je me suis mise à rire.

– Comment as-tu fait pour venir jusqu'ici ?

– J'ai plus de douze ans, je te signale ! Je me suis fondue dans la foule des visiteurs puis j'ai vite grimpé à ton étage... Alors, comment te sens-tu ?

– Soulagée. Enfin, pas totalement. Je me demande ce que j'ai au juste. Mais je dois admettre que, depuis que je suis à l'hôpital, même si ce n'est pas très drôle, je suis contente de sentir la présence de tous ces médecins autour de moi. Je suis rassurée.

– Bien...

Laine a légèrement froncé les sourcils, puis son visage s'est illuminé.

– Devine ce que je t'ai apporté ?

– Quoi ? ai-je demandé d'un ton suspicieux.

Les goûts de Laine peuvent parfois sembler étranges. Un jour, elle m'a offert un porte-clés en forme de cigale (un insecte énorme, vraiment hideux, de couleur verte). C'était un cadeau assez laid. Mais, lorsqu'on appuyait sur un bouton, les yeux verts de la cigale se mettaient à clignoter et son chant étrange retentissait. J'ai fait peur à beaucoup de monde avec ce gadget jusqu'à ce que la pile soit usée.

– Bon. D'abord... (elle a fouillé dans le sac en plastique qu'elle avait posé par terre, à côté de sa chaise), ces magnifiques fleurs. Dans un hôpital, chaque malade doit recevoir des fleurs. Les voici.

Laine m'a donné un bouquet de tulipes bleu électrique en plastique. Elles étaient enveloppées dans un superbe emballage en Cellophane.

– Ravissantes, ai-je dit en les plaçant dans une carafe d'eau vide.

– Et, de plus, elles sont faciles à entretenir. Elles n'ont besoin ni d'eau ni de lumière. Il faut seulement les épousseter de temps à autre.

Je me suis mise à glousser.

– D'accord.

– Et voici le deuxième cadeau.

Laine a encore fouillé dans son sac et m'a donné une petite boîte.

– Ça vient de chez *Tout pour rigoler*.

– Chouette ! me suis-je exclamée.

Tout pour rigoler est un magasin de farces et attrapes qui se trouve près de chez elle et où l'on peut acheter toutes sortes d'objets curieux. J'ai soulevé le couvercle de la boîte. A l'intérieur, j'ai découvert une gigantesque araignée en plastique

347

noir, chaussée d'une paire de lunettes rouges. Laine a remonté le mécanisme et l'araignée s'est déplacée sur ma table en rampant.

– C'est répugnant ! me suis-je exclamée sans pouvoir réprimer un fou rire.

– Tu ne le croiras jamais, mais j'ai trouvé les lunettes rouges dans un autre magasin. Et elles vont parfaitement à cette petite bête.

– Ça lui donne l'air d'une araignée savante.

Nous avons observé la bestiole qui, après avoir traversé la table, est tombée par terre.

– Il y a encore deux choses pour toi, a dit Laine en me tendant une grande carte de bon rétablissement, aux couleurs éclatantes.

– Merci !

– Et enfin, une dernière chose : j'ai parlé avec les membres du Club des baby-sitters. J'ai téléphoné à Claudia ce matin. Je suis tombée en pleine réunion exceptionnelle. J'ai des messages pour toi de la part de tout le monde. Mal dit qu'elle pense à toi en permanence, Mary Anne et Carla te font savoir que tu leur manques. Kristy te demande de vite te rétablir car Carla n'a pas tes talents de trésorière. Jessi promet de t'écrire, tu es donc sûre de recevoir bientôt du courrier à l'hôpital. Enfin, Claudia dit qu'elle se charge de prendre tes devoirs et que tu lui manques terriblement.

Lorsque Laine a quitté l'hôpital, j'avais vraiment repris courage.

Nous étions mercredi matin. C'était mon quatrième jour d'hôpital. Mon taux de sucre avait diminué, mais les médecins n'étaient pas encore satisfaits.

Ils me donnaient une quantité incroyable d'insuline pour le faire baisser, mais il était encore trop élevé. Cependant, j'étais beaucoup moins fatiguée. Comment se passaient mes journées ? Je vais vous le raconter.

Par exemple, la journée du mercredi : à sept heures, mon réveil a sonné. Je me suis levée, j'ai ôté ma chemise de nuit pour enfiler un jean et un pull. Puis je me suis lavée comme j'ai pu dans la salle de bains qui comporte un lavabo et des toilettes, mais ni douche ni baignoire.

A sept heures et demie, je me suis affalée sur mon lit et j'ai commencé à faire mes devoirs. Ma mère m'avait dit que mon séjour à l'hôpital serait plus facile à supporter si je m'habillais et menais une vie normale. Et je suppose que c'était le cas. Mais même ainsi, je ne me sentais pas chez moi, car j'étais sans cesse dérangée.

Par exemple, à huit heures, j'étais plongée dans mes cours de biologie quand j'ai entendu des chariots chargés de matériel rouler dans le couloir.

– Flûte, ai-je grommelé, c'est...

– C'est l'heure du petit bilan, a joyeusement annoncé un infirmier en faisant rouler dans ma chambre un chariot de soins. Il a sorti un instrument de mesure de la pression sanguine.

Cet instrument s'appelle un tensiomètre. C'est le genre de chose que l'on apprend lorsqu'on passe beaucoup de temps dans les hôpitaux et les cabinets médicaux.

– D'accord, ai-je répondu.

J'ai poussé mes livres. Puis je me suis assise sur l'une des deux chaises et, sans qu'il me le demande, j'ai ouvert la bouche et étendu le bras.

– Je vois que tu es une habituée, a constaté l'infirmier.

– Malheureusement.

Il a placé un thermomètre dans ma bouche et passé le brassard noir du tensiomètre autour de mon bras. Il a écouté les pulsations au pli de mon coude à l'aide d'un stéthoscope pendant quelques instants, noté quelque chose sur une courbe puis m'a demandé de me lever. Je ne sais pas pourquoi on mesure la tension lorsque l'on est assis puis debout, mais c'est ainsi.

Je me suis rassise et l'infirmier a ôté mon brassard. Puis il a pris mon pouls. Juste au moment où il avait terminé, le thermomètre a émis un bip. Il ne s'agissait pas d'un thermomètre classique en verre. Il était en plastique et relié à un boîtier. Il sonnait lorsqu'il avait pris votre température et celle-ci s'affichait alors sur le boîtier, comme l'heure d'un radio-réveil. Un autre miracle de la médecine moderne.

– Tout va bien, a dit l'infirmier.

– Parfait, ai-je répondu. Merci.

Il s'appelait Rufus. C'était écrit sur le devant de son uniforme. Mais je n'ai pas fait l'effort de le retenir, car il y avait un infirmier différent chaque matin.

Je me suis remise à ma bio et je n'ai été interrompue que par l'arrivée du petit déjeuner. J'ai donc mis mes livres de côté et je me suis forcée à avaler l'abominable nourriture. Avant que j'aie fini, maman est apparue à la porte.

– Bonjour, ma chérie, a-t-elle dit en s'installant sur une chaise.

– Bonjour, maman !

– Comment vas-tu ce matin ?

– Pas trop mal. Mais je sais que les médecins vont recommencer à faire des essais avec mon insuline.

– C'est pour ça que tu es ici.

– Je suppose.

– Tu as travaillé aujourd'hui ?

J'ai soulevé mes feuilles de cours.

– J'essaie, mais je suis constamment dérangée. D'abord pour la tension, puis pour le petit déjeuner.

– Puis par moi.

– Non, pas par toi, ai-je dit.

Mais j'ai vu que maman souriait. Elle plaisantait. Je lui ai demandé si papa allait venir. Les journées de lundi et mardi avaient été un peu pénibles, car maman et papa venaient me rendre visite mais s'efforçaient de s'éviter.

– Je ne pense pas, a-t-elle répondu. Du moins, pas de bonne heure. Il a des rendez-vous toute la journée. Mais je vais rester avec toi.

– Tu n'es pas obligée de rester sur cette chaise toute la journée, lui ai-je dit. J'ai des devoirs et, de toute façon, je me sens beaucoup mieux.

– D'accord.

Maman est partie pendant un petit moment. Elle a dit qu'elle allait prendre un café puis qu'elle se rendrait en taxi dans le centre ville (où se trouvent la plupart de mes magasins préférés). Elle m'a informée qu'elle avait une mission secrète à accomplir. J'espérais qu'elle allait m'acheter des vêtements…

Elle est partie au moment où l'aide-soignant venait chercher mon plateau. J'ai repris mon travail et j'ai de nouveau été interrompue, cette fois par un groupe de personnes en blouse blanche. Je connaissais l'une d'elles. C'était un médecin qui m'avait examinée plusieurs fois. Il a commencé à parler et les autres personnes ont pris des notes sur un bloc. Je suppose qu'il s'agissait d'étudiants en médecine ou de jeunes médecins, et que mon médecin était leur professeur. Celui-ci m'a saluée puis s'est tourné vers ses étudiants.

– Cette patiente, a-t-il dit, est une jeune fille âgée de treize ans (il n'a même pas prononcé mon nom !) présentant un début de diabète juvénile. Elle a été hospitalisée samedi dernier et l'on a découvert une glycémie anormalement élevée, bien qu'elle prenne de l'insuline et suive un régime strict depuis le premier diagnostic…

Le médecin a continué à parler et les étudiants ont griffonné sur leurs blocs en me lançant parfois un regard. J'avais l'impression d'être un poisson rouge dans un bocal ou un animal en cage. Ils parlaient de moi comme si je n'étais pas là.

Au bout d'environ cinq minutes, le groupe a enfin quitté ma chambre. Une fois de plus, je me suis remise au travail. Et cette fois, j'ai pu avancer un peu, même si une infirmière est venue contrôler ma glycémie et même si je savais que deux de mes feuilletons préférés passaient à la télévision. Après un déjeuner plutôt fade, je me suis remise au travail. Puis maman est réapparue avec un sac Gap. Super! Il contenait un pull turquoise et une écharpe assortie.

– Oh, merci! me suis-je écriée.

J'ai immédiatement essayé mes nouvelles affaires. Maman est restée avec moi jusqu'à quatre heures et demie. Puis elle m'a dit qu'elle devait partir. Je pense qu'elle avait peur de tomber sur mon père, car elle ne savait pas exactement à quelle heure il allait venir.

A cinq heures moins le quart, j'étais seule.

A cinq heures, le téléphone a sonné. J'ai décroché en disant :

– Bonjour, ici la maison de fous! Qui est à l'appareil?

Il y a eu un silence. Puis j'ai entendu un gloussement.

– C'est moi.

C'était Claudia.

– Qui ça, moi? ai-je quand même demandé.

– Moi, Claudia!

– Je le sais bien! ai-je répondu.

Nous avons toutes les deux éclaté de rire.

– Comment vas-tu? a voulu savoir mon amie.

– Bien. Je me sens beaucoup mieux, mais je vais peut-être rester ici un moment.

Je savais qu'elle aurait voulu me demander pourquoi, mais qu'elle sentait que je n'avais pas envie d'en parler. Aussi, après un bref silence embarrassé, elle m'a annoncé que les autres membres du club étaient là et voulaient me parler.

– Le reste du club est là ? Mais il n'est que cinq heures.

– Je sais, mais comme nous avions envie de te parler, nous avons avancé la réunion.

– Et comment allez-vous payer ce coup de fil ? Ça risque d'être cher.

– Peut-être avec l'argent de la caisse ? a proposé Claudia.

J'ai soupiré.

– J'en vaux peut-être la peine.

Claudia a ri, puis elle m'a passé Kristy. Celle-ci m'a annoncé qu'Emily Michelle venait d'apprendre un nouveau mot : « marrant ». Mais elle disait « mawant ». Tout était « mawant », d'après elle.

J'ai ensuite parlé à mes autres amies. Lorsque j'ai eu Jessica, je lui ai demandé comment allait Charlotte.

– Euh... bien, a-t-elle répondu, puis elle a rapidement passé le téléphone à Mallory.

Le temps que nous raccrochions, il était presque cinq heures et demie. La conversation s'était prolongée et j'avais peur que le coût d'une communication longue distance d'environ une demi-heure ne vide notre caisse. Tant pis ! J'avais besoin de mes amies. Je réglerais ce problème financier en rentrant à Stonebrook.

Je venais de raccrocher quand Laine est arrivée. Mais nous avons à peine pu nous dire bonjour, car un employé de l'hôpital est arrivé avec le courrier.

– Un paquet! s'est exclamée Laine. Super! De qui il vient?

J'ai regardé l'adresse de l'expéditeur : c'était Charlotte! J'ai déchiré le papier brun et j'ai découvert les cadeaux qu'elle avait choisis avec Claudia le soir de mon premier jour à l'hôpital.

– Je pense que je vais appeler Charlotte, ai-je dit à Laine.

Je me souvenais de la réponse de Jessica lorsque je lui avais demandé comment allait Charlotte. Y avait-il un problème?

J'ai vite compris. Au début, elle était ravie de m'entendre. Mais bientôt, son excitation a laissé place à une série de questions toutes plus angoissées les unes que les autres. Quand sortirais-je de l'hôpital? Quand reviendrais-je à Stonebrook? J'allais y revenir, n'est-ce pas? Pourquoi mes injections d'insuline n'avaient-elles pas fonctionné? Est-ce que je me sentais vraiment mieux, ou est-ce que je le disais pour la rassurer? Charlotte a enfin voulu savoir si l'on pouvait mourir du diabète. Je suis sûre qu'elle voulait savoir si je risquais de mourir. Mais avant que je puisse lui répondre, elle a dit :

– Ça ira. Ne dis rien, Lucy. Je vais demander à ma mère. Elle saura me répondre.

J'ai détourné en douceur la conversation sur son paquet. Mais lorsque j'ai raccroché, j'ai expliqué à Laine que Charlotte s'inquiétait.

10

Vendredi

Lucy a bien fait d'appeler Claudia mercredi, juste après avoir parlé à Charlotte. Comme ça, sachant que j'allais la garder ce soir-là, Claudia a pu m'avertir de la situation. Je n'ai donc pas été surprise de trouver une Charlotte très angoissée en me rendant chez les Johanssen. Il n'y a pas eu d'incident... rien de comparable avec un baby-sitting chez Jackie Rodowsky, notre catastrophe ambulante. Mais ça m'a quand même inquiétée, j'en ai donc parlé à ses parents lorsqu'ils sont rentrés. Ils se font du souci eux aussi, mais ils pensent que la seule *solution est d'attendre le retour de Lucy. Charlotte verra alors d'elle-même que tout va bien.*

Carla n'avait pas souvent gardé Charlotte, mais elle avait appris beaucoup de choses sur elle en écoutant nos commentaires (en particulier les miens) et en lisant le journal de bord. De plus, comme elle l'a elle-même noté, j'avais appelé Claudia après ma conversation avec Charlotte et Claudia lui avait ensuite téléphoné. Carla, connaissant l'affection que Charlotte me porte, avait tout de suite compris que celle-ci devait se faire beaucoup de souci à mon sujet. Trop. Elle risquait de pleurnicher ou d'être un peu collante.

Carla ne s'attendait cependant pas à trouver Charlotte transformée à ce point en malade imaginaire.

Quand le Dr Johanssen, la maman de Charlotte, est venue lui ouvrir, elle l'a prévenue que sa fille avait manqué l'école deux jours de suite cette semaine.

– Elle est malade ?

– Je ne pense pas. Un jour, elle m'a dit qu'elle avait mal à la gorge. Le jour suivant, elle avait mal au ventre. A présent, elle se plaint de la tête et des oreilles. Mais elle n'a pas de fièvre et elle n'a pas perdu l'appétit, y compris le jour où elle est restée à la maison parce qu'elle avait soi-disant mal au ventre.

– Bon, a fait Carla d'un air songeur. Si elle se plaint ce soir, je lui conseillerai d'aller se reposer dans sa chambre.

– Ça ne sera pas difficile, lui a alors expliqué M. Johanssen en souriant. Elle est en haut, dans son lit. Et je pense qu'elle a l'intention d'y rester.

Quelques minutes plus tard, une fois les Johanssen partis, Carla est montée voir Charlotte avec son coffre à jouets.

– Charlotte ? a-t-elle hasardé, une fois arrivée à la porte de sa chambre.

– Bonjour, Carla.

Il n'était que sept heures et demie, mais Charlotte était déjà en chemise de nuit. Cependant, elle n'était pas vraiment couchée. Elle était assise sur son lit et feuilletait un livre.

– Comment te sens-tu ? a demandé Carla.

Elle est d'abord restée silencieuse, puis s'est plainte d'avoir mal au cou.

– Tu as mal au cou ? Ta maman m'avait dit que tu avais mal à la tête et aux oreilles.

– Oui, c'est ça. Enfin, j'avais mal. Maintenant, c'est le cou.

– Tu n'as plus du tout mal à la tête et aux oreilles alors ?

– Non, ça a l'air d'être passé. Maintenant, c'est vraiment uniquement mon cou qui... J'espère que je ne me suis pas pincé un nerf de la colonne vertébrale.

– Tu te serais pincé un nerf ? s'est exclamée Carla. Comment sais-tu que les nerfs peuvent se pincer ?

– Je sais beaucoup de choses. Maman est médecin.

– Oh !

Carla s'est assise sur le bord du lit et lui a demandé comment elle savait que cette douleur était due à un nerf pincé.

Charlotte a haussé les épaules.

– Je n'en sais rien. Mais je suis sûre qu'il s'agit de cela. Je le dirai à maman. Je serai peut-être obligée de porter une minerve. Et, si cela n'a aucun effet, alors il faudra que j'aille à l'hôpital pour que l'on m'opère.

– Bon, et si pour l'instant tu essayais de garder la tête immobile, lui a suggéré Carla.

– D'accord, a répondu Charlotte d'un ton mal assuré.

– Que veux-tu faire ce soir ? Tu as déjà fini tes devoirs ?

– Oui. Mais, je ne pense pas que cela ait beaucoup d'importance car je n'irai probablement pas à l'école demain, tu sais.

– C'est certain. Avec ton nerf pincé et tout le reste. Ce soir, nous allons rester calmes, a dit Carla en hissant le coffre à jouets sur le lit.

– Très bien, il vaut mieux que je ne me surmène pas trop.

– Quoi ? Qu'est-ce que tu as dit ?

– Qu'il ne fallait pas que je me surmène trop, a répété Charlotte. Cela veut dire que…

– Je sais ce que ça veut dire, mais je suis juste un peu surprise que tu le saches, toi aussi, l'a coupée Carla.

– C'est un terme que maman emploie souvent.

Charlotte avait sorti du coffre un exemplaire d'un livre qui avait l'air ancien et qui s'intitulait *Les Aventures de Tom Sawyer.*

– Qu'est-ce que c'est ? a-t-elle demandé.

– Oh, c'était à ma mère quand elle était petite. Elle l'a retrouvé et me l'a donné. Je pense que ça te plaira.

– Bien, on n'a qu'à le lire alors.

Carla a ouvert le livre en prenant soin de ne pas abîmer sa couverture déchirée et poussiéreuse. Charlotte a semblé s'y intéresser tout de suite. Cependant, au bout de dix minutes, elle a dit qu'elle ne se sentait pas très bien.

– C'est ton cou ? Pourquoi ne t'allonges-tu pas ? lui a alors proposé Carla.

Charlotte a fait non de la tête.

– Ce n'est pas mon cou. C'est mon estomac. J'ai mal et ça me brûle. Je crois que j'ai un ulcère.

Carla a alors essayé de trouver une réponse appropriée.

– Les enfants de ton âge ont rarement des ulcères. Si tu en as un, c'est vraiment exceptionnel. Qu'est-ce que tu as mangé ce soir ?

– Carla, il ne s'agit pas d'une indigestion, a protesté Charlotte, indignée.

– D'accord. Ça te brûle comment ?

– Pourquoi ?

– Parce que je me disais que je pourrais peut-être appeler tes parents pour leur demander si je pouvais te donner un médicament.

– Oh, non ! Ça n'est pas la peine. Mais maintenant je me sens vraiment fatiguée et j'ai soif. Est-ce que tu crois que j'ai du diabète… comme Lucy ?

Carla se demandait ce que tout cela voulait dire. Où Charlotte voulait-elle en venir avec ses maux de gorge, ses nerfs pincés, ses ulcères et son diabète ?

Elle était sûre qu'elle n'était pas malade du tout. Mais comment l'en convaincre ?

Soudain, elle a eu une idée.

– Non, tu n'as pas de diabète, a-t-elle affirmé. Dis, Charlotte, est-ce que tu as encore ta trousse de docteur ?

– Oui, dans mon armoire à jouets.

Carla a repéré la mallette en plastique noir et l'a posée sur le lit.

– Il vaut mieux que je t'examine. Je trouverai ce qui ne va pas, puis je préviendrai tes parents.

– Mais…, a protesté Charlotte.

– Pas de mais, a répliqué Carla. Tiens-toi tranquille. Il faut que je t'ausculte.

Carla a alors placé le stéthoscope en plastique contre la poitrine de Charlotte. Elle a ensuite collé un faux thermomètre sous sa langue et utilisé tous les instruments qui se trouvaient dans la mallette. Elle avait même chaussé la paire de lunettes rouges sans verres.

– Tu es en parfaite santé, a-t-elle annoncé quelques minutes plus tard.

– Est-ce que je peux parler maintenant ? lui a demandé Charlotte.

– Oui.

– Carla, cette trousse est un jouet. Et, de toute façon, tu n'es pas médecin.

Carla a poussé un soupir.

– Tu veux que je continue à lire ? a-t-elle demandé.

– Oui. Mais je pense vraiment que je suis diabétique et peut-être aussi anémique.

Carla a passé le reste de l'heure qui a suivi à essayer de persuader Charlotte qu'elle était en bonne santé. En pure perte. De guerre lasse, elle lui a dit qu'une malade avait besoin de beaucoup dormir et elle l'a mise au lit. Puis elle est descendue sur la pointe des pieds avec son coffre à jouets et s'est mise à ses devoirs en attendant le retour des Johanssen.

– Comment va Charlotte ? a demandé son père en rentrant.

– Très bien, à part qu'elle pense maintenant avoir un nerf

pincé, un ulcère, du diabète et peut-être de l'anémie, a répondu Carla en rassemblant ses livres et ses cahiers.

M. et Mme Johanssen ont échangé un regard entendu.

– Hum! hum! a toussoté la mère de Charlotte.

– J'espère que j'ai agi comme il le fallait, a dit Carla avant d'expliquer ce qu'elle avait fait.

– Cela semble parfait, a répondu Mme Johanssen.

– Hum... Est-ce que je peux vous poser une question? lui a alors demandé Carla.

– Bien sûr.

– Selon vous, pourquoi est-ce que Charlotte se comporte de cette façon? Cela doit avoir quelque chose à voir avec Lucy, mais quoi au juste?

– Nous ne savons pas nous-mêmes. Mais je suppose que Lucy lui manque beaucoup. Elle a envie de la voir. J'ai l'impression qu'elle pense, sans en être vraiment consciente, que, si elle tombe malade, on l'enverra à l'hôpital où elle retrouvera Lucy. Alors, elle pourra s'assurer qu'elle va bien et qu'elle va vraiment revenir à Stonebrook.

– Oh, là, là! Qu'est-ce que vous allez faire?

– Nous y avons déjà réfléchi. Nous avons seulement décidé de nous montrer très patients et compréhensifs avec Charlotte, et de la laisser parler avec Lucy aussi souvent qu'elle le voudra.

Carla a hoché la tête. En effet, ce devait être la seule solution.

11

« *Oh, non ! Ça recommence !* »
C'est la première pensée qui m'est venue à l'esprit, vendredi matin, en me réveillant.

Je me suis demandé ce qui pouvait bien recommencer et j'ai réalisé que je n'avais pas de réponse. Je savais seulement que, bien que je sois encore au lit et que j'aie dormi neuf heures, je me sentais extrêmement fatiguée, au point de ne pas pouvoir effectuer un mouvement.

D'un geste impatient, j'ai donné une tape sur mon radio-réveil. Ce matin, il m'était particulièrement insupportable et je n'avais pas envie de me lever.

« De toute façon, ai-je pensé, j'en serais incapable. » Je ne me sentais vraiment pas bien. J'ai sonné pour appeler une infirmière. Cinq minutes plus tard, l'une d'elles a fait précipitamment irruption dans ma chambre, après s'être arrêtée un instant à l'entrée pour regarder mon nom. J'aurais alors donné n'importe quoi pour être avec quelqu'un qui me connaissait. J'avais peur.

J'ai regardé son badge. Elle s'appelait Darlene Desmond. Un nom de star de cinéma.

Nous connaissions désormais nos noms respectifs.

– Lucy ?

Je ne sais pas si c'était sa manière de me demander ce qui n'allait pas ou si elle s'assurait que j'étais bien la personne dont le nom figurait sur la plaque. Oh, et puis, quelle importance ?

– Je ne me sens pas très bien, lui ai-je dit. Ces derniers jours, ça allait beaucoup mieux. Mais aujourd'hui, je pense que je serais incapable de sortir de mon lit.

L'infirmière m'a alors demandé si j'avais besoin d'aller aux toilettes et, lorsque j'ai répondu oui, elle m'a apporté un bassin hygiénique. Il était froid. Je me suis sentie gênée parce qu'elle est restée avec moi pendant que je l'utilisais.

– Je suppose qu'il faut que je me lève, que je m'habille et que je commence mes devoirs, ai-je dit ensuite.

Mais, tout en parlant, je sentais mes paupières s'alourdir.

– Pas ce matin, a-t-elle répondu. Tu peux continuer à dormir. Je parlerai à ton médecin dès que possible.

– Je n'ai pas de médecin attitré. J'en ai trois millions.

Soit l'infirmière était déjà partie, soit j'avais simplement rêvé que je disais cela, car personne ne m'a répondu. Je me suis rapidement endormie. Je dormais profondément lorsqu'on est venu vérifier ma tension et ma température.

Je ne me suis pas réveillée avant que les chariots du petit déjeuner ne commencent à circuler dans le couloir. Généralement, j'apprécie les repas. Ce n'est jamais très bon mais, au moins, c'est distrayant. Ce matin-là, pourtant, je n'avais pas faim. J'ai repoussé la table et je me suis appuyée contre mes oreillers. Je n'avais pas suffisamment sommeil pour recommencer à dormir, mais je n'avais plus assez d'énergie pour faire quoi que ce soit – même allumer la télévision.

Lorsque ma mère est arrivée un peu plus tard, c'est donc ainsi qu'elle m'a trouvée : allongée dans mon lit dans une chambre silencieuse, mon petit déjeuner auquel je n'avais pas touché posé sur la table.

– Ça va ? a-t-elle demandé avant même d'avoir retiré son manteau.

– Pas vraiment.

Je déteste montrer à mes parents que je ne vais pas bien, mais j'étais trop inquiète pour m'en soucier.

– Tu sais, maman, je me sens presque aussi mal que samedi dernier.

– Je vais aller chercher un médecin.

– Non, non. Ce n'est pas la peine. Il y a une infirmière - je crois qu'elle s'appelait Ruby Diamond ou quelque chose comme ça – qui a dit qu'elle irait chercher un médecin.

– Il y a combien de temps ?

- Je ne sais pas. Je me suis rendormie. Elle est venue juste après que mon réveil a sonné. Quelle heure est-il, maintenant ?

– Neuf heures, a répondu ma mère. Le médecin devrait déjà être là.

Elle s'est levée, furieuse, juste au moment où le Dr Motz entrait à grands pas dans ma chambre. J'ai essayé de me rappeler si je l'avais déjà vu.

Je pense que oui, car il m'a saluée par mon nom, ainsi que ma mère.

– Lucy, l'une des infirmières m'a dit que tu ne te sentais pas très bien ce matin. Peux-tu me dire ce qui ne va pas ?

J'ai failli lui répondre que c'était à lui de me dire ce qui n'allait pas. Mais j'avais compris ce qu'il voulait dire. En outre, maman était dans la pièce. Je lui ai donc expliqué comment je me sentais. Le médecin a paru légèrement inquiet, mais il s'est contenté d'augmenter ma dose d'insuline (encore une fois) et d'envoyer plein de gens me faire des prises de sang et d'autres examens, dont certains avaient déjà été effectués une ou deux fois cette semaine.

– Ne t'inquiète pas, Lucy, a dit le Dr Motz avant de partir. Je reviendrai te voir cet après-midi ou ce soir. Et je te donnerai les résultats des examens dès que possible.

– D'accord, ai-je répondu. A tout à l'heure...

– Merci, a ajouté ma mère.

Maman et moi, nous nous sommes retrouvées à nouveau seules. Nous avions passé beaucoup de temps ensemble cette semaine, toutes les deux. En général, je travaillais et elle lisait. Mais ce matin-là, elle a demandé si je voulais qu'elle allume la télé.

J'ai secoué la tête.

– Non, pas maintenant... Maman ?

– Oui ?

– Est-ce que papa va venir, aujourd'hui ?

Elle a évité de me regarder.

– Peut-être après le dîner.

– Pourquoi ne vient-il pas pendant la journée ? ai-je voulu savoir. Il ne vient presque plus depuis que...

J'ai réalisé qu'il ne venait presque plus depuis que ma mère était là. Mais je n'ai pas voulu le lui dire. Cela aurait pu la blesser.

– ... depuis samedi, ai-je achevé.

– Tu sais bien que ton père travaille comme un fou, a dit maman, toujours sans me regarder en face.

– Oui. Mais est-ce qu'il ne pourrait pas venir pendant son heure de déjeuner ? Ou avant d'aller au bureau le matin ?

– Je pense que si. Mais il y a peut-être une autre raison.

– Laquelle, alors ? ai-je demandé d'un ton suspicieux.

– Lucy, ton père t'aime beaucoup.

– Je n'en ai pas l'impression, en ce moment.

– Il t'aime tellement qu'il est peut-être difficile pour lui d'aller te voir à l'hôpital. Il n'aime pas te voir comme ça.

– Je n'y peux rien, si je suis malade. S'il ne vient pas parce que je suis malade, alors il est très égoïste.

Maman a enfin fini par me regarder. Je savais que j'avais exagéré.

– Tu es injuste, Lucy. Écoute-moi. Tu sais pourquoi ton père n'est pas venu très souvent ? C'est un peu pour ce que je t'ai dit, mais surtout à cause de moi.

– De toi ?

Maman a hoché la tête.

– De moi et de lui. Nous avons du mal à nous supporter en ce moment. Comme j'ai pu m'arrêter de travailler quelques jours, et que ton père ne le pouvait pas, nous avons décidé que je resterais avec toi pendant la journée et qu'il viendrait te voir le soir.

Mes parents étaient donc incapables de rester dans la même pièce ne serait-ce qu'une demi-heure ? Ce qui m'ennuyait le plus, ce n'était pas que mon père passe peu de temps avec moi mais que mes parents ne puissent être réunis de sorte que nous ressemblions de nouveau à une famille, au moins pendant que j'étais malade.

– Tu peux peut-être allumer la télé, après tout, ai-je dit à maman.

Je ne voulais pas poursuivre la conversation, mais je ne pouvais pas me contenter de rester dans mon lit à côté d'elle, sans rien dire.

Maman a allumé la télé et, après avoir essayé plusieurs chaînes, nous sommes tombées sur un vieux film de Woody Allen. C'était drôle. Après le générique de fin, nous avions oublié notre dispute. Peut-être pas oublié, mais c'était déjà du passé.

Laine est venue vers trois heures et quart cet après-midi-là. Les trois jours précédents, elle était venue juste après l'école.

Je savais qu'elle était surprise de me voir en chemise de nuit dans mon lit, les cheveux en bataille. Elle n'a pas pu le cacher. Mais maman et moi avons fait semblant de ne rien remarquer, puis ma mère s'est absentée pour aller boire un café, de sorte que j'ai pu rester un peu seule avec mon amie.

– Que se passe-t-il ? a demandé Laine, en s'asseyant.

– Je ne me sens pas très bien, aujourd'hui, lui ai-je dit en guise d'explication.

– Tu te sentiras peut-être mieux demain, a répondu mon amie avec ce ton faussement enjoué que j'ai si souvent entendu à l'hôpital.

– Peut-être.

Elle s'est penchée et a tiré quelque chose d'un sac.

– Je t'ai apporté quelque chose.

– Encore ?

Je n'ai pu m'empêcher de sourire. Chaque fois qu'elle me rendait visite, elle m'apportait un ou deux cadeaux très originaux. Ma chambre commençait d'ailleurs à se remplir : un chapeau de camouflage sur lequel était écrit : « A la chasse au sourire », une paire de lunettes de soleil qui s'allument, des bijoux phosphorescents, un crayon en forme de palmier et d'autres gadgets y avaient fait leur apparition.

Laine m'a tendu une boîte.

– Ouvre-la.

J'ai soulevé le couvercle. A l'intérieur, il y avait un miroir. Un miroir ordinaire, en plastique. J'étais étonnée qu'elle m'offre un cadeau aussi commun.

– Mets-le devant toi, m'a-t-elle expliqué.

Je l'ai levé devant mon visage et le miroir s'est mis à rire ! Laine en a fait autant.

– Incroyable, non ? a-t-elle pouffé, en essayant de se calmer. Ça vient du même endroit que la cigale.

J'ai été prise d'un fou rire et Laine aussi. Nous avons passé les deux heures suivantes à demander aux personnes qui entraient dans la chambre de se regarder dans le miroir.

L'une des infirmières a même failli s'évanouir.

Entre le départ de Laine et de maman et l'arrivée de papa, je me suis sentie mieux – moralement, tout du moins.

Mais cela n'a pas duré longtemps. Le Dr Motz est revenu juste au moment où l'on m'apportait mon dîner.

– Lucy, a-t-il dit d'un air grave, demain nous allons mettre en place un nouveau traitement pour toi. Il faut d'abord que j'en parle à tes parents, mais je suis sûr qu'ils seront d'accord.

– Qu'allez-vous faire ? me suis-je inquiétée, sans pouvoir réprimer un tremblement dans ma voix.

– Nous allons juste te placer sous perfusion pendant un petit moment. Je veux voir ce qui se passe lorsqu'on injecte en permanence de l'insuline dans tes veines.

– Génial, ai-je soupiré.

Lorsque le Dr Motz est parti, je me suis mise à pleurer.

12

– Elle est ici.
– Mais non, ce n'est pas elle.
– Si! Tu ne vois donc pas qu'il y a écrit
« Lucy MacDouglas » à côté de la porte?

Est-ce que j'étais en train de rêver? Nous étions samedi, j'en étais sûre. Je savais aussi que j'avais été réveillée à onze heures et demie, la nuit dernière, lorsque l'infirmière m'avait mise sous perfusion. Puis je m'étais rendormie et j'avais fait des rêves étranges. A présent, j'aurais juré entendre les voix de mes amies de Stonebrook. Mais c'était impossible. Comment auraient-elles pu se trouver à New York?

– Oh, là, là, là, là! Elle a une aiguille plantée dans le bras! s'est exclamé quelqu'un.

– Chut! a crié quelqu'un d'autre.

– Elle dort, a murmuré une autre voix.

– Non, ai-je dit en ouvrant à grand-peine les yeux.

Je me suis alors retrouvée nez à nez avec Claudia, Carla, Mary Anne et Kristy !

– C'est bien vous ? leur ai-je demandé.

– Oui, oui ! m'a répondu Claudia.

J'ai repris mes esprits quand les quatre membres du Club des baby-sitters m'ont maladroitement serrée dans leurs bras (j'étais allongée). Elles ont posé des cadeaux et des cartes sur mon lit.

– Nous avons pris le train tôt ce matin, m'a expliqué Carla.

– Et nous ne nous sommes pas perdues dans la gare, a ajouté Mary Anne.

– Jessi et Mallory voulaient venir aussi, mais leurs parents n'étaient pas d'accord, a dit Claudia. Cependant, elles t'ont préparé des cadeaux. Jessi espère que tu as reçu sa lettre.

– Waouh ! Je n'arrive pas à le croire ! me suis-je exclamée. Je pensais que je rêvais.

– Oh ! On dirait que l'hôpital t'a rendue très sensible, a constaté Kristy.

Elle s'est mise à mimer quelque chose en levant les bras.

– Qu'est-ce que tu fais ?

– Je joue du violon.

Je me suis mise à glousser. Si j'en avais eu l'énergie, je lui aurais jeté mon oreiller à la figure. Au lieu de cela, j'ai redressé le haut de mon lit de façon à pouvoir m'asseoir. J'ai ensuite regardé toutes les affaires répandues sur mon lit.

– Vous me gâtez. Qu'avez-vous donc apporté ?

– Beaucoup de choses, m'a répondu Claudia. Mais avant de regarder, dis-nous comment tu te sens. Tu n'as pas l'air aussi bien qu'au téléphone, jeudi dernier.

– C'est vrai, je ne me sens pas aussi bien, ai-je dit en levant le bras. A présent, on m'injecte directement de l'insuline en perfusion. Cela fera peut-être plus d'effet.

– Mince alors, a murmuré Mary Anne.

– N'en parlons plus. Je veux savoir comment vous allez et ce qui se passe à Stonebrook.

– D'accord, m'a dit Claudia qui était perchée sur le bord de mon lit avec Carla.

Kristy et Mary Anne étaient, elles, assises sur les chaises.

– Attends, est intervenue Kristy avant que Claudia ne se mette à parler. Laisse-moi d'abord trouver une position plus confortable. Cette chaise est vraiment atroce. Je n'ai jamais rien vu de pareil.

Elle a alors essayé de se redresser de façon à ce que son dos et ses épaules ne touchent plus le dossier de la chaise. C'était impossible.

– Je crois qu'il me faudrait des chaises comme ça pour ma chambre.

Nous nous sommes toutes mises à rire.

– Désolée, bienvenue à l'hôpital.

– Bon, vous avez bientôt fini ? s'est impatientée Claudia. Je veux lui raconter les dernières nouvelles.

Nous avons essayé de nous calmer.

– Tu peux y aller, Claudia.

– Bien. Tout d'abord, tu manques à tout le monde. Lorsque tu liras ces cartes, tu seras étonnée en voyant qui te les envoie. Tous veulent avoir de tes nouvelles et se demandent quand tu rentreras.

– Qui par exemple ?

– Tout le monde. Les Newton, Simon tout particulièrement; les Perkins, surtout Myriam et Gabbie; les copains de l'école... Ross Brown; monsieur...

Je l'ai coupée.

– Ross Brown? (J'étais complètement folle de lui.) Tu crois qu'il sait que je l'aime?

Claudia a haussé les épaules. Puis elle s'est mise à rire et m'a annoncé:

– Oui, et je pense que c'est réciproque.

Waouh...

– Mallory a rassemblé le courrier qui vous était destiné, à toi et à ta mère, a dit Mary Anne. Rien à dire, ces chaises sont vraiment confortables, a-t-elle ajouté en se trémoussant. (Nous nous sommes mises à rire.) Quoi qu'il en soit, hier, elle m'a donné tout un tas de cartes. Elles sont ici avec le reste.

– Chouette. Bon, et alors, que se passe-t-il au collège?

– Voyons, m'a répondu Carla. Alan Gray a été exclu pour avoir lancé une boule puante dans les toilettes des garçons au rez-de-chaussée.

– Beurk! C'est dégoûtant!

– Et Cokie s'est fait refaire le nez.

– Quoi? me suis-je exclamée. C'est une blague!

– Non. C'est pour cela qu'elle est restée si longtemps absente.

– Et alors? A quoi ressemble-t-elle?

– A quelqu'un qui s'est fait refaire le nez, m'a dit Kristy. Impossible de ne pas le remarquer.

– C'est drôle. Tu n'as pourtant jamais remarqué que moi aussi.

Kristy a blêmi.

– C'est vrai ?

– Non, je blague !

Il y a eu un moment de silence. Puis nous nous sommes toutes remises à rire. J'avais peur que l'infirmière ne vienne et ne mette mes amies à la porte tellement nous faisions de bruit. Mais il ne s'est rien passé.

– Bon, maintenant, regarde ce que l'on t'a apporté, a finalement réussi à me dire Claudia. Ouvre les cartes d'abord, puis les cadeaux.

– Oui, maman, lui ai-je répondu docilement.

J'ai pris l'enveloppe qui se trouvait le plus près de moi et je l'ai ouverte. A l'intérieur, il y avait une carte de vœux dessinée par la petite Claire Pike, âgée de cinq ans. Elle avait écrit :

BONS VEAUX DE RÉTABLISSEMENT

Nous avons éclaté de rire.

– Mallory m'avait avertie que la carte n'était pas parfaite. Claire n'a pas voulu qu'on l'aide, a expliqué Carla.

– Ça me plaît beaucoup, ces « bons veaux », lui ai-je répondu.

Les rires sont repartis de plus belle.

J'ai ouvert les cartes les unes après les autres. Une infirmière m'a interrompue au beau milieu de cette opération. Elle a prélevé un peu de mon sang, puis elle est vite repartie. Elle ne m'a pas dit qu'il était interdit de recevoir quatre personnes en même temps parce que Claudia et Carla s'étaient cachées dans la salle de bains.

– La voie est libre, ai-je dit, une fois l'infirmière disparue.

Elles sont revenues dans ma chambre et j'ai continué à ouvrir mes cartes. Je n'en avais jamais reçu autant. Certaines avaient été confectionnées par les enfants que j'avais l'habitude de garder, d'autres avaient été écrites par mes camarades de classe, les parents de certains enfants et même par trois de mes professeurs.

– Et maintenant, les cadeaux ! s'est écriée Claudia.

– Non, attends, lui a dit Mary Anne. Tu oublies quelque chose.

Puis elle a pointé le doigt en direction du couloir.

– Ah, oui ! s'est exclamée Claudia.

Elle s'est précipitée hors de ma chambre et est aussitôt revenue en portant la plus grande carte de vœux que j'aie jamais vue. Elle mesurait au moins soixante centimètres sur un mètre.

Je me sentais bizarre. J'avais la tête qui tournait un peu. J'étais épuisée à la pensée qu'il allait falloir lire la carte. J'avais des bouffées de chaleur et la tête qui tournait. C'était étrange. Cependant, j'ai essayé de ne pas le montrer pour ne pas effrayer mes amies.

– Waouh ! me suis-je écriée devant cette carte, si grande qu'elle m'empêchait de voir Claudia. C'est de la part de qui ?

– De tout le monde, m'a répondu Kristy.

C'était bien le cas. La carte était signée par des parents, des professeurs, des enfants, par les frères et les sœurs de mes amies et, bien sûr, par mes amies elles-mêmes. J'étais en train de m'extasier quand la même infirmière a de nouveau fait irruption dans ma chambre. Elle est entrée si vite que Carla et Claudia n'ont pas eu le temps de filer dans la salle de bains.

« Zut, me suis-je dit. Cette fois-ci, les carottes sont cuites. Je n'ai pas respecté la sacro-sainte règle qui interdit d'avoir plus de deux visiteurs à la fois. »

Mais c'est à peine si l'infirmière a remarqué mes amies. Elle s'est précipitée d'un côté de mon lit et a brusquement stoppé la perfusion, sans pour autant ôter l'aiguille de mon bras.

– Que faites-vous ? lui ai-je crié.

– Ton taux de sucre baisse trop. Le Dr Motz sera là dans une seconde. Ta maman va venir te voir, elle aussi. Elle vient juste de sortir de la cafétéria.

Pendant qu'elle parlait, j'ai entendu une voix appeler le Dr Motz par haut-parleur.

Claudia et Carla se sont levées. Kristy et Mary Anne ont fait de même. Après s'être éloignées de mon lit, elles se sont blotties près de la porte.

Personne ne parlait hormis l'infirmière.

Quelques secondes seulement après l'arrêt de la perfusion, maman est entrée précipitamment dans ma chambre.

– Bonjour, les filles, a-t-elle dit en passant à toute allure devant mes amies. Mais, au fait, d'où sortez-vous ? leur a-t-elle demandé d'un air interloqué.

Mais elle n'a pas attendu leur réponse. Au lieu de cela, elle s'est mise à parler à voix basse avec l'infirmière.

J'ai soudain été saisie par une sensation de froid intense et mon estomac s'est noué. Je savais que quelque chose n'allait pas. Une fois de plus.

Ensuite, le Dr Motz s'est engouffré dans ma chambre. Il a jeté un regard à mes amies.

– Tout le monde dehors, tout de suite, a-t-il ordonné.

– Tout le monde ? a répété Claudia.

– Au pas de course, a répliqué le Dr Motz sans même prendre la peine de la regarder.

Il a commencé à m'examiner et à parler à l'infirmière.

– A plus tard, m'a dit Claudia d'une voix tremblante.

– Oui, on attend dehors, a ajouté Kristy.

– D'accord. Et merci pour toutes les cartes et…

Ma voix s'est étranglée lorsque mes amies sont sorties. J'avais lu quelque chose d'horrible sur leurs visages : la peur.

Elles avaient peur pour moi.

Moi aussi.

Le soir, je me suis néanmoins sentie mieux, plus optimiste aussi. Après avoir fait des examens et consulté d'autres médecins, le Dr Motz a proposé un nouveau remède à mon problème d'insuline. Je devais commencer à me faire des injections avec un mélange composé de ce que je prenais déjà et d'une autre variété d'insuline.

A présent que mon taux de sucre était plus normal, j'avais retrouvé de l'énergie et n'avais plus la tête qui tournait. J'avais même mangé tout mon dîner.

– Maman ? Est-ce que mes amies peuvent revenir à présent ? ai-je demandé.

– Oh, ma chérie, je suis désolée. Elles ont finalement dû partir. Leurs parents voulaient qu'elles soient rentrées vers six heures.

Je n'ai rien dit et me suis mise à regarder par la fenêtre.

– Claudia m'a dit de te dire d'ouvrir toutes les cartes et les cadeaux dès que tu en aurais envie. Elle a ajouté

qu'elles étaient désolées de partir, mais qu'elles te téléphoneraient demain ou lundi, avant la réunion du club.

– Lundi… Je pensais que je serais sortie lundi.

– On verra, a répondu maman, pas très optimiste.

Puis elle a commencé à mettre son manteau en m'expliquant que papa devait arriver d'une minute à l'autre.

– Maman, tu peux attendre qu'il soit là pour t'en aller ?
J'aimerais que nous soyons à nouveau réunis tous les trois.
Ne serait-ce que cinq minutes.

– Lucy…

– Je suis désolée, l'ai-je interrompue. Je sais que c'est un
mauvais moment à passer pour vous, mais si nous pouvions
être tous les trois ensemble pendant un instant, alors…
Enfin, c'est vraiment très important pour moi. Vraiment
très important.

Je savais que je ne jouais pas franc-jeu, que je profitais
de ma maladie pour faire pression sur maman et qu'elle
accepterait parce qu'elle se sentait coupable. C'est ce
qu'elle a fait. Elle a ôté son manteau et s'est rassise.

– Cette soirée ne sera peut-être pas à la hauteur de tes
espoirs, m'a-t-elle prévenue.

– Si. Ce sera merveilleux.

Je n'arrivais pas à croire que maman avait décidé de
rester.

– On pourrait peut-être regarder la télévision ou…

J'ai arrêté de parler. Maman ne m'écoutait pas. Elle
regardait la porte.

Mon père venait d'arriver.

– *Lucy ! s'est exclamé papa, en traversant la chambre à grands pas pour me serrer dans ses bras. Comment te sens-tu ? Je suis content que tu ne sois plus sous perfusion.*

– Je me sens bien. Mieux en tout cas. Au fait, papa, ai-je ajouté, voyant qu'il n'avait pas encore adressé la parole à ma mère, maman va rester encore un petit peu.

– Je vais peut-être aller prendre un café, a répondu mon père.

– Non, ne t'en va pas ! me suis-je écriée. Reste ici avec moi. J'ai envie de vous voir tous les deux ensemble.

– Très bien...

Il a déplacé la chaise vide le plus loin possible de maman, de l'autre côté de mon lit.

J'ai pensé que ce n'était pas si mal, car il n'était pas parti.

C'était un début. Le reste de la soirée a été un désastre. En y réfléchissant, je ne sais pas qui en était responsable. Peut-être personne. Ou peut-être tout le monde. Mais cela n'avait pas d'importance.

Pendant une dizaine de minutes, mes parents sont restés aimables en ne parlant qu'avec moi. J'étais au centre de deux conversations, l'une avec mon père, l'autre avec ma mère. Papa me posait une question et je répondais. Maman me parlait d'une conversation qu'elle avait eue avec Mme Pike. Et ainsi de suite.

Les choses ont commencé à se dégrader lorsque mon père a posé une autre question :

– Que s'est-il passé ce matin, mon chou ?

– Si tu avais été là, tu l'aurais su, a répondu ma mère à ma grande surprise, avant que j'aie eu le temps de rien dire.

– Je travaillais, a rétorqué papa avec irritation. De plus, nous ne devions pas rendre visite à Lucy en même temps. Tu avais dit que tu ne voulais pas me voir.

Maman a fait la sourde oreille.

– Tu travailles le samedi à présent ?

– Oui, j'ai dû rester au bureau aujourd'hui. Si je ne fais pas mon travail correctement, je serai licencié et je n'aurai plus de protection sociale. Est-ce que tu penses que Lucy serait aussi bien soignée si je n'avais pas d'assurance ?

– Quel héros…, a murmuré ma mère.

– Pardon ?

– Rien.

– Rien qui en vaille la peine, ai-je ajouté.

Pendant un instant, mes parents m'ont regardée comme s'ils avaient oublié que j'étais là. Ou comme s'ils avaient oublié que j'étais leur fille. Puis ils ont recommencé à se disputer.

– L'hôpital coûte cher, a dit papa.

– Je le sais. Alors pourquoi as-tu pris une chambre individuelle pour Lucy ?

– Parce que je l'aime.

– Tu veux dire que ce n'est pas mon cas ?

– Tout ce que je veux dire, c'est que le week-end dernier, Lucy est arrivée à New York dans un état pire que la première fois que l'on a diagnostiqué son diabète.

Je me suis sentie rougir violemment.

– Ce qui veut dire ?

Maman poussait papa à dire quelque chose, mais je n'étais pas certaine de ce qu'elle voulait entendre.

Papa est resté silencieux.

– Si Lucy est malade, ce n'est pas ma faute, a fini par dire maman. Tu sais aussi bien que moi que les médecins ne savaient pas quelle forme pourrait prendre son diabète. Lucy a un diabète instable. Dès le début, ils ont eu du mal à réguler son taux de sucre. En outre, elle a eu la grippe et tu sais comme moi quel effet une infection peut avoir sur elle. C'est un miracle qu'elle ne soit...

– Tais-toi !

Je lui avais coupé la parole.

– Lucy, a dit mon père, d'un ton sévère.

– Tais-toi, toi aussi ! me suis-je écriée, même si je savais que mes parents n'aimaient pas que je leur parle ainsı.

Mon père et ma mère se sont contentés de me regarder.

– Et sortez d'ici. Tout de suite. Je ne plaisante pas, ai-je poursuivi.

– Lucy...

La surprise, puis la colère et enfin la confusion se sont succédé sur le visage de ma mère.

– Je sais ce que je dis. Sortez. Je pensais que nous pourrions être tous les trois ensemble pendant un quart d'heure sans nous disputer mais, apparemment, c'est impossible.

Papa s'est levé lentement.

– Nous ne t'avons pas appris à parler à quiconque de cette façon, jeune fille. Que tu sois malade ou non.

– Je sais, ai-je répondu au bout de quelques instants.

J'ai regardé ma mère. Elle pleurait. Papa et elle ont rassemblé leurs affaires, mis leurs manteaux. Mais on aurait dit qu'ils se déplaçaient au ralenti.

Je les ai observés jusqu'à ce qu'ils soient prêts à partir.

– Je suis désolée, ai-je dit, alors qu'ils étaient sur le point de franchir le seuil. Vraiment désolée. Mais si vous vous entendiez, parfois...

Maman se tamponnait les yeux. Mon père cherchait un mouchoir. J'avais du mal à le croire. Je l'avais fait pleurer, lui aussi. Pendant un moment, j'ai senti la colère s'emparer à nouveau de moi : je pouvais faire pleurer deux adultes, mais je n'arrivais pas à faire en sorte qu'ils s'entendent.

J'ai refoulé ma colère.

– Pourriez-vous revenir lundi plutôt que demain ? J'ai besoin d'un peu de temps pour y voir plus clair.

– Moi aussi, a dit papa.

– Moi aussi, a dit maman.

– D'accord. Vous viendrez lundi ?

Mes parents ont hoché la tête. Puis ils sont partis, maman juste devant papa. Je les ai regardés pour voir si papa allait poser la main sur l'épaule de maman. Ou si elle lui adresserait un semblant de sourire. Mais il semblait que rien ne pouvait les rapprocher.

D'habitude, après une scène comme celle-ci, j'aurais éclaté en sanglots. Ça m'aurait fait du bien, j'aurais laissé couler les larmes sur mes joues, sans même me donner la peine de les essuyer. Mais pas ce soir. J'étais trop en colère. Et trop forte. Comme je me sentais mieux, j'avais meilleur moral.

– Concentre-toi sur l'essentiel, ai-je murmuré.

Où avais-je entendu cela ? J'avais oublié. Mais brusquement, j'ai su ce que cela voulait dire. Et c'est exactement ce que j'étais en train de faire : me concentrer sur ma personne. Je passais avant le reste, ainsi que mes pensées, mes sentiments et mes émotions.

Je me suis demandé comment j'avais réellement envie de passer mon dimanche. « A l'extérieur de l'hôpital », me suis-je dit. Mais c'était impossible. Dans ce cas, quelle était la deuxième chose que je désirais le plus ? Le passer avec mes amies, en ne pensant plus à mes parents. Cela devait être possible. Passer deux ou trois coups de fil me permettrait de le savoir en quelques minutes.

J'ai commencé par appeler Claudia, en espérant qu'elle serait chez elle. Elle a répondu dès la première sonnerie.

– Salut, Carla.

J'ai eu une hésitation.

– Claudia, c'est moi.

– Lucy ? J'attendais un appel de Carla. Elle... Bon, peu importe. C'est une longue histoire. Comment vas-tu ? Ça a l'air d'aller, et même d'aller bien.

– Je me sens très bien. Et je pensais à quelque chose. Je sais que c'est beaucoup demander, mais est-ce que toi, Carla et toute la bande, vous pourriez revenir me voir demain ? Est-ce que vos parents seraient d'accord ?

– Revenir demain ? A New York ? Bon, d'accord. Je pense que c'est possible. C'est même certain, mais il faut que je vérifie que nous avons assez d'argent.

– Si vous pouviez toutes venir, j'en serais très heureuse Mais j'exagère, peut-être ?

– Mais non, a répondu Claudia. Je vais en parler aux autres et je te rappellerai.

– D'accord. Je vais aussi appeler Laine. Ça ne te dérange pas si elle vient aussi demain ? Je pense que ce serait bien d'être toutes ensemble.

– Je suis tout à fait d'accord.

Nous avons raccroché puis j'ai composé le numéro de Laine.

– Salut, c'est Lucy. Est-ce que ma mère est rentrée ?

– Non.

– Ah. Elle va probablement arriver bientôt. Et elle sera certainement triste.

J'ai raconté à Laine ce qui s'était passé.

– Oh, là, là ! Tu veux qu'elle te rappelle lorsqu'elle rentrera ?

– Non. Je n'ai pas envie de lui parler maintenant. Mais je me demandais si tu pourrais venir me rendre visite demain. Claudia et mes autres amies seront peut-être là aussi, si elles obtiennent l'autorisation de leurs parents et ne se font pas remarquer par les infirmières.

– Génial ! A demain !

Le dimanche, je me suis levée tôt. Toutes mes amies avaient eu la permission de venir, à l'exception de Mallory et de Jessica. Laine venait aussi. J'étais impatiente de les voir arriver.

J'ai demandé à une infirmière de m'aider à me laver les cheveux dans le lavabo. Puis j'ai enfilé des vêtements propres. Je me suis même un peu maquillée. J'ai aussi mis quelques bijoux et, lorsque je me suis regardée dans le miroir, j'ai pensé que j'étais redevenue celle que j'étais auparavant : la Lucy en bonne santé.

A une heure, tout le monde était arrivé. Laine et mes amies de Stonebrook se sont saluées gaiement (elles se connaissaient déjà). Puis elles ont toutes cherché un siège. Kristy et Mary Anne ont refusé de s'asseoir à nouveau sur les chaises en plastique et se sont donc installées sur le lit avec Laine, tandis que Claudia et Carla se risquaient à essayer les chaises.

– Vous savez quoi ? Je n'ai pas encore ouvert mes cadeaux.

J'ai indiqué du doigt le coin où l'une des infirmières avait empilé à la hâte les boîtes et les paquets tandis que l'on faisait sortir mes amies.

– Eh bien, ouvre-les maintenant, m'a dit Claudia.

A cet instant, une infirmière est entrée dans ma chambre.

– Oh, non ! s'est exclamée Mary Anne, en étouffant un cri. C'est un autre test sanguin ?

– Non, a répondu l'infirmière en riant. Je dois contrôler le nombre de visiteurs. Je vois que vous avez...

Elle s'est interrompue pour me regarder. J'ai pris un air implorant pour lui demander de ne faire partir personne.

– Je vois que vous avez, a-t-elle poursuivi, exactement deux visiteurs.

– Oh, merci, madame.

– De rien. Mais ne faites pas trop de bruit, d'accord ?

– Pas de problème.

L'infirmière est alors repartie.

– Ouf, nous sommes sauvées, ai-je annoncé en soupirant bruyamment.

– Parfait. Ouvre tes cadeaux maintenant, a insisté Claudia.

Elle les a empilés sur mon lit. Ils ont dégringolé autour de Laine, Kristy et Mary Anne.

J'ai tendu le bras pour en attraper un. Mais Claudia l'a éloigné.

– Tu ne veux pas celui-là, d'abord ? a-t-elle demandé, en m'en tendant un autre.

– D'accord, ai-je dit, en regardant l'étiquette. Tiens, il vient de toi ! Comme c'est bizarre !

Tout le monde s'est mis à rire. Le cadeau de Claudia était un bracelet tressé qu'elle avait confectionné elle-même.

– Merci ! me suis-je exclamée en le mettant.

C'est ainsi qu'a commencé un excellent après-midi. J'ai même réussi à ne pas penser à papa et maman.

Jeudi

J'ai gardé Charlotte ce soir. Elle m'a dit souffrir (dans l'ordre) de la maladie de Lyme, d'arthrite, d'un problème rénal et d'une angine. Mais je ne me suis pas fâchée. Je pense qu'elle n'est vraiment pas dans son assiette en ce moment. À mon avis, c'est dû à la fatigue. Elle ne dort pas bien la nuit car elle se fait du souci pour Lucy.

À la fin de la soirée, ses craintes se sont envolées et elle s'est brusquement sentie mieux. Cette subite guérison tient du miracle lorsque l'on sait que la dernière fois que j'ai eu moi-même une angine, je ne suis pas allée à l'école pendant une semaine.

À quoi était due la soudaine guérison de Charlotte? À un coup de fil de Claudia. À vrai dire, tous ceux qui l'ont eue au téléphone ce soir-là se sont tout de suite sentis mieux...

C'était le jeudi soir et il était près de huit heures. Mary Anne n'était chez les Johanssen que depuis une demi-heure. Lorsqu'elle était arrivée, elle avait trouvé Charlotte assise sur son lit, déjà en chemise de nuit et légèrement pâle.

– Mary Anne ?

– Oui, Charlotte ?

– Je ne me sens pas bien.

Mary Anne n'a pas cédé à la panique. Elle était au courant de ce qui se passait. Elle lui a donc demandé avec calme ce qui n'allait pas.

– J'ai des courbatures et je suis vraiment fatiguée. J'ai l'impression que ma nuque est raide. J'ai probablement la maladie de Lyme. Ce sera sûr si une rougeur apparaît à l'endroit où j'ai été piquée par une tique. Mais, comme ce n'est pas toujours le cas, une prise de sang ou un examen seront peut-être nécessaires.

– Charlotte, quand as-tu joué dans la forêt pour la dernière fois ?

– Je ne m'en souviens plus. Mais ça ne fait rien. Puppy

passe beaucoup de temps dehors. (Puppy est le chien des Johanssen.) Il peut rapporter des tiques à la maison. Je pourrais bien avoir été piquée, ici même, dans ma chambre.

Mary Anne est restée sans voix.

Je pouvais la comprendre. Lorsque mes parents étaient revenus (séparément) à l'hôpital, le lundi, je n'avais pas su non plus quelle attitude adopter. La nuit précédente, j'avais pourtant réfléchi. Je pensais leur dire : « Ne vous disputez pas à mon sujet » ou « Laissez les médecins se prononcer sur ma maladie. Ce sont des spécialistes, pas vous. »

Mais est-ce que je leur avais parlé de cette façon ? Non, je n'avais pas eu assez de cran. Je n'avais fait que m'excuser encore et encore. Je n'arrêtais pas de dire que j'étais désolée, que je ne savais pas comment j'avais pu leur donner l'ordre de se taire et de sortir.

– Tu étais énervée, m'avait dit papa.

– Tu ne te sentais pas bien, avait ajouté maman.

C'était vrai... Mais ce n'était pas cela qui m'avait poussée à leur parler ainsi. C'était plus compliqué. Le jeudi, alors que Mary Anne gardait Charlotte, mes parents et moi avions oublié ce fameux samedi. Nous n'étions plus fâchés. Papa et maman avaient accepté mes excuses. Mais je n'arrivais toujours pas à leur dire ce qui n'allait pas. Cependant, j'y pensais en permanence.

Je savais que lorsque je serais prête, j'aurais beaucoup de choses à leur dire et que je le leur dirais sans me fâcher ou m'énerver.

Mais revenons à Mary Anne et Charlotte.

Mary Anne avait beau se creuser la tête, Charlotte était

persuadée d'avoir la maladie de Lyme. Rien n'aurait pu la faire changer d'avis. Du reste, alors que Mary Anne était encore en train de chercher ce qu'elle pourrait bien dire, elle a soudain poussé un cri aigu en indiquant du doigt la moquette.

– Qu'est-ce qu'il y a ?

– Une tique ! Là, dans ma chambre. Tu me crois à présent ?

– Où ça ?

– Ici, par terre.

Mary Anne s'est mise à examiner le sol.

– Cette petite chose ? a-t-elle demandé, ses yeux ayant finalement repéré la minuscule tache noire qui se déplaçait d'un bout à l'autre de la pièce.

– Les tiques sont toutes petites. Elles ne sont pas plus grosses qu'un point à la fin d'une phrase, a répliqué Charlotte.

Mary Anne ne raffole pas des insectes, mais elle s'est approchée de la petite tache qui bougeait pour l'examiner de près. Elle a finalement annoncé à Charlotte qu'il ne s'agissait pas d'une tique, mais d'une toute petite araignée.

– Qu'est-ce que tu en sais ?

– C'est trop grand pour être une tique. D'ailleurs, cela ressemble à une araignée.

– Oh ! Et tu ne pourrais pas nous en débarrasser ?

– Je ne vais pas la tuer si c'est ce que tu entends par là, mais je vais la mettre dehors, lui rendre sa liberté.

– D'accord.

Mary Anne a à peine eu le temps de mettre l'araignée dehors que Charlotte s'est mise à se plaindre d'autre chose.

– Tu sais, je crois vraiment que j'ai de l'arthrite. J'ai mal au dos. Chez certaines personnes, cela peut être un signe d'arthrite... ou... attends ! Je suis sûre que j'ai quelque chose aux reins. On peut avoir mal au dos quand on a un problème de reins.

– Mais on a aussi de la fièvre, ce qui n'est pas ton cas, a répliqué Mary Anne après lui avoir touché le front.

Charlotte est restée silencieuse un moment.

– Si on lisait, Mary Anne ? a-t-elle fini par dire. On pourrait lire euh...

Après avoir parcouru des yeux son étagère, elle a demandé à Mary Anne si elle avait de nouveaux livres dans son coffre à jouets.

– Un seulement : *L'Île au trésor.*

– Ça a l'air intéressant.

– Oui. Je pense que tu devrais aimer. Tu veux que je commence à lire ?

Charlotte a hoché la tête et s'est pelotonnée contre sa baby-sitter. Mais elle n'avait pas lu plus de quatre pages quand Charlotte l'a interrompue.

– Mary Anne, j'ai vraiment mal à la gorge.

– Tu devrais peut-être te faire un gargarisme.

– Peut-être. Mais je ne suis pas sûre que ça marche.

Mary Anne a fermé les yeux un bref instant. Alors qu'elle venait juste de les rouvrir, le téléphone a sonné. Elle s'est précipitée en bas pour répondre. Elle aurait pu décrocher en haut, mais elle préférait ne pas entrer dans la chambre des Johanssen.

– Allô ?

– Bonsoir, c'est Claudia. J'ai des nouvelles de Lucy.

– Des nouvelles ? Qu'est-ce qui s'est passé ?

Étaient-ce de bonnes ou de mauvaises nouvelles ? Elle se demandait si j'avais rechuté ou si, au contraire, les nouvelles injections d'insuline avaient fait effet.

– Tiens-toi bien ! Lucy sera de retour samedi.

– Formidable ! s'est écriée Mary Anne. Plus que deux jours. Je vais le dire à Charlotte. Tu ne peux pas imaginer comme elle sera contente.

– Oh si ! Et dis-lui que, une fois rentrée, Lucy devra se reposer pendant une semaine, puis elle pourra reprendre les cours. La semaine suivante, elle pourra recommencer à faire des baby-sittings.

– Fantastique !

– Je raccroche car je dois téléphoner à tous les membres du Club des baby-sitters.

Mary Anne a reposé le combiné et s'est précipitée dans la chambre de Charlotte.

– Devine un peu ce que je viens d'apprendre !

– Quoi ?

– Lucy sera de retour dans deux jours.

– Waouh ! a-t-elle hurlé. (Sa gorge ne devait pas la faire souffrir tant que ça.) Lucy sera de retour samedi ? Ce samedi ?

– Oui, ce samedi.

Mary Anne lui a ensuite expliqué que je devrais me reposer une semaine avant d'aller de nouveau à l'école et de recommencer à faire du baby-sitting.

– Donc, dans deux semaines, Lucy pourra à nouveau me garder ?

– C'est ça. C'est génial, pas vrai ?

393

– Absolument. Tu sais quoi ? Nous devrions faire quelque chose en l'honneur de son retour, une grande fête surprise.

– Je ne suis pas sûre que ce soit très indiqué puisque Lucy est censée se reposer, mais nous devrions en effet faire quelque chose. Elle appréciera sûrement.

– Alors faire une petite fête en son honneur...

– Une petite fête tranquille ? Pourquoi pas ?

– Nous pourrions faire quelque chose pour l'accueillir, je veux dire confectionner une banderole. Tu sais, comme celle que l'on avait faite lorsqu'elle était revenue avec sa mère à Stonebrook...

– Oui... et on la suspendra devant sa maison.

– Et on attendra l'arrivée de la voiture dans le jardin. Mais on ne fera pas les fous et on n'invitera pas autant de monde que la dernière fois.

– C'est une bonne idée. On pourrait se contenter d'installer la table de pique-nique des Pike dans le jardin et servir des jus de fruits ou de la citronnade.

– Attention ! De la citronnade sans sucre, a précisé Charlotte.

– Entendu. Oui, ça a l'air bien. Ce sera une petite fête sans excès. Je pense que cela fera vraiment plaisir à Lucy. Qu'est-ce qu'on écrira sur la banderole ?

Charlotte a froncé les sourcils.

– Hum... Pourquoi pas : « Bon retour parmi nous, Lucy. »

– Parfait ! Je vais téléphoner à Claudia et aux autres pour savoir ce qu'elles en pensent.

– Appelle-les tout de suite.

– D'accord.

Mary Anne s'est précipitée en bas, Charlotte sur les talons.

– Hé, tu sais quoi ? Je n'ai plus mal à la gorge ! Et je suis sûre que je n'ai plus la maladie de Lyme, ni d'arthrite, ni quoi que ce soit.

Mary Anne s'est retournée pour l'embrasser en lui disant qu'elle était vraiment heureuse de l'apprendre.

– Qui on appelle en premier ? a demandé Charlotte en s'échappant de ses bras.

– Claudia. Elle a de la peinture. Nous ferons probablement la banderole chez elle, demain après-midi.

– Je fais son numéro !

Au bout de quinze minutes, tous les membres du club étaient au courant de ce qui se préparait. Mary Anne avait chargé chacun de faire quelque chose. Mes amies attendaient avec impatience le samedi. Moi aussi !

L'autoroute s'étendait devant nous. J'ai imaginé qu'il s'agissait d'une route qui menait directement au seuil de ma maison.

Ce fameux samedi était enfin arrivé. J'étais sortie de l'hôpital. Maintenant que je n'étais plus dans ma sinistre chambre dont la fenêtre donnait sur un bâtiment d'un gris miteux, j'avais l'impression d'être Dorothy dans *Le Magicien d'Oz*.

– Hé, maman, enfin des couleurs ! m'étais-je exclamée alors que l'infirmière m'aidait à monter dans la voiture.

Maman avait ri.

L'infirmière avait souri.

– J'ai été heureuse de faire ta connaissance, Lucy, m'avait-elle dit. Mais je ne veux en aucun cas te revoir ! (Pensait-elle vraiment ce qu'elle disait ?) Ne t'inquiète pas Je dis cela à tous les malades. Porte-toi bien !

J'avais alors souri à mon tour.

– J'essaierai.

Puis j'avais ajouté que, moi aussi, j'espérais ne jamais la revoir !

En souriant, l'infirmière avait fait pivoter le fauteuil roulant à présent vide et s'était dirigée vers la porte de l'hôpital.

– Pourquoi vous font-ils toujours sortir de là dans un fauteuil roulant ? Je peux marcher quand même ! m'étais-je lamentée.

Maman avait haussé les épaules.

– C'est le règlement de l'hôpital qui veut ça, ma chérie.

Puis elle avait mis le contact et nous étions enfin parties.

La matinée avait été un petit peu mouvementée. Maman était arrivée tôt à l'hôpital pour prendre mes affaires, y compris les cartes et les cadeaux que j'avais reçus. Puis, elle avait commencé à vider un vase de fleurs.

– Maman ! m'étais-je exclamée. On pourrait garder les fleurs ? Les prendre avec nous ?

– Toutes ?

La chambre en était remplie.

– Bon, quelques-unes alors. Nous pourrions peut-être donner celles qui restent aux infirmières ou aux autres malades.

– Bonne idée.

Nous avions donc laissé deux bouquets dans le bureau des infirmières, quatre autres aux enfants que je connaissais le mieux (pas très bien en fait) et nous en avions emporté trois.

Alors que maman était en train de tournicoter, occupée à

ranger mes affaires et à distribuer mes fleurs à droite, à gauche, papa était arrivé pour me dire au revoir. Il savait que maman serait là et elle savait qu'il allait venir. Ils ne s'étaient pas parlé, mais ils ne s'étaient pas disputés non plus.

– A partir de maintenant, lorsque tu te sens vraiment mal, dis-le-nous. Tu sais comment ta maladie se manifeste, m'avait dit papa.

– Oui. Je n'ai pas été très raisonnable…

Il avait secoué la tête.

– Ce n'était pas ta faute.

Un peu plus tard, nous nous étions embrassés, papa et moi.

– Je te promets que ma prochaine visite sera plus drôle, lui avais-je dit.

– Je l'espère. Il sera de toute façon difficile de faire pire dans le genre « week-end pourri ».

– Si. Nous pourrions aller visiter une déchetterie, la prochaine fois que je viendrai pour le week-end.

– D'accord. Nous finirons la journée à bord d'un camion d'éboueurs. Nous essaierons de choisir une chaude journée d'été afin que les détritus soient particulièrement dégoûtants et malodorants.

– Papa, arrête, tu me fais rire.

– Et oui, les pères sont faits pour cela, m'avait-il répondu en quittant ma chambre.

Ensuite, nous avions attendu, maman et moi, qu'un médecin vienne pour m'ausculter une dernière fois. Après cela… nous étions parties !

A présent, en ce début d'après-midi, nous étions sur la route qui me ramenait chez moi, à Stonebrook. Mes yeux se sont fermés tout seuls alors que nous étions en train de rouler.

Tout à coup, maman m'a doucement tapoté l'épaule.

– On est presque arrivées, Lucy.

Pourquoi me réveillait-elle ? Je me serais réveillée toute seule pendant qu'elle garait la voiture...

Je me suis soudain redressée. Je n'en croyais pas mes yeux.

Maman s'est tournée vers moi en souriant et m'a dit que tout le monde était content de mon retour.

– J'ai l'impression.

Nous venions de tourner dans notre rue et, déjà, je pouvais voir des ballons accrochés à notre boîte aux lettres et, debout dans le jardin, un groupe d'enfants. Lorsque nous nous sommes approchées, j'ai distingué toutes mes amies du Club des baby-sitters, Charlotte, Rebecca Ramsey, Simon Newton, Myriam et Gabbie Perkins et les nombreux frères et sœurs de Mallory.

Puis, j'ai vu la banderole proclamant :

BON RETOUR PARMI NOUS, LUCY !

Elle était suspendue au-dessus de la porte d'entrée.

Maman a arrêté la voiture dans l'allée.

– Tes admirateurs t'attendent, Lucy.

Je suis descendue lentement de la voiture. Dès que j'ai posé un pied par terre, tout le monde a commencé à hurler, à m'acclamer et à me parler.

– Bonjour ! me suis-je écriée.

Puis, il y a eu une bousculade. Je me suis mise à courir (« Attention, Lucy ! » m'a dit maman) et tous les enfants se sont précipités vers moi. J'ai ensuite serré tout le monde dans mes bras, sauf les triplés Pike qui ont dit qu'ils mourraient plutôt que de se laisser embrasser par une fille.

– Je suis tellement heureuse que tu sois de retour, m'a dit Claudia.

– Moi aussi !

J'ai baissé les yeux pour voir qui me serrait la taille. C'était Charlotte.

– Je n'étais pas vraiment sûre que tu reviendrais. Mais tu es parfaitement guérie à présent.

– Oui, ma chérie

A vrai dire, je ne serai jamais parfaitement guérie, mais j'ai pensé que ce n'était pas vraiment le bon moment pour en parler à Charlotte.

Mary Anne se tenait debout devant la table. Elle versait de la citronnade à l'aide d'une louche dans des tasses en carton et les enfants les faisaient passer. Je me suis assise sur le perron pour boire la mienne, après avoir vérifié qu'elle ne contenait pas de sucre.

– Fatiguée, Lucy ? m'a demandé Carla.

– Oui, ai-je admis.

Carla a alors mis fin à la réception. Elle a renvoyé les invités chez eux, excepté Claudia. Maman avait fini de vider la voiture. Elle avait porté ma valise, mes sacs et mes fleurs à l'intérieur.

- Je pense que je vais m allonger un peu, ai-je dit à Claudia.

– Tu vas dormir ?

– Non, juste me reposer. Tu viens avec moi ?

– D'accord.

Nous sommes entrées chez moi. J'ai respiré profondément.

– Aaah... Ça sent meilleur qu'à l'hôpital.

Claudia a eu un petit rire.

– Suivez-moi, mademoiselle la malade.

– D'accord, infirmière Claudia.

Je me suis alors tournée pour prévenir ma mère que nous montions dans ma chambre.

– Entendu.

– Je crois que je vais vraiment me mettre au lit, ai-je dit tandis que nous montions péniblement les escaliers.

Une fois dans ma chambre, j'ai ouvert la fenêtre.

– De l'air frais, ai-je murmuré.

J'ai regardé autour de moi.

– Tu ne peux pas imaginer comme c'est agréable de voir d'autres couleurs que du gris et du blanc, ai-je ajouté en ouvrant un tiroir et en prenant une chemise de nuit propre.

– Oh si, je peux, a répondu Claudia, en pensant certainement au séjour qu'elle avait fait à l'hôpital lorsqu'elle s'était cassé la jambe.

J'ai enfilé ma chemise de nuit et me suis glissée dans mon lit. Nous avons papoté jusqu'à ce que je commence à tomber de sommeil.

– Je t'appellerai plus tard, m'a dit Claudia en partant.

– D'accord. Merci.

J'ai sombré dans le sommeil en pensant qu'il n'y avait rien de mieux au monde que d'être chez soi.

J'ai dormi plusieurs heures. Lorsque je me suis réveillée, j'étais assez d'attaque pour dîner avec maman dans la cuisine. Mais après, je me suis de nouveau sentie fatiguée.

– Je pense que je vais aller me recoucher. Mais tu peux monter avec moi ? J'aimerais qu'on parle.

– Oui, bien sûr.

Elle m'a suivie dans ma chambre, où je me suis de nouveau enfouie sous les couvertures, et elle s'est assise au bord de mon lit.

– Il y a quelque chose que j'essaie de vous dire depuis longtemps, à toi et à papa, ai-je commencé, avant de prendre une grande inspiration. Bon, voilà : j'en ai assez d'être tiraillée entre vous deux.

– Tiraillée entre nous deux ?

– Oui. J'ai l'impression que papa se sert de moi pour savoir des choses sur toi et que tu te sers de moi pour savoir des choses sur papa. Vous m'utilisez pour vous dire des choses désagréables. Ce n'est pas bien. A partir de maintenant, je ne parlerai plus de toi à papa, ni de papa à toi et je ne ferai plus passer de messages. Je vais aussi appeler papa juste après pour le lui dire.

– D'accord, a approuvé maman en hochant la tête. Jusque-là, ce n'est pas faux.

– Je voulais aussi m'excuser, ai-je poursuivi. Je sais que j'étais de mauvaise humeur ces temps-ci, mais je ne me sentais pas bien. Et j'étais en colère contre vous.

– Excuses acceptées ! Et maintenant, c'est à moi de m'excuser de t'avoir donné l'impression d'être une simple marionnette.

– Merci, ai-je répondu avec un sourire. Quand je vais

appeler papa, je vais aussi lui dire que j'irai le voir plus souvent et sans protestations ! Je serai contente d'aller à New York quand j'irai mieux et que je saurai que je ne vais pas être tiraillée entre vous deux.

– C'est bien normal.

– Ah oui, j'ai aussi une confession à te faire.

Je me suis interrompue parce que j'ai senti les larmes me monter aux yeux.

– Je suis vraiment désolée, mais je crois que je suis allée à l'hôpital parce que j'ai arrêté de suivre mon régime.

J'ai tout raconté à ma mère au sujet du chocolat que j'avais mangé et je me suis mise à pleurer.

– Ma chérie, tu n'aurais pas dû faire ça, a-t-elle dit en me prenant dans ses bras. Mais les médecins sont sûrs que ton régime n'a rien à voir avec la modification de ton taux de sucre. Ça faisait un certain temps que tu ne te sentais pas bien, n'est-ce pas ?

J'ai hoché la tête. Je pleurais encore.

– Tu sais que lorsque l'on a du diabète, notamment ce type de diabète juvénile, on est plus sujet aux infections que les autres. En plus, c'est une maladie vraiment pénible parce que si l'on a attrapé une infection, les problèmes d'insuline peuvent s'aggraver. On a eu de la chance jusqu'ici, mais tu as eu la grippe il n'y a pas longtemps et une angine...

– Et une bronchite, tu te souviens ?

– C'est vrai. J'avais oublié. De plus, tu as eu énormément de choses à faire. Que tu aies mangé du chocolat n'a pas dû arranger les choses, mais je suis sûre que ce n'est pas pour cette raison que tu es tombée malade.

J'avais arrêté de pleurer. Je me suis dégagée des bras de maman.

– Je devrais peut-être me reposer un peu plus.

– Bonne idée.

– Il faut quand même que je rattrape mon retard à l'école. Mais la prochaine fois que je ne me sentirai pas bien, je te le dirai. Comme ça, j'irai voir le médecin avant de tomber vraiment malade.

– Ça aussi c'est une bonne idée.

– Merci, ai-je dit, en embrassant maman. Je suis très fatiguée, mais j'ai encore quelque chose à faire avant d'aller me coucher.

Je me suis levée et je suis allée dans sa chambre. Il fallait maintenant que je parle à mon père.

A propos de l'auteur

ANN M. MARTIN

Ann Matthews Martin est née le 12 août 1955. Elle a
grandi à Princeton, aux États-Unis, avec ses parents et
sa jeune sœur, Jane.

Elle a été enseignante, puis éditrice de livres pour
enfants, avant de se consacrer à la littérature. Pour
écrire, elle s'inspire d'expériences personnelles, mais
aussi de sa connaissance du monde de l'enfance et de
l'adolescence.

Tous ses personnages, même les membres du Club des
baby-sitters, sont des personnages imaginaires (ainsi que
la ville de Stonebrook). Mais beaucoup d'entre eux
ressemblent à des gens qu'Ann M. Martin connaît.

Ann M. Martin vit actuellement à New York et ses
passe-temps favoris sont la lecture et la couture – elle
aime particulièrement faire des habits pour les enfants.

Sa série *Le Club des baby-sitters*, dont nous avons
regroupé ici trois titres, s'est vendue à plusieurs millions
d'exemplaires et a été traduite dans plusieurs dizaines
de pays.

Retrouvez

LE CLUB DES BABY-SITTERS
dans trois volumes hors série :

Nos plus belles
histoires de cœur

Mary Anne et les garçons
En vacances au bord de la mer, Mary Anne rencontre un garçon formidable. Le problème, c'est qu'elle a déjà un petit ami. Et elle ne sait lequel choisir…

Kristy, je t'aime !
Kristy, la présidente du club, reçoit de mystérieuses lettres anonymes. Qui peut bien être son admirateur secret ?

Carla perd la tête
Pour plaire à son petit copain, Carla a décidé de changer… et de devenir une nouvelle Carla. Mais ses copines du club ne sont pas vraiment d'accord !

Nos dossiers TOP-SECRET

Carla est en danger
C'est la panique au club. Les événements bizarres se multiplient : coups de fil et lettres anonymes... Les filles sont très inquiètes. Il faut agir vite et démasquer le coupable !

Lucy détective
Lucy et la petite fille qu'elle garde, Charlotte, sont témoins de phénomènes étranges dans une maison abandonnée. Quel secret abritent ses tourelles biscornues ? Serait-ce une maison hantée ?

Mallory mène l'enquête
Mallory entend un miaulement à vous glacer les sangs... dans une maison où, normalement, il n'y a pas de chat ! Les filles partent à la recherche du chat fantôme...

Nos passions et nos rêves

Le rêve de Jessica
Jessi a décroché le premier rôle de son spectacle de danse, mais elle commence à recevoir d'étranges menaces. Malgré la jalousie, elle est prête à aller jusqu'au bout de son rêve...

Claudia et le petit génie
Claudia garde une enfant prodige qui chante, danse, joue du violon... mais elle aimerait elle aussi avoir du temps pour se consacrer à sa passion : la peinture.

Un cheval pour Mallory
Mallory va prendre son premier cours d'équitation, quelle aventure ! Elle a beaucoup de choses à apprendre et à découvrir, même si ce n'est pas toujours facile.

Maquette : Natacha Kotlarevsky

Loi n° 49-956
du 16 juillet 1949
sur les publications
destinées à la jeunesse

ISBN : 978-2-07-057171-0
Numéro d'édition : 171198
Numéro d'impression : 95999
Imprimé en France
par CPI Firmin Didot
Premier dépôt légal : septembre 2005
Dépôt légal : août 2009